LA FABULEUSE LAVERIE DE MARIGOLD

Titre original : 메리골드 마음 세탁소 (Marigold Mind Laundry)

Traduit du coréen par Irène Thirouin-Jung
Ouvrage traduit et publié avec le soutien de l'Institut coréen de la traduction littéraire (LTI Korea).

76, boulevard Pasteur
75015 Paris – France

ISBN : 978-2-487606-05-0
Maquette : Patrick Leleux PAO

Nami s'engage pour une fabrication écoresponsable !
Amoureux des livres, nous sommes soucieux de l'impact de notre passion et choisissons nos imprimeurs avec la plus grande attention pour que nos ouvrages soient imprimés sur du papier issu de forêts gérées durablement.

Jungeun Yun

LA FABULEUSE LAVERIE DE MARIGOLD

Roman

Traduit du coréen par Irène Thirouin-Jung

Ouvrage traduit et publié avec le soutien de l'Institut coréen de la traduction littéraire (LTI Korea, Séoul)

NAMI POCHE

Et si…
Et si vous pouviez revenir sur les choix
que vous regrettez,
Si vous pouviez effacer les taches laissées
par la douleur,
Les blessures enfouies dans votre cœur,
Seriez-vous heureux ?

Suffirait-il vraiment de les effacer
Pour trouver le bonheur ?

Il y a un village où le printemps succède à l'automne, et où l'automne remplace aussitôt le printemps. Faites tourner un globe terrestre de la taille d'un ballon de football, faites-le tourner encore et encore ; vous finirez par découvrir ce village, tel un minuscule grain de poussière. Il est quelque part sur terre, mais personne n'en connaît l'existence. Il foisonne de fleurs et d'arbres mystérieux, et abrite des personnes aux pouvoirs singuliers. Des personnes qui n'ont pas d'ailes, mais qui sont belles comme des fées.

Là se succèdent les jours, pareils à des fleurs. Le ciel y est d'un bleu aveuglant ; il ne fait ni trop chaud ni trop froid. Il y a de quoi manger en abondance, et les rires semblent ne jamais devoir tarir. Les habitants ont bon cœur, leur regard est franc : ils ignorent les émotions qu'on appelle « haine », « souffrance », « tristesse ». La paix y règne en permanence, car nul ne prononce jamais de paroles tranchantes.

Dans ce village, ceux qui possèdent des pouvoirs en font bénéficier le monde comme d'une lumière généreusement offerte : ils insufflent de la chaleur dans toutes les maisons ; lorsque la lune se lève, ils dansent sous ses rayons argentés ; lorsque le soleil se montre, la journée résonne de rires chaleureux et éclatants. Nulle part on ne trouve ce froid du corps qui mord la chair, ni ce froid du cœur qui vous fait rentrer les épaules.

Mais voilà qu'un beau jour, un été torride s'est déclaré dans le cœur d'un villageois. Sans le moindre avertissement.

— Mademoiselle, réveillez-vous ! Vous allez bien ?

— Ma gorge…

— Qu'est-ce que vous dites ? Je n'entends pas.

— De l'eau…

— Ah, de l'eau ! Tenez.

L'homme marche sur le sentier qui traverse le village. C'est l'un des gardiens, responsable de toutes les affaires – petites et grandes ; alors qu'il savoure le spectacle de la nature, balançant les bras, inspirant l'air à pleins poumons, il découvre une femme évanouie au bord du chemin. Elle a de longs cheveux noirs, le visage d'une pâleur peu commune, et elle remue les lèvres comme pour parler. Après avoir pris quelques gorgées de l'eau proposée par l'homme, elle perd à nouveau connaissance. Il n'a jamais vu cette femme au village. À l'instant où elle est tombée à terre, les feuilles des arbres se sont envolées pour lui faire un matelas douillet.

— Mademoiselle ! Vous ne pouvez pas vous évanouir ici ! Où habitez-vous ? Je vais vous reconduire !

L'homme reste planté là, ne sachant que faire de cette femme inconsciente. Au bout d'un moment, il retire sa veste pour l'en couvrir, de crainte que l'herbe ne tache sa robe blanche. Puis il s'assied à ses côtés.

Ce n'est pas bien de s'endormir ici… Mais je n'y peux rien. Quand elle se réveillera, je lui demanderai où elle habite, et je la raccompagnerai chez elle. Mais d'où me vient cette paix, quelle est cette torpeur ? C'est étrange…

Et l'homme, accroupi par terre, les bras serrés autour des genoux, s'endort tout doucement.

— Où sommes-nous, monsieur ?

Une main délicate vient effleurer l'épaule de l'homme ; à peine est-il réveillé qu'il s'abîme malgré lui dans les prunelles bleues de la femme, qui le fixe d'un regard interrogateur. Ces prunelles profondes évoquent la mer, ou encore le ciel ; elles prennent une couleur bleue lorsque la lumière s'y reflète, mais paraissent marron quand la femme bat des cils, qu'elle a longs et beaux. L'homme reste béat, captivé par ces yeux mystérieux, avant de reprendre ses esprits et de répondre tant bien que mal :

— Ah, où nous sommes ? Comment dire… Dans un village merveilleux.

— Un village merveilleux ? Il y a ici une odeur que je n'ai sentie nulle part ailleurs. Je capte l'énergie des lieux à travers leur parfum… Et ce village a des arômes paisibles et plaisants. Pourtant, ils me semblent étrangement familiers. Le vent, l'air sont doux. Comme il me plairait de vivre dans un endroit si tranquille !

— Alors… Vous n'avez qu'à vivre ici, avec moi !

Il a prononcé ces mots sans réfléchir, captivé par les yeux de la femme ; tout surpris de son audace, il bondit sur ses jambes. En voyant cet homme danser d'un pied sur l'autre, désemparé, le visage cramoisi, la femme répond avec un sourire désarmant :

— C'est entendu.

« Tomber amoureux au premier regard » : cette expression n'a pas de sens. Pourtant, la femme et l'homme vivent paisiblement dans ce village merveilleux ; ils donnent même naissance à une fille. Ils coulent des jours heureux en cet endroit où l'automne fait suite au printemps, parmi ces gens qui possèdent des pouvoirs mystérieux, mais ne les utilisent jamais pour commettre le mal.

La femme vit comme si elle n'était faite que pour l'amour. Elle est si heureuse qu'elle en ressent soudain comme de l'inquiétude.

— Mais non, mais non, c'est impossible. Personne à l'extérieur ne connaît ce village. Je dois être la seule ici à savoir ce qu'est l'inquiétude…

Elle secoue la tête pour chasser toutes ces idées noires.

*

La nuit est bien avancée ; on a éteint la lumière, mais la chaleur de l'amour subsiste et répand sa clarté, emplit la maison d'une douce tiédeur. Tous les soirs, avant de s'endormir, la femme hume l'air et retrouve sa tranquillité dans les senteurs de calme et de paix. Avec le passage des années, l'homme et elle ont vu leur quiétude augmenter : ils commencent maintenant à se ressembler par la douceur même de leur expression ; main dans la main, une petite lampe allumée dans leur chambre, ils discutent jusqu'à ce que le sommeil les gagne.

Ce sont désormais des personnes d'âge mûr, aux cheveux grisonnants ; leur fille bien-aimée a grandi en force et en sagesse, et elle approche de la majorité. Aujourd'hui, la femme a l'air plus inquiète que de coutume.

— Mon amour, tu ne penses pas qu'il faudrait parler à notre fille de ses pouvoirs ?

— Hmm… Il est encore trop tôt.

— Oh que non. L'année prochaine, elle sera majeure. Il est temps qu'elle apprenne à contrôler ses pouvoirs pour les utiliser à bon escient.

— Mais elle s'imagine encore qu'elle n'a aucun pouvoir. Elle sera si choquée en apprenant tout cela d'un coup.

— Elle sera surprise, c'est certain.

— Nous lui en parlerons bientôt, le moment venu.

— Très bien, comme tu l'entends. Mais une fois qu'elle saura la vérité, il faudra l'empêcher de lire des livres sur d'autres villages.

— Bien sûr. Avec toutes les sortes d'émotions qu'il y a dans ces histoires… Il faut prendre garde que ses pouvoirs n'en soient pas contaminés.

Ils avaient toujours cru que leur fille était dépourvue de pouvoirs, à l'image de sa mère, et lorsqu'elle avait présenté des symptômes sur le tard, ils s'étaient inquiétés. À vrai dire, ils avaient des doutes depuis quelque temps déjà, mais ils avaient fermé les yeux et considéré que la petite avait seulement beaucoup d'empathie et qu'elle était douée pour mettre ses idées en œuvre. Mais leur fille avait reçu le don de la bonne magie ; tôt ou tard, elle devrait relever la même épreuve que tous ceux dont les pouvoirs doivent éclairer le monde.

S'ils échouent à cette épreuve, leur pouvoir demeure imparfait, et il leur faut errer longtemps en quête d'un remède pour soigner leur âme blessée. Mais s'ils surmontent l'épreuve, ils gagnent la pleine maîtrise de leur pouvoir, et deviennent des êtres de lumière. C'est une vie belle, digne de respect, mais solitaire et douloureuse en même temps. Car lorsque la lumière brille, l'obscurité s'épaissit aussi. Comme les deux faces de la lune.

Dans la ville où elle habitait jadis, la femme avait été frappée d'une terrible blessure ; alors qu'elle fuyait à toutes jambes, elle avait perdu connaissance et s'était retrouvée dans ce village. C'est là qu'elle était parvenue à se soigner, grâce à l'amour seul. Voilà pourquoi elle souhaitait à son enfant une vie lumineuse dans ce beau village secret, sans jamais connaître la moindre souffrance, comme une fleur qui ne fane pas.

Mais – il a bien fallu qu'elle l'admette – les souhaits ne restent souvent que des souhaits. Les personnes qui discutaient avec sa fille repartaient apaisées, et sa capacité à donner vie à ses désirs ne faisait que croître de jour en jour. L'heure approche, à présent, où elle devra quitter le village, après avoir découvert et maîtrisé bien des émotions inconnues. Seule une minorité d'élus rejoignent le vaste monde pour l'illuminer de leurs pouvoirs et de leur magie bienveillante. D'habitude, ils présentent des symptômes dès leur plus jeune âge et sont envoyés dans une école d'apprentissage, mais il s'agit cette fois d'un cas particulier : les pouvoirs sont apparus à un âge plus avancé.

J'ai… des… pouvoirs ?

La jeune fille était sortie chercher un verre d'eau, après avoir lu jusqu'à tard dans la nuit : elle avait suivi la lumière qui filtrait par l'entrebâillement de la porte, et elle avait entendu toute la conversation de ses parents. Elle reste plantée là, figée par la surprise. Son cœur bat étrangement vite. *Quels pouvoirs ai-je donc ? Qui vais-je aider grâce à eux ? Va-t-il falloir que je quitte le village, comme tous ceux qui possèdent des pouvoirs magiques ? À quoi ressemble ce monde que je n'ai jamais vu ?* Elle est partagée entre l'inquiétude et l'excitation. Elle se colle au mur et, retenant sa respiration, elle guette les paroles de ses parents :

— Il est déjà arrivé que des personnes de notre village aient deux pouvoirs à la fois ?

— Je crois qu'il y en a eu le siècle dernier.

— …

Concentrée sur les voix assourdies, la jeune fille sent tout à coup ses jambes flancher. La main sur le mur, elle avance de deux petits pas et s'assoit de justesse sur une chaise. C'est déjà surprenant qu'elle ait un pouvoir, alors deux ! Elle est confuse, la tête lui tourne. En regardant par la fenêtre, elle remarque que la nuit est étrangement plus sombre et profonde que d'habitude. Une nuit où la lune et les étoiles se voilent la face. Une nuit où s'ouvrent les portes du village, les portes qui le séparent du monde extérieur.

— Tout va bien. Il ne va rien se passer. C'est certain…

Elle ferme les yeux et prend plusieurs inspirations pour retrouver son calme. Un, deux, trois…

*

— Ne partez pas ! Maman, papa ! Ne me laissez pas ! Revenez, je vous en supplie…

Elle s'est endormie sans le vouloir et se réveille en sursaut, des larmes plein les yeux. Elle a fait un cauchemar : tous ceux qu'elle aime étaient emportés dans un tourbillon. Les rafales de vent faisaient disparaître tout le monde et il ne restait plus qu'elle. C'est la première fois qu'elle ressent une émotion pareille. Est-ce donc cela, l'« anxiété » et la « terreur » dont il était question dans les livres de la bibliothèque secrète, qu'elle a lus en cachette ? Ses parents lui avaient interdit de lire des histoires d'autres villages avant de se coucher… Mais la curiosité était trop forte : elle avait emprunté des livres dans la bibliothèque secrète et les avait dévorés la nuit, lorsque tout le monde dormait. Dans le livre qu'elle a lu ce soir-là, un garçon partait à la recherche de ceux qu'il aimait, aspirés dans un trou noir magique et projetés par-delà les frontières d'un autre siècle.

La jeune fille n'arrive pas à se calmer ; elle sanglote longtemps, une main sur son cœur qui bat la chamade. *C'est étrange. D'habitude, quand je pleure comme ça, papa et maman accourent, alors d'où vient ce silence ? Ils dorment à poings fermés ? Ou alors, je suis en train de rêver ? Pourquoi n'y a-t-il aucune odeur ?* Prise d'inquiétude, elle regarde autour d'elle, et se frotte les yeux, incapable de croire à ce qu'elle voit. Elle ferme les paupières, les rouvre, les presse encore.

Mais elle a beau se frotter les yeux, il n'y a plus rien devant elle. *C'est un rêve. C'est forcément un rêve. C'est ce qu'on appelle un cauchemar. Je dois fermer les yeux et me rendormir, pour faire un nouveau rêve. Quelle drôle de nuit.* Elle ferme de nouveau les yeux, bien fort.

Alors, elle se rappelle la dernière phrase qu'elle a entendue avant de s'endormir, assise sur la chaise. Elle croyait pourtant que c'était un rêve.

— Le pouvoir de sympathiser avec les souffrances d'autrui et de les guérir, c'est très bien. Mais le pouvoir de donner vie à ce qu'on veut… C'est bien trop puissant et dangereux.

— Pourquoi est-ce qu'on ne découvre tout cela que maintenant ? Si seulement nous l'avions su plus tôt… Elle aura un mal fou à comprendre toute seule ce qu'elle aurait dû apprendre à l'école. Ce sera si fatigant pour elle !

— Ne te fais pas de reproches. Ce n'est pas en regrettant le passé qu'on le fait cesser d'être. Au moins, nous sommes au courant maintenant. Nous serons à ses côtés pour l'aider.

— Très bien. Mais au moment où les gens découvrent leurs pouvoirs, tout ce qu'ils pensent ou rêvent se réalise aussitôt. Nous devons faire attention à ce qu'elle n'ait pas de pensées négatives. Demain soir, il faudra préparer une ambiance agréable avant de lui révéler la vérité.

— Entendu. Mais pour activer les deux pouvoirs, elle devra…

La jeune fille s'est endormie avant d'entendre la fin de cette phrase ; elle s'en veut terriblement. Elle aurait dû écouter jusqu'au bout ! Ou plutôt, elle n'aurait pas dû se lever pour prendre un verre d'eau. Ou plutôt, elle n'aurait pas dû rester éveillée si tard dans la nuit. Ou plutôt, elle n'aurait pas dû épier la conversation de ses parents. Ou plutôt, dès le départ, elle n'aurait pas dû lire les histoires d'autres villages. Elle n'aurait pas dû entrer dans la bibliothèque secrète. Plus elle réfléchit, plus les regrets enflent et s'amassent comme une boule de neige.

Elle rouvre les yeux, mais ce n'est pas un rêve. C'est la réalité. Un champ de ruines, un vrai. *Je suis toute seule, à l'endroit même où ceux que j'aime ont été emportés, par ma faute.*

Comme ce serait bien si l'on avait la possibilité de revenir sur les choix qu'on regrette ! Alors, prendrais-je une autre décision ? Le pourrais-je vraiment ?

Ou plutôt, comme ce serait bien si j'avais le pouvoir de prédire les malheurs et de les arrêter ! Peut-être en suis-je capable ?

Ce n'est pas possible. Tout ne peut pas disparaître en un instant, pour presque rien. J'ai seulement fermé et ouvert les yeux, et le monde radieux s'est empli de ténèbres.

C'est un rêve.

C'est forcément un rêve.

Ce n'est pas un rêve. C'est la réalité. Parfois… Non, souvent, la réalité est plus cruelle que les rêves.

La jeune fille a beau fermer et rouvrir les yeux, se rendormir et se réveiller à l'endroit même où elle s'était assise, elle est seule. Elle a perdu tous ceux qu'elle aime, et pourquoi ? Parce qu'elle ne sait pas utiliser ses pouvoirs, c'est tout. Persuadée qu'elle trouvera bien un moyen d'arranger les choses, quel qu'il soit, elle va chercher tous les manuels de l'école et découvre cette note :

Les pouvoirs sont difficiles à contrôler dans un premier temps : il est donc fortement recommandé d'éviter de rêver. Au début de l'entraînement, en particulier, on est capable de donner réalité à beaucoup de choses. Il arrive que les pensées formées juste avant de s'endormir prennent vie ; il est crucial de ne pas en faire mauvais usage, et de ne pas créer des situations dangereuses. Toujours faire de la méditation et se concentrer sur des idées positives avant de se coucher.

C'est sans espoir. Elle a beau rêver de sa famille bien-aimée pour la faire revenir, lorsque la jeune fille rouvre les yeux, elle est encore seule.

Et si papa et maman avaient franchi les frontières d'un autre siècle, comme dans le livre ? Je les retrouverai, dussé-je fouiller tous les siècles. Et je ne vieillirai jamais jusqu'au jour de nos retrouvailles. Si je nais un million de fois, je pourrai les revoir, pas vrai ? Je les trouverai coûte que coûte. Je vais tout régler.

Souvent, lorsqu'on est confronté à des situations difficiles, on découvre en soi des forces insoupçonnées : la jeune fille elle aussi est parvenue à puiser des pouvoirs spéciaux dans la profonde tristesse et le désespoir où elle était plongée. Elle s'est ensorcelée elle-même, afin de naître un million de fois et de traverser tous les siècles. Ce n'était pas sans danger, mais elle a méprisé tous les avertissements. Peu lui importaient les périls, maintenant qu'elle avait perdu ses parents ! Elle n'était censée utiliser ses pouvoirs que pour accomplir le bien, mais elle a traversé les siècles à la recherche de sa famille, en se jouant de toutes ces règles. Elle qui riait sans cesse et qui avait les joues toutes roses de plaisir… La jeune fille a désormais perdu son sourire à trop arpenter le monde d'un siècle à l'autre, au fil des vies. Mais ce n'est pas grave. Pourvu qu'elle puisse trouver sa famille… Elle a continué de renaître et d'errer sur terre, tout en accomplissant une multitude de choses.

Où êtes-vous ? Revenez, maintenant, je vous en supplie… Par pitié… Si seulement c'était un rêve…

Elle a beau renaître encore et encore et les chercher de toutes ses forces, elle n'arrive pas à retrouver ceux qu'elle aime. La jeune fille a fini par se rendre incapable de mourir, incapable d'être heureuse. Elle a besoin de retrouver sa famille, pour arrêter de naître, pour vieillir et mourir enfin. Seule comme elle est, elle ne trouve aucun plaisir aux belles choses, et elle n'a pas même la liberté de vieillir naturellement. Elle a pris sa décision : une fois seulement qu'elle aura retrouvé ceux qu'elle aime, elle rira avec eux. Elle se moque de son devoir moral, de n'utiliser la magie que pour le bien : elle utilise ses pouvoirs dans son propre intérêt.

Mais plus elle naît et renaît, plus ses yeux noirs et profonds s'emplissent de tristesse, et son visage perd toute expression, comme si elle était devenue incapable de rire ou de pleurer. Ses prunelles sont pleines d'une terrible mélancolie et d'un néant insondable ; le manque de sommeil et de nourriture la rend tout émaciée.

Si elle veut que sa famille la reconnaisse, elle doit préserver l'apparence qui était la sienne au moment de leur séparation : elle ne laisse pas la vieillesse aller jusqu'à altérer ses traits. Une fois, la jeune fille a eu trente ans ; dans un autre siècle, elle en a eu quarante. Il lui est arrivé d'aller jusqu'à cinquante, mais elle n'a jamais vieilli davantage. Elle a peur que sa famille ne la reconnaisse plus… Non. En réalité, ce qu'elle craint, c'est que ses propres souvenirs deviennent trop flous pour qu'elle puisse reconnaître ses parents. C'est un voyage sans fin, épuisant. Le temps impitoyable coule plus vite qu'elle ne l'aurait pensé.

Je suis déjà née un million de fois. Si seulement je pouvais me réveiller aujourd'hui et découvrir que tout ça n'était qu'un rêve…

Pourquoi ce souhait-là refuse-t-il de se réaliser ? Quand donc ses pouvoirs accepteront-ils de s'activer pleinement ? Elle a beau réfléchir, elle ne comprend pas. Il n'y a rien de plus pénible que de ruminer encore et encore quelque chose qui nous échappe. Elle aurait dû emporter les livres de l'école lorsqu'elle a quitté le village.

Le premier jour de cette nouvelle vie – elle n'en compte même plus le nombre – la jeune fille ouvre les yeux, se lève lentement de son lit, et saisit une bouilloire pour faire chauffer de l'eau.

— Que cette bouilloire s'emplisse d'eau bouillante ! Allez, glou glou… Pourquoi ça ne veut pas marcher ?

La jeune fille a l'habitude de parler toute seule ; tout en marmonnant, elle retire le couvercle de la main droite, et fait couler de l'eau dans la bouilloire qu'elle tient de la main gauche. Quand elle rêve de renaître avec le même âge, la même apparence, la même maison, cela se réalise pourtant sans problème ! Alors pourquoi ses autres souhaits échouent-ils ainsi ?

— Où sont les tasses ? D'habitude, je fais toujours en sorte qu'elles soient au même endroit.

Elle lève la tête et fouille l'étagère du haut, promène le regard sur les placards du bas ; alors enfin, elle découvre les tasses blanches bien rangées dans le rayon juste en face. Elle les regarde fixement. Depuis quand sont-elles là ?

Soudain, l'eau se met à bouillir dans un nuage de vapeur.

— Vous… me… manquez…

La jeune fille songe aux personnes qu'elle a côtoyées le siècle dernier. Maintenant qu'elle a dit ces mots à voix haute, ses camarades lui manquent plus encore. À vrai dire, elle est exténuée depuis longtemps déjà. Elle a réprimé tous ses sentiments afin de vivre sans joie et sans bonheur, mais c'est peine perdue : pourquoi faut-il donc que les êtres humains soient si affectueux, qu'ils répandent une telle chaleur autour d'eux ? Tôt ou tard, ils finissent par se rapprocher d'elle, malgré toute l'indifférence qu'elle leur manifeste ; lorsqu'elle commence à s'habituer à leur présence, il faut qu'elle les quitte sur-le-champ. En esprit elle voit défiler les visages de ces compagnons d'un temps qui lui ont témoigné de la chaleur, malgré tout le mal qu'elle s'est donné pour les ignorer et les rudoyer. Parfois, elle voudrait arrêter son errance et vivre à leurs côtés.

— Est-ce que je le mérite vraiment ?

Chaque fois que l'idée de prendre racine lui traverse l'esprit, la jeune fille se dépêche de quitter l'époque en question.

Elle n'est pas triste en permanence. Certaines situations lui sont agréables : lorsqu'elle écoute en silence les histoires de ses compagnons, par exemple. Alors, emportée par son extraordinaire capacité d'empathie, elle souffre avec eux ; quand elle sent se dissiper les émotions, elle sert de la tisane à ses interlocuteurs, et les regarde retrouver lentement le sourire.

Elle aime la qualité de l'atmosphère dans ces instants de connivence. La jeune fille supporte sans mal d'écouter ces histoires tristes, déprimantes, exaspérantes. Elle qui a vécu si longtemps, elle sait combien sont fréquents les moments difficiles, et rares les instants de bonheur. Pour elle, toutes ces confidences sont comme une douce mélodie.

Et si ces gens continuaient de vivre avec ces histoires enfermées au plus profond de leur âme, ils en garderaient des traces indélébiles : ne vaut-il pas mieux qu'ils purifient leur cœur, qu'ils déversent lentement ce trop-plein d'émotions dans son oreille attentive ? Et qui sait ? À force de caresser ces âmes lourdes de secrets, peut-être un jour trouvera-t-elle le repos, elle aussi ?

La jeune fille a conscience qu'il s'agit là de son pouvoir. Mais elle a peur de l'utiliser dans sa pleine mesure. Elle craint de perdre encore quelqu'un. Est-il donc impossible d'aimer sans redouter de perdre l'objet de son amour ? Elle s'est ensorcelée pour ne jamais vieillir : chaque fois qu'elle voit ses compagnons prendre de l'âge, elle doit se préparer à les quitter. Contre son gré.

Et si c'était précisément ces personnes-là, les êtres aimés qu'elle cherche dans sa longue errance ? À force de naître et de renaître depuis si longtemps, de s'en vouloir pour ses erreurs passées, peut-être est-elle devenue incapable de voir ce qui est juste en face d'elle. Comme cette tasse.

La jeune fille saisit le récipient qu'elle vient de scruter un bon moment, et se verse à boire, songeuse. *Faire bouillir de l'eau, remplir une tasse : c'est une série de choix. Non mais, quelles drôles de réflexions je me fais ! Il faut croire que c'est devenu trop dur pour moi de renaître encore et encore. Peut-être le moment est-il venu d'abandonner, à présent… Mais non, pas encore. Ne pensons pas à cela.*

D'un geste de la tête, elle chasse ces pensées. Elle souffle sur l'eau brûlante pour la refroidir, et la sirote à petites gorgées, tout en examinant son logis. Elle renaît chaque fois dans une ville différente, mais avec toujours le même genre de maison, pour ne pas être dépaysée. Quarante mètres carrés, un plan tout simple : une chambre, un salon, et une petite cuisine. Quant au mobilier, il se résume à un lit, une petite coiffeuse, une armoire, une chaise, et une table. Bien des siècles auparavant, elle a tenté de vivre dans une vaste maison luxueuse, mais cela n'a fait qu'augmenter sa solitude.

Elle a travaillé pendant chacune de ses vies, mais sans utiliser son argent : elle en a maintenant plus qu'elle ne saurait compter. Plus son argent s'accumule au fur et à mesure de ses vies, moins elle en a besoin. Tout en considérant le spectacle familier de sa maison, elle marche à petits pas jusqu'au salon et se plante devant la fenêtre.

— Que c'est beau !

Pour cette nouvelle existence, elle a choisi de vivre à Marigold, séduite par le nom du lieu. Une ville baptisée d'après les fleurs favorites de sa mère ! Elle en ressent comme une familiarité intérieure. Elle habite un bâtiment en hauteur, au milieu de maisons couleur brique, disposées comme des pétales de fleurs. Une odeur de cuisine vient de l'autre bout de la ruelle. C'est un quartier paisible, où le soleil se couche et se lève tranquillement. Parmi les maisons qu'elle aperçoit de l'autre côté de la vitre, quelques-unes sont déjà illuminées, et de la fumée s'échappe de leurs cheminées.

Plantée là, sans bouger, la jeune fille examine le panorama qui s'offre à elle. Le quartier n'est pas surpeuplé, mais il n'a pas non plus l'atmosphère inquiétante des ruelles où les passants se font rares. Sa tasse à la main, elle ouvre la fenêtre et sort sur le balcon. Le carrelage est froid sous ses pieds nus.

Le vent souffle sur son visage ; elle se tient dos à la mer. Juste à ce moment, le soleil se couche. Lorsqu'elle tourne la tête sur sa gauche, elle en a le souffle coupé. L'astre du jour se dissout en aspergeant le ciel de peinture rouge, avec ardeur. Comme embrasé, il se noie lentement dans la mer. Le soleil couchant a-t-il toujours été aussi beau ?

Le quartier occupe le sommet d'une colline, qui de deux côtés donne sur la mer, et des deux autres, sur la ville. Les yeux fermés, la jeune fille respire à pleins poumons. C'est l'odeur de l'océan. En observant ce paysage qui lui fait face – la ville, la mer, et les maisons du quartier, dans une harmonie parfaite – elle se sent seule. Des larmes chaudes coulent sur ses joues.

— C'est fou ! Pourquoi ce soleil couchant est-il aussi beau ? Il y a encore de belles choses dans ce monde, ma foi…

Elle essuie ses larmes précipitamment, comme si elle risquait d'être vue, tout en contemplant le spectacle que lui offre le ciel. Une odeur de fleurs vient frôler ses narines. La jeune fille dompte ses cheveux qui volent au vent ; ses prunelles sont teintées par les lumières du soleil couchant.

— Tiens donc ? Quelle est cette odeur familière ?

Alors qu'elle boit l'air à pleins poumons, il lui semble reconnaître une odeur de jadis. Où donc a-t-elle déjà senti cela ? Elle sirote son eau, devenue froide à présent, tout en songeant à cette odeur venue du passé. En un instant, le soleil s'efface derrière la mer à l'horizon. Même s'il a disparu, ses vestiges imprègnent encore le ciel d'une couleur écarlate.

Les ténèbres ne triomphent pas aussitôt. L'astre du jour s'éteint tout doucement, en diffusant sa lumière : même s'il est invisible, son aura demeure. Mais oui ! La lumière et l'obscurité ne sont pas deux faces opposées l'une à l'autre, mais une seule et même réalité qui se poursuit sans interruption. La jeune fille observe le spectacle de la pénombre qui s'installe petit à petit. Même si les ténèbres sont profondes, il y a de la lumière par-ci par-là. On croit se trouver dans l'obscurité la plus totale, mais il reste de faibles lueurs dont on n'a pas conscience.

La nuit prend le dessus, peu à peu. Tout comme le soleil se couche dans une obscurité grandissante, les ténèbres elles-mêmes trouvent leur lumière tout doucement : l'astre du jour et celui de la nuit partagent le même ciel. Peut-être que si l'on ne voit jamais la lune quand il fait jour, c'est parce qu'on cherche seulement à voir le soleil ? La jeune fille reste recroquevillée en silence toute la nuit, les bras autour de ses jambes. L'aube arrive, le jour se lève. Les ténèbres semblaient éternelles, mais la lumière est de retour. Voilà ce que nous offre la vie, même lorsqu'on a tout abandonné : de pouvoir se retrouver face au soleil qui se lève.

— Tant qu'on est en vie, il n'y a ni obscurité ni lumière qui soient éternelles.

Alors, des souvenirs lui traversent l'esprit : ses gestes lorsqu'elle versait la « tisane de la consolation » à ses compagnons du siècle dernier, les ténèbres sans fond qui se dissipaient en eux tandis qu'ils buvaient, le moment où, leur tasse finie, ils relevaient la tête et où elle voyait leur sourire poindre tel un soleil levant.

— Ça y est… Je me souviens.

Crac !

La tasse blanche s'échappe des mains de la jeune fille. Les éclats de porcelaine volent de tous côtés. Tout était là, dans son inconscient. Pourquoi ces souvenirs ne lui reviennent-ils que maintenant ? Elle pose les deux mains sur sa bouche. C'est l'aube, le lever du soleil : il n'y a personne pour l'entendre crier. Ça y est : les dernières paroles de son père, que dans son évanouissement elle n'avait pu entendre, et qui étaient restées enfouies dans sa mémoire, résonnent enfin au creux de son oreille.

— Mais pour activer le deuxième pouvoir, elle devra d'abord apprendre à maîtriser le premier, celui de consoler la tristesse, et se consacrer à l'œuvre de soigner les âmes. Ensuite seulement, elle pourra utiliser son deuxième pouvoir, celui qui lui permettra de donner vie à ses rêves. C'est sans doute un pouvoir auxiliaire pour guérir les douleurs de l'âme. Seules quelques personnes dans le village possèdent ce genre de pouvoir ; c'est vraiment un don précieux et particulier. Notre fille a été choisie.

Pourquoi maintenant ? Pourquoi... Maintenant... La jeune fille reste plantée sur place, sans même avoir la force de pleurer ; elle imagine comment ce serait de disparaître. Alors réellement son corps se fait transparent, petit à petit. Dans son dos, le soleil se lève, consciencieux, prêt à faire son travail de tous les jours.

— Ah… J'ai mal à la tête… Pourquoi ne puis-je pas disparaître ?

À l'instant même où elle va s'effacer à jamais, la jeune fille serre les poings. Alors, les morceaux de la tasse brisée se changent en pétales blancs qui s'envolent par la fenêtre. Ils montent dans le ciel et chassent les nuages afin que le soleil brille de tous ses feux sur la fenêtre. Les rayons brûlants traversent l'azur. En un éclair, les habits qu'elle porte se transforment : elle est maintenant vêtue d'une robe de satin noir, ornée de camélias rouges.

Lorsque la jeune fille ouvre les yeux, ses cheveux qui étaient soigneusement attachés se défont d'eux-mêmes et tombent en cascade dans son dos. C'est un jour spécial. La veille d'une tempête, certes calme et mélancolique, mais qui détruit tout sur son passage, tel le plus violent des ouragans.

*

— Dans cette ville, le soleil se couche avec paresse. Comme si c'était la dernière fois. Comme s'il ne devait pas y avoir de lendemain.

La jeune fille a passé plusieurs jours sans bouger, à regarder le soleil se coucher et se lever ; enfin, elle sort de chez elle. Elle est furieuse d'avoir mis tant de temps à se rappeler les derniers souvenirs du jour où sa vie a basculé. À présent qu'elle sait tout, elle ne peut pas rester les bras croisés. Tant pis : laissons là les ressentiments et la culpabilité, pour le moment. Au lieu de perdre son temps à cultiver les remords, mieux vaut accepter les problèmes et les affronter. Peut-être qu'une réponse l'attend au bout de la route ? À présent, la jeune fille doit trouver un travail et un lieu où entreprendre de guérir les âmes une bonne fois pour toutes. Ici, dans la ville de Marigold.

*

— Ah là là, en comptant le gamin de ta fille, ça te fait trois gosses sur les bras, maintenant ? T'as dîné, au moins ?

— Eh oui ! Mais ils rentrent chez eux le week-end. Donne-moi quelques *eomuk*[*] à emporter.

La jeune fille capte des bribes de conversations parmi les passants qui la frôlent. Dans un restaurant, deux femmes troquent quelques billets de mille wons contre un sac en plastique noir, d'où s'échappe un fumet de nourriture chaude. La plupart des habitants de ce quartier tranquille n'ont jamais vécu autre part : ils connaissent les lieux sur le bout des doigts.

* Pâte de poisson. (Toutes les notes sont de la traductrice.)

— Le *gimbap*[*], c'est moi qui te l'offre !

— Quelle idée, enfin, je t'ai à peine acheté deux ou trois *eomuk* ! Il ne te restera pas un sou à la fin de la journée ! Laisse-moi payer, allez.

— Ouste, ça suffit ! Tu n'as qu'à repasser demain !

La jeune fille prend plaisir à voir ces deux femmes se chamailler gentiment. C'est étrange. À force de les écouter, elle commence à avoir faim. Il y a bien des années qu'elle n'a pas éprouvé de l'appétit : elle pénètre dans le vieux restaurant *La Grignote*.

Les tables rouges sont poisseuses ; même en les essuyant, on ne peut venir à bout de la graisse qui les macule. Elle commande un rouleau de *gimbap*, en se retenant de corriger les fautes d'orthographe sur le menu.

— Maintenant que j'y pense, depuis combien de vies n'ai-je rien avalé ? En tout cas, pour cette fois, c'est mon premier repas.

Prendre le temps de mâcher de la nourriture, d'en savourer le goût : elle a toujours considéré cela comme un luxe, elle qui avait un devoir à accomplir. Pendant toutes ces années, elle a survécu en avalant des pilules : une seule lui donnait assez d'énergie pour la journée. C'est un homme rencontré dans un siècle passé qui lui a confié le secret de fabrication de ces pilules, sur son lit de

* Riz et divers ingrédients roulés dans une feuille d'algue.

mort… Elle peine à se rappeler son visage, maintenant. Lorsque la patronne du restaurant lui apporte son *gimbap*, elle remarque que la jeune fille a l'air décontenancé, comme quelqu'un qui ne saurait plus comment mâcher ni avaler. Alors elle lui dit :

— Même si ça passe pas, avale de force. Sinon tes os vont se briser, tellement tu es maigre ! Moi non plus je n'avais pas faim aujourd'hui, mais je me suis forcée. C'était pas facile. Mais faut bien ça, si on veut avoir un peu de graisse sur le ventre ! Sinon tout s'en va.

Cela fait si longtemps qu'on ne l'a pas encouragée à manger ! La jeune fille enfourne mécaniquement un morceau de *gimbap* dans sa bouche. Elle penche la tête de côté, tout en jetant un regard distrait sur le ventre bedonnant de la propriétaire, sous son vieux tablier à fleurs.

Ce gimbap *est répugnant. J'ai peut-être perdu le goût, à force de ne rien manger ?* Tandis que la jeune fille réfléchit, la patronne vient poser sur sa table un bol de bouillon d'*eomuk* tout fumant.

— Dis-moi, comment tu t'appelles, ma p'tite demoiselle ? lui demande-t-elle.

Occupée à compter les morceaux de poireau et les grains de poivre flottant dans le bouillon, la jeune fille hésite avant de répondre. Son regard s'arrête sur un prospectus jaune, posé sur la table d'à côté, et qui annonce : « Supermarché Jieun ». Après un silence de quelques secondes, le temps de finir son morceau de *gimbap*, elle s'humecte les lèvres et répond :

— Jieun.

— Jieun ? Quel joli prénom. Régale-toi bien, et la prochaine fois que tu viens, prends des *ramyeon*[*] aussi !

C'est vrai que c'est un joli prénom. *Jieun* qui écrit des histoires[**]. La jeune fille est satisfaite de ce pseudonyme qu'elle s'est inventé à la hâte : un petit sourire sur les lèvres, elle prend une cuillerée du bouillon où abondent les poireaux et le poivre.

Qu'il est agréable, ce bouillon.

Une fois son repas terminé, la jeune fille… Non, Jieun, prend la parole :

— *Ajumma*[***] *!* Il coûte combien, ce bâtiment ? Je vais l'acheter.

— Acheter le bâtiment, rien que ça ? T'as un problème à la tête, ou quoi ? Tu as beaucoup d'argent ?

— On peut dire ça.

— Tiens tiens, mademoiselle vient d'une famille riche ?

— Il faut combien d'argent pour dire qu'on est riche ? J'ai gagné des sous en travaillant, mais ça fait un bon moment que j'ai perdu toute envie

* Nouilles instantanées, très bon marché.

** Le prénom « Jieun » est un homonyme du mot « auteur » en coréen.

*** Titre pour interpeler une femme d'âge mûr.

de les dépenser. Alors comme je ne les utilise pas, ils s'accumulent. C'est pour ça que j'en ai beaucoup. Bon, donne-moi juste le nom du propriétaire. Dis-lui que je lui paierai trois fois le prix du bâtiment. En échange, je te garantis ce local à vie, et je diminue ton loyer par deux.

— Ma parole, tu es riche comme Crésus ! Non seulement tu es toute jolie, mais en plus tu as bon cœur ? Si tu as de quoi payer, vas-y donc ! Je peux bien te donner le numéro du proprio. Tiens ! Voilà.

Jieun lit avec attention le numéro inscrit sur un vieux post-it, puis elle sourit.

— En échange, dit-elle, tu dois me promettre de ne jamais changer tes recettes. Ne t'amuse pas à sortir de nouveaux plats ou je ne sais quoi. Il ne faut jamais dévier du droit chemin !

— Ah là là, tu as l'œil ! C'est vrai que je cuisine bien. Mais pourquoi tu me tutoies comme ça, à ton âge ?

— Je suis plus vieille que j'en ai l'air. J'ai vécu plus longtemps que toi.

— Ha ha, mais bien sûr. Pourquoi pas, si ça t'amuse.

La patronne du restaurant éclate de rire en voyant la mine sérieuse de Jieun, avec ses longs cheveux noirs qui lui tombent jusqu'aux reins, et sa peau blanche comme de la porcelaine. On lui donnerait à la fois vingt ans et quarante. Dès l'instant où elle a vu Jieun plantée devant son restaurant, le regard triste et vide, la dame s'est sentie peinée sans trop savoir pourquoi. Cette petite était si maigre qu'elle aurait voulu la serrer dans ses bras ; peut-être bien qu'elle a fait exprès de parler plus fort, avec plus d'énergie, pour la pousser à entrer.

— Dis donc, ma p'tite demoiselle... Non, Jieun. Cette robe à fleurs, tu l'as achetée où ? Elle me plaît bien. On dirait qu'elle est faite pour moi.

La patronne observe la robe noire à fleurs rouges de Jieun, tout en caressant son propre tablier à imprimé rose, noué sous les plis de son ventre proéminent. En voyant cette main ridée et déformée, Jieun sent son cœur se serrer, tandis qu'un souvenir heureux lui revient à l'esprit.

— Maman, qu'est-ce qui se passe si on n'a pas d'âme ?

— Hmm... On ne peut plus sentir la moindre émotion, ni l'amour, ni la joie, ni la tristesse, je suppose.

— C'est une bonne chose, non, de ne plus sentir la tristesse ?

— Il t'est arrivé quelque chose de triste ?

— Non, mais j'ai lu un livre qui parlait de souffrance. Alors je me posais la question.

— Si jamais, par le plus grand des hasards, tu avais mal à l'âme, il suffirait de la sortir, de laver les taches, et de la mettre à sécher au soleil. Alors

le lendemain, tu te sentirais toute requinquée avec cette âme propre et sèche.

— On peut sortir son âme ?

— Si tu n'arrives pas à la sortir, tu n'as qu'à la dessiner sur une feuille de papier !

— D'accord ! Mais si j'ai mal à l'âme, tu n'as qu'à me serrer dans tes bras, dit la petite fille avec des yeux brillants.

Sa mère lui caresse le dos ; au lieu de répondre, elle sort un cookie de la poche de son tablier. La petite fille, vêtue de sa robe jaune, les joues toutes roses, s'empare du cookie et y croque à belles dents. Des miettes plein le visage, elle étend les deux bras et se met à gambader comme si elle allait s'envoler. Une brise chargée de pétales vient l'envelopper tel un tourbillon. L'enfant joue à se rouler dans les fleurs rouges ; elle devient elle-même un pétale et disparaît.

— Ça doit faire cinquante siècles que j'ai acheté cette robe. Tu n'en trouveras plus des comme ça. À bientôt, *ajumma* !

Ses longs cils noirs chargés de tristesse, Jieun détourne le regard du tablier de la patronne de *La Grignote*, et s'arrache à ces souvenirs d'un bonheur révolu ; elle paie son repas et sort du restaurant pour examiner le bâtiment. Avec un petit soupir, elle saisit son portable et compose le numéro du propriétaire, en appuyant soigneusement sur chaque touche. Tandis que la sonnerie retentit dans le vide, elle remarque une vieille enseigne délavée sur le bâtiment d'à côté.

La laverie des âmes
Nous venons à bout de toutes les taches. Lavage à sec de luxe.

Jieun examine le panneau avec attention. Il manque certaines lettres, qui se sont décollées.

— Une laverie, pour enlever les taches… Et les taches de l'âme, est-ce possible de les effacer ?

Lavage robotisé, un équipement à la pointe de la technologie.

— À la pointe de la technologie ? Ce n'est pas l'impression que ça donne…

Jieun parcourt du regard l'intérieur de cette vieille laverie, qui semble fermée depuis longtemps déjà ; une expression décidée se peint sur son visage, comme si elle venait de prendre une résolution irrévocable. Et si elle repassait les âmes, comme on repasse les vêtements froissés ? Mais suffit-il vraiment d'effacer toutes les taches de l'âme pour trouver le bonheur ? Les prunelles de Jieun, noires et profondes, s'éclairent d'une lueur nouvelle.

Elle a l'impression qu'ici, tout est possible. La jeune fille ferme les yeux et ses traits se détendent, tandis que son esprit échafaude des plans.

Dans son dos, la nuit tombe peu à peu. Sans faillir.

*

Certaines âmes auront à peine besoin de quelques coups de fer à repasser pour se défroisser ; d'autres auront besoin d'être lavées, mais sans effacer toutes les taches. Parfois, elles seront tellement trouées qu'il faudra les raccommoder de part en part avant de les passer à la machine ; de temps en temps, elle aura beau les laver, elles ne cesseront de dégorger de l'eau sale.

Jieun imagine un espace où l'on puisse entrer sans crainte, son âme sous le bras. Elle songe aux endroits les plus confortables qu'elle a connus dans ses vies antérieures. Une foule de lieux lui viennent à l'esprit, qui lui rappellent des êtres chers : la maison à deux étages de Chunbok, au bord d'un lac ; le salon de Yeongsu qui donnait sur la mer ; le jardin de la vieille Sophie à la campagne, dans un village d'Europe. Il faut qu'elle choisisse un endroit baigné de soleil, pour que les âmes tachées puissent se sécher à ses rayons.

C'est la maison de Sophie qui a le plus marqué ses souvenirs ; les gens y entraient à toute heure du jour et de la nuit. Au centre du jardin, il y avait un grand arbre qui poussait là depuis des centaines d'années : à l'ombre de ses branches, les habitants du village venaient manger et discuter des petites choses de leur quotidien. *Il faudrait que cette laverie soit comme la maison de Sophie : un endroit où l'on puisse venir à tout moment, pour y trouver de l'ombre et du répit.* Absorbée par ses pensées, sans même se rendre compte qu'un petit sourire est né sur ses lèvres, Jieun ferme les yeux et rêve.

Il faut un bâtiment avec deux étages, en bois de noyer bien solide, et un jardin qui reste vert toute l'année. Une maison d'apparence européenne au-dehors, mais avec la charpente des hanok* *au-dedans !*

— Je veux un endroit dont on ressorte le cœur guéri. Un endroit pour laver les âmes, pour leur ajouter des couches protectrices, comme les anneaux de croissance des arbres, dit-elle à voix haute.

Après avoir gravi les sept marches d'un escalier en bois, on tombe sur une entrée voûtée, entourée de camélias en fleurs. Si on ouvre la porte en bois antique pour entrer dans la maison, un nouveau monde se déploie sous nos yeux, comme si on pénétrait dans un jardin secret.

— Puisque nous sommes au sommet d'une colline, les rayons tièdes du soleil entreront toute la journée, et la clarté argentée de la lune baignera la maison toute la nuit.

---

* Nom des maisons traditionnelles en Corée.

Au cœur de la nuit, à l'heure où tout le monde dort d'un sommeil profond, la laverie des âmes apparaît silencieusement dans une lueur rouge, telle une immense fleur qui éclôt. Comme des pétales recroquevillés dans un bourgeon et qui se déploient les uns après les autres, le bâtiment pousse étage après étage.

Au rez-de-chaussée, Jieun installe un grand comptoir : elle l'utilisera à la fois pour recevoir les vêtements sales et pour servir du thé à ses clients. À l'étage, c'est la laverie à proprement parler. C'est là qu'elle devra nettoyer les taches et repasser les cœurs froissés : elle y met aussi peu de décorations que possible. Elle prépare une salle pour les lave-linge et le repassage, et ajoute deux tables de quatre où pourront se reposer les clients qui attendent.

— Ah, je dois mettre des éclairages aussi !

Elle dispose des lampes qui diffusent une lumière jaune et tamisée, agréable, afin que les clients ne se sentent pas gênés au moment de faire leurs confidences. Plutôt qu'un éclairage puissant qui montre le visage à nu, mieux vaut garder un fond d'obscurité où l'on puisse cacher son cœur.

Dans un coin, elle ajoute un escalier de fer en colimaçon, à peine assez grand pour qu'un homme y passe. Si l'on gravit ces marches, on arrive sur une terrasse sur le toit avec un grand jardin : au milieu, elle étend une corde à linge pour les clients, et une autre pour elle-même.

Dans ses vies antérieures, lorsque Jieun prêtait l'oreille à la tristesse des autres et leur offrait du réconfort, elle rentrait chez elle et faisait la lessive en repensant à leurs histoires. Elle ajoutait du détergent et brassait le linge en observant les bulles blanches qui s'échappaient. Au fur et à mesure qu'elle rinçait les vêtements dans l'eau, la poussière et les saletés s'en détachaient et se faisaient emporter en même temps que les bulles. Alors, Jieun secouait le linge pour l'essorer, avec l'espoir que la tristesse et la souffrance de ces personnes disparaîtraient une fois sa tâche terminée. Elle étendait les vêtements, et observait rêveusement les gouttes d'eau qui coulaient au sol une par une ; on aurait dit que toutes les souillures des sentiments du monde séchaient elles aussi. Le lendemain, après avoir mis toute son énergie à la lessive, elle retrouvait ses amis : eux qui avaient une expression lugubre la veille encore arboraient désormais un visage rayonnant, comme un ciel bleu sans trace du moindre nuage.

— Tous ceux qui passeront à la laverie des âmes en ressortiront le cœur léger.

Et c'est ainsi qu'est apparue la laverie des âmes, sur la colline la plus haute de la ville, née du profond désir de Jieun de créer un endroit où règne la tranquillité.

— Ouf, ça a marché !

Elle ouvre les yeux et observe la laverie. Elle craignait que son pouvoir de donner vie aux rêves ne fonctionne pas, après tout ce temps. Bien des fois, elle a souhaité vieillir et mettre fin à ses jours, sans que cela ne se réalise jamais. Renaître encore et encore dans ce corps jeune : c'était là un autre type de douleur que la perte de ceux qu'elle aimait, une souffrance horrible. Et dans sa vie précédente, elle avait beau essayer d'activer ses pouvoirs pour donner vie à ses rêves, elle échouait toujours. Peut-être a-t-elle reçu une nouvelle faculté pour cette vie-ci. Le visage marqué par la fatigue, Jieun pousse un faible soupir et s'avance vers la laverie.

Un, deux, trois, quatre, cinq, six, sept.

Elle monte lentement les marches de l'escalier en bois, et s'arrête face à l'entrée. Le vent chargé de fleurs rouges, qui a fait naître ce bâtiment, se faufile sous ses pieds et vient s'engouffrer entre les motifs de sa robe.

La nuit est tranquille. Jieun ouvre la porte et allume la lumière : une atmosphère paisible règne dans la pièce grâce aux éclairages tamisés, exactement comme elle l'avait imaginé. À chacune de ses inspirations, elle sent les effluves du bois, et son cœur s'ouvre petit à petit. Il y a des voix qui sont là, toutes proches. Jieun écoute un moment ces histoires que seul le cœur peut entendre, avant de se diriger vers l'arrière-cuisine, de l'autre côté du comptoir.

Pour la première fois depuis bien longtemps, elle s'applique à préparer la tisane de la consolation. Lorsque les gens le boiront, ce thé effacera les petits plis de leur âme et leur apportera le réconfort, ne serait-ce qu'un instant. Dans une nuit aussi profonde que celle-là, il y a forcément quelqu'un qui a besoin d'une tasse chaude.

Mais peut-être que ce soir, c'est elle qui en a le plus besoin.

— J'aimerais tellement extraire mon âme de ma poitrine, la laver une bonne fois et la remettre ! marmonne Yeonhui en gravissant les marches raides de l'escalier.

Le paysage de printemps est magnifique : il y a de quoi se sentir mélancolique. C'est une belle nuit du mois de mai ; la verdure règne, et la brise répand le parfum des fleurs de tous côtés.

— Comment extraire son âme ? Extraire son cœur, c'est comme extraire son âme ? demande Jaeha, le souffle coupé, en rajustant le sac à dos qui, sous le poids de son ordinateur portable, lui écrase les épaules.

L'âme a-t-elle une réalité matérielle ? Si c'est le cas, il voudrait bien l'extraire et la toucher un peu pour voir.

— Dis… Si on pouvait effacer tous nos mauvais souvenirs, on serait heureux, tu ne crois pas ? Je ne pense qu'à ça, tant mon cœur me fait mal. Je mange, je travaille, je vois mes amis. Je souris, et pourtant le cœur me brûle. Je travaille, et le cœur me brûle. Sans ça, j'ai l'impression que la vie serait supportable...

Yeonhui s'arrête à mi-chemin dans les escaliers ; elle pousse un long gémissement, et reprend peu à peu sa respiration. Elle voudrait inspirer de l'air chaud et recracher de l'air froid, mais c'est l'inverse qui se produit. Même respirer, ça ne marche pas comme elle voudrait.

— Des fois, je me dis que l'âme, c'est comme les objets : si on s'en sert trop, elle s'abîme tellement qu'elle disparaît. Ces temps-ci, j'ai l'impression que mon âme a disparu à force d'usure.

— Je vois parfaitement ce que tu veux dire. Je me demande bien pourquoi on se fatigue à vivre comme ça. De toute façon, ça ne sert à rien, lui répond Jaeha.

Pour lui, il n'y a plus sens ni bonheur dans la vie. Il aimerait bien savoir quel effet ça fait, d'aimer son existence ! Qu'ils doivent être rayonnants, les gens qui ont ce sentiment-là ! Il s'est toujours demandé comment ce serait d'être à leur place.

— J'ouvre les yeux parce qu'ils s'ouvrent tout seuls, je vis parce que je suis en vie. Pas toi ?

Jaeha fouille dans la poche avant de son sac et en sort un calamar séché, qu'il met dans sa bouche tout en observant le ciel nocturne, les yeux plissés. Il mastique en comptant les étoiles qui brillent là-haut.

Yeonhui penche la tête de côté. Les paroles de Jaeha lui rappellent le vers de Paul Valéry : « Le vent se lève. Il faut tenter de vivre. »

Même le vent qui vous frôle est une raison suffisante de vivre : alors pourquoi cela nous paraît-il si difficile, à nous ? Assis côte à côte au milieu de l'escalier, sous la lumière vacillante d'un lampadaire, Jaeha et Yeonhui se noient dans le calme de la nuit.

— Il n'y a pas de nuages aujourd'hui, mais on ne voit pas la lune.

Le contact du ciment froid donne la chair de poule à Jaeha : il se frotte l'arrière-train des deux mains. Sa vie est aussi glacée et rêche que le béton sous ses fesses : si seulement il pouvait la réchauffer de la même manière !

— Hein ? Regarde, Yeonhui ! Qu'est-ce qui se passe, là-bas ?

Stupéfait par le spectacle qui se déroule derrière eux, Jaeha se lève d'un bond, en entraînant Yeonhui. Les deux jeunes gens s'agrippent dans un ensemble parfait, comme pour se serrer l'un contre l'autre. Ils ont les yeux bien ouverts, mais ils peinent à croire ce qu'ils voient. La même pensée leur vient à tous les deux : *Sommes-nous donc devenus fous ?*

Au sommet des escaliers, près du restaurant *La Grignote*, des fleurs rouges tournoient dans le vent : un tourbillon de camélias au cœur duquel, lentement, un édifice s'élève.

— Un bâtiment… sort du sol…

— Mais oui, il sort du sol !

— On rêve tous les deux, en même temps ?

— Tu penses ? On s'est retrouvés dans nos rêves ?

Que ce serait beau de se prendre par la main, et de se laisser aspirer dans ce tourbillon de fleurs ! Ils restent plantés là, face à face, leurs doigts enlacés mouillés de sueur. En un instant, un bâtiment à deux étages est apparu entre les pétales rouges : on croirait voir une vieille maison fraîchement rénovée. Il ne serait pas plus stupéfiant de voir un arbre jaillir d'une fleur.

— Jaeha… Ce bâtiment a toujours été là, pas vrai ? demande Yeonhui en se frottant les yeux des deux mains.

— Pas que je sache…

— On a perdu la tête, avec la vie qu'on mène ?

— Pas impossible.

— Allons-y.

— Hein ?

— Allons voir, je te dis.

— Je ne…

Yeonhui grimpe les dernières marches de l'escalier en entraînant Jaeha à sa suite ; une fois arrivée au sommet, elle s'approche du bâtiment. C'est un de ces moments où chaque seconde paraît aussi longue que mille ans : ils ont comme l'impression qu'une éternité s'écoule tandis qu'ils restent plantés en haut des escaliers, à observer la vieille enseigne.

Yeonhui lit l'inscription, en insistant sur chaque syllabe :

— La… laverie… des âmes ?

— Vu comme l'enseigne est vieille, cette laverie doit être là depuis un bon bout de temps.

— Mais oui, pourquoi on ne l'avait jamais remarquée avant ?

Sur une pancarte toute délavée et déchirée, ils déchiffrent : « Lavage à sec de luxe. Nous venons à bout de toutes les taches. » Ils tournent la tête sur la droite : *La Grignote* n'a pas bougé. Le restaurant est plongé dans l'obscurité ; ils se collent à la vitre pour examiner la salle dans ses moindres recoins. Rien n'a changé : les tables rouges toutes collantes de graisse, l'huile de cuisson crasseuse, même les boîtes d'assaisonnements de la patronne, qui ne se gêne pas pour utiliser des arômes artificiels au vu et au su de tous. Les fritures non vendues de la journée sont encore empilées dans un coin, toutes ramollies.

— Il y a tellement peu de restaurants dans le quartier qu'on ne trouve jamais rien à manger, mais il faut vraiment mourir de faim pour prendre un *gimbap* ici. Je ne comprends pas comment ça peut être aussi mauvais, avec tous les arômes artificiels qu'elle utilise, dit Jaeha en scrutant la pénombre.

Dans une parfaite coordination, ils reculent de trois pas, et tournent de nouveau le regard vers le bâtiment d'à côté. Il est bien là, sauf que non. Il n'est pas là, sauf que si. Puisque c'est une nuit sans lune, peut-être qu'il vaut mieux accepter les choses comme elles sont. Après tout, les vœux les plus sincères se réalisent parfois.

Bouche bée, les yeux ronds comme des soucoupes, ils restent plantés là tous les deux, devant ce bâtiment sorti de nulle part. Juste à ce moment, le vent se lève, chargé du parfum des fleurs. Il a l'odeur de l'herbe.

Nous effaçons les taches de votre âme,
Vos souvenirs les plus douloureux.

Pourvu que cela vous apporte le bonheur,
Nous repasserons les plis de votre cœur,
Nous le laverons de toutes ses éclaboussures.

Soyez les bienvenus dans la laverie des âmes,
Où l'on efface toutes les taches.

Un papier vole dans le vent, comme l'éclair. C'est Yeonhui qui l'attrape la première : alors qu'elle le lit lentement, elle sent comme un pincement au cœur. Le papier dans une main, elle se frotte la poitrine de l'autre pour chasser la douleur.

— Dis, Jaeha. Si je pouvais effacer tous mes souvenirs de Huijae, j'ai l'impression que je pourrais recommencer à sourire.

Jaeha l'observe en silence tandis qu'elle ferme les yeux et pousse un long soupir. Il lui passe le bras autour des épaules, attrape le papier, et ferme les yeux à son tour.

— Si on pouvait effacer nos blessures, si seulement on pouvait les effacer… Est-ce que nous aussi, on pourrait enfin trouver le bonheur qui nous est dû ?

À l'instant où Jaeha murmure ces paroles, les deux battants de la laverie s'ouvrent d'eux-mêmes. Maintenant que la porte est ouverte, c'est à eux de faire le choix : vont-ils suivre le cours de cette nuit insolite, ou bien tourner le dos et rentrer chez eux ?

Tous deux font un pas, en même temps. Quelle direction ont-ils choisie ?

*

— Hmmpf… Entrez.

Sentant une présence, Jieun se lève et se téléporte au rez-de-chaussée, les paupières encore lourdes de sommeil. Elle dévisage Yeonhui et Jaeha, tout interloqués de la voir surgir de nulle part ; elle rabat ses longs cheveux noirs et fait signe aux deux jeunes gens de venir s'asseoir au comptoir.

— Ça vous a fait peur, que j'apparaisse d'un coup ? J'essaie de me remettre à marcher, mais c'est tellement difficile de changer ses habitudes, vous savez… J'ai bien fait de mettre de la tisane à infuser. Venez prendre une tasse.

Yeonhui et Jaeha observent Jieun en se balançant d'un pied sur l'autre. Juste comme ils songeaient qu'ils voulaient effacer les taches de leur âme, la porte d'un endroit inconnu s'est ouverte à eux, une drôle de femme a surgi, et maintenant, voilà qu'elle les invite à boire du thé ! Jaeha songe à tout ce qu'il a fait de mal pendant sa vie. Il n'a pourtant pas l'impression de mériter la mort. Peut-être a-t-il des hallucinations ?

— Pas d'inquiétude, vous êtes bien dans une laverie. Vous êtes venus à cause du prospectus, pas vrai ? Je l'ai rédigé moi-même. J'ai un petit tropisme pour l'écriture, vous comprenez. N'ayez pas peur, asseyez-vous.

Tandis que la tisane de la consolation infuse dans une théière blanche, Jieun observe ses deux clients. Elle peut lire la tristesse dans leur cœur. Elle sent leur souffrance. Tout en essayant de jauger l'étendue du travail qui l'attend, elle verse la tisane tiède dans de petites tasses. Pourvu que ce soit seulement des âmes froissées, qu'on peut arranger d'un simple coup de fer à repasser !

Yeonhui accepte la tasse que lui tend Jieun, et s'assied au comptoir. *Cette femme a aussi bien l'air d'avoir vingt ans que trente, ou même quarante.*

Quand on la regarde d'un côté, on croirait voir une jeune fille ; mais sous un autre angle, son visage évoque plutôt une vieille femme. Elle porte comme un air de tristesse ; malgré ses manières un peu sans gêne, elle est étrangement sympathique. Elle a une expression et une voix très chic, et pourtant il y a une tendresse en elle. D'où cela vient-il ? L'ai-je déjà vue quelque part ? Peut-être qu'elle habite dans le quartier depuis longtemps déjà ? On dirait qu'elle ne mange rien : elle est maigre comme un clou, et ses mouvements tandis qu'elle prépare le thé la font paraître aussi légère qu'une plume. Chacun de ses pas est comme un pétale qui virevolte. Ce n'est pas tant de la beauté qu'un charme fou. Mais non, peut-être que c'est ça, la beauté ? Quoi qu'il en soit, c'est vraiment une drôle de femme.

Yeonhui tient sa tasse d'une main tremblante et sirote la tisane par petites gorgées, tout en jetant de brefs coups d'œil à Jieun. Elle sent son cœur se calmer petit à petit. Voyant que Jaeha est encore debout, elle l'attire sur une chaise et lui désigne sa tasse d'un regard. Eux qui ont vécu dans le même quartier depuis l'enfance, ils sont habitués à communiquer avec les yeux.

— *Bois.*

— *Et s'il y avait quelque chose dedans ?*

— *Qu'est-ce que tu veux que ça fasse ? Comme si les choses pouvaient encore empirer.*

— *Tu n'as pas tort.*

Jaeha hoche la tête : il pose son sac à dos sur la table, s'assied, et prend la tasse.

Tout en sirotant leur tisane, les deux jeunes gens examinent la pièce. De l'extérieur, le bâtiment évoquait ces cafés perdus dans la campagne provençale dont ils ont vu tant de photos, mais une fois à l'intérieur, on retrouve plutôt l'atmosphère calme et tranquille d'un *hanok*. Quelque chose d'irrésistible les a attirés dans la laverie, mais rien n'aurait pu les préparer à un tel spectacle. La lumière de la lune entre à flots par la verrière du plafond. *Tiens, la lune s'est levée ? Elle n'était pourtant pas là tout à l'heure.*

— Je me sens tout engourdie, comme si j'étais en plein soleil, alors que c'est la nuit. Cet endroit a quelque chose de tiède et d'enivrant.

Yeonhui se dirige vers une table en bois massif, aux couleurs chaudes. La pièce est parsemée de plantes à petites ou larges feuilles, harmonieusement disposées ; les meubles en bois ont comme un effet apaisant. Lorsque la jeune fille reprend sa tasse, elle y voit la lune, en forme de sourcil. Cette lune qui se mire dans la tisane, le panorama de l'autre côté de la verrière semblent tout droit sortis d'un tableau. « Sortis d'un tableau » : voilà donc dans quelle situation on utilise cette expression ! Curieuse de savoir ce qui se trouve à l'étage, Yeonhui s'avance vers Jieun et lui adresse la parole, l'air intrigué :

— C'est bien une laverie, ici ?

— Oui, c'est une laverie. Et pour votre gouverne, je n'accepte pas d'argent. Vous devez régler en dette de cœur, par paiement différé.

— Une dette ? J'en ai déjà bien assez comme ça… Je n'ai même pas fini de rembourser mon prêt étudiant.

— Pas ce genre de dettes. Tu as une tache sur ton âme que tu voudrais effacer, ou bien un pli que tu voudrais repasser, n'est-ce pas ? Si je fais ça pour toi, tu pourras vivre le cœur tranquille, et le jour où un inconnu aura besoin de ton aide, tu devras lui porter secours sans rien en échange. C'est ça, le prix du lavage. D'accord ?

— Vous n'avez pas vraiment la tête d'une fée sortie d'un conte… Mais vous faites de bonnes choses, dites donc ! s'esclaffe Jaeha, qui jusque-là buvait sa tisane en silence.

— …

Yeonhui le fusille du regard sans un mot, et retourne auprès de Jieun, qui sort deux T-shirts blancs à manches courtes d'une étagère. Quand on rencontre des gens bien, on se sent à l'aise rien que d'être à leurs côtés. Cette femme qu'elle voit pour la première fois lui fait cet effet-là, sans qu'elle sache trop pourquoi. *C'est vraiment bizarre. Quelle drôle de nuit !*

— Prenez-en un chacun. Si vous avez l'âme tachée par une vieille douleur, ou si votre cœur est un peu froissé et aurait bien besoin d'un coup de fer à repasser, vous pouvez enfiler ce T-shirt. Par contre, les souvenirs dont je laverai votre cœur disparaîtront à jamais. Vous devez choisir avec précaution des souvenirs qu'il n'est pas grave d'effacer.

Jaeha ravale son sourire et reçoit des deux mains, avec courtoisie, le T-shirt que lui tend Jieun.

— Quand on a le cœur taché, il vaut mieux tout effacer, non ? Comme ça, on n'est plus malheureux, dit-il d'une voix sérieuse.

Jieun baisse ses yeux noirs impénétrables, et incline la tête en guise de réponse. À petits pas, elle sort de derrière le comptoir et va se planter devant la vitrine du salon. En observant le ciel nocturne, elle demande :

— C'est vraiment une bonne chose, de ne pas être malheureux ?

— Ne pas être malheureux, c'est la même chose qu'être heureux, non ?

— Alors si on retire le malheur de la vie, il ne reste que le bonheur, tu crois ?

— Oui… vous… ne pensez pas ?

— Tu ne sens que ces deux émotions pendant toute la journée : la joie et la tristesse ?

— Bien sûr que non ! Comment on pourrait vivre avec deux émotions seulement !

— Alors qu'est-ce que tu ressens ?

— Je suis fatigué, énervé, j'ai faim, je ne veux pas travailler, j'ai envie de rentrer à la maison alors que j'y suis déjà. Des fois, quand je veux me sentir en vie, je mange du calamar. J'ai beau mastiquer, il reste coriace. C'est comme ma vie. Je mastique, encore et toujours, mais le calamar ne veut pas se couper. À force de mâcher comme ça, j'ai mal aux dents, et d'un coup, ça m'énerve, mais ça m'énerve... Vous savez ! Alors je me sens vivant. C'est ridicule, hein ? Pour être honnête, je ne saurais pas trop dire si c'est le malheur ou le bonheur, ça.

Jaeha est tout surpris lui-même d'avoir dévidé ce flot de paroles comme un rappeur. Il est plutôt du genre à sourire en toutes circonstances, sans jamais dire ce qu'il a sur le cœur, sauf quand il est avec Yeonhui. Il paraît qu'on ne jette pas la pierre aux gens qui sourient : alors il sourit toujours, peu importe s'il déteste les personnes devant lui ou s'il est horriblement énervé. Il ne sait pas bien ce que c'est que le bonheur ; sa devise dans la vie, c'est de se faire insulter le moins possible chaque jour. Alors qu'est-ce qui lui prend d'étaler son cœur devant cette femme qu'il voit pour la première fois ?

— Il y a des souvenirs douloureux qu'on a besoin d'effacer pour survivre, mais il y a en a aussi qu'il faut garder : c'est la force qu'on gagne en les surmontant qui nous permet de vivre. Parfois, c'est la tristesse qui nous donne la force de continuer.

Jieun s'exprime avec franchise, sans faire de manières. Jaeha l'écoute en fixant le T-shirt du regard ; puis il avale une bonne gorgée de tisane et enfile le vêtement. Tout sourire a désormais déserté son visage, lui qui, quelques minutes auparavant, avait encore une expression espiègle. Yeonhui le regarde enfiler le T-shirt, et ferme les yeux. C'est une nuit où, quoi qu'on dise, les souvenirs ressurgissent d'eux-mêmes – ces souvenirs non pas oubliés, mais qu'on avait relégués dans un coin de notre esprit.

— Ce sont des taches que tu veux effacer, ou bien juste des plis qu'il suffit de repasser un peu ? demande Jieun à Jaeha qui est resté un bon moment sans rien dire, le regard perdu dans le vide.

Au lieu de répondre, il baisse la tête. Il ne sait pas bien s'il veut laver son âme, ou bien la repasser. En le voyant ainsi, Jieun se lève et se dirige vers l'escalier qui monte à l'étage.

— Finis ta tisane et suis-moi.

— D'accord…

Jaeha vide sa tasse et tourne les yeux vers Yeonhui. Celle-ci lui répond d'un regard ferme, avec un hochement de la tête. Elle prend un livre dans son sac à lui, l'ouvre au hasard, et se met à lire. Alors le jeune homme monte lentement à l'étage.

Là-haut, devant la fenêtre, il y a deux énormes lave-linge, une machine à coudre argentée et une table à repasser où trône un fer. Et pourtant, malgré tous ces objets, on se croirait toujours dans un salon de thé. Les meubles en bois et les éclairages aux couleurs chaudes ont un effet apaisant. Il y a quatre tables et deux canapés. Jaeha se laisse tomber sur le siège le plus proche.

— Ferme les yeux, et repense aux souvenirs que tu veux effacer. Alors petit à petit, des taches apparaîtront sur tes vêtements. Avant d'enlever ce T-shirt, réfléchis bien s'il faut vraiment effacer ces souvenirs. Le choix t'appartient, et c'est à toi d'en assumer les conséquences.

— Et une fois que j'aurai enlevé le T-shirt ?

— Compte sur moi. Je le laverai en un clin d'œil, dit Jieun en désignant le coin de la pièce où se trouvent les machines à laver.

À vrai dire, il y a bien des manières d'effacer les taches de l'âme, mais c'est une petite gentillesse qu'elle fait à ses clients de mettre les vêtements sales dans le lave-linge. Elle pourrait faire disparaître toutes les blessures rien qu'avec la tisane de la consolation et une bonne discussion à cœur ouvert ; mais en procédant ainsi, elle laisse à ses clients le temps de faire leur choix entre ce qu'il faut garder et ce qu'il faut effacer.

— Quand la lessive sera terminée, il n'y aura plus la moindre tache. Seuls ces souvenirs-là disparaîtront complètement, comme s'ils n'avaient jamais existé. Il y a des émotions qu'il est bon d'effacer, et d'autres qu'il est bon de garder, alors réfléchis bien. Tant qu'on possède les choses, on ne peut pas savoir si elles sont bonnes ou mauvaises pour nous.

Avec un dernier regard pour Jaeha qui reste là, les yeux fermés, Jieun quitte la pièce sans un bruit et grimpe les escaliers qui mènent au toit. Elle tente d'estimer combien de temps il reste avant la fin de la journée sans regarder de montre : c'est le ciel qui lui permet de deviner l'heure. Après tout, la lune est la plus vieille horloge du monde.

Quand je vois des gens qui sourient à longueur de journée, je deviens toute triste. J'en ai un pincement au cœur. Ça n'existe pas, les gens qui plaisantent toute la sainte journée ! Ils sourient parce que c'est leur seule façon de vivre : en cachant leur tristesse derrière un masque. Il y a des gens qui ne peuvent pas respirer tant qu'on n'a pas effacé la souffrance qui macule leur âme.

Voilà ce que Jieun se dit à elle-même, en repensant à Jaeha et à son continuel sourire. Debout, les bras croisés, elle ferme les yeux, comme le jeune homme. Elle pousse un long soupir et tend les deux bras, fendant l'air tel un oiseau qui bat des ailes. Comme si de vraies plumes lui avaient poussé dans le dos et qu'elle allait s'envoler d'un instant à l'autre.

Derrière elle, quelqu'un dans l'obscurité observe chacun de ses mouvements.

*

*Tu as déjeuné ? Ne travaille pas trop, et n'oublie pas de prendre tes repas ^^*

Après avoir envoyé ce SMS à sa mère qui travaille comme cuisinière dans une échoppe de restauration rapide pour les chauffeurs de taxi, Jaeha range son portable dans sa poche et s'étire longuement. Dans son studio en sous-sol, les jours sont toujours les mêmes : il fait le montage du film qu'il a tourné quelques mois plus tôt, s'effondre dans son lit pour dormir, se relève et avale un paquet de *ramyeon*, retourne à son montage, et ainsi de suite. Aujourd'hui enfin, il est sorti voir la lumière du jour ; mais depuis combien de temps cela ne lui était-il pas arrivé ? Du bout des doigts, il triture sa barbe hirsute et les touffes de cheveux sur sa nuque. Il renfonce sa casquette et regarde le ciel en fermant un œil. Il est ébloui. C'est la meilleure façon qu'il connaisse de se mettre de bonne humeur : regarder le ciel. Nul besoin de dépenser un centime pour contempler l'azur infini : on peut le voir n'importe où, n'importe quand. Il est toujours là, à nos côtés, pile à la bonne distance. Ni trop près, ni trop loin.

— Pff… Le ciel est vraiment d'un sale bleu aujourd'hui. Mais non, on ne peut pas être d'un *sale* bleu. Le ciel est d'un bleu insupportable, aujourd'hui.

Il rouvre les deux yeux, et s'avance en direction de la supérette, trente mètres devant lui. Jaeha a abandonné sa formation d'ingénieur pour entrer dans une école d'art. Son court-métrage de fin d'études a reçu un prix dans un petit festival de cinéma en Europe, et dès lors, tout le monde s'est mis à le considérer comme un réalisateur d'avenir. Cristallisant toutes les espérances de ses professeurs et de ses camarades de promotion, il est devenu dans la presse le nouveau cinéaste en vogue. Son film de réflexion sur l'existence avait un caractère très expérimental : on parlait de lui comme d'un « post Park Chan-wook », et il suscitait tous les espoirs. Il lui arrivait aussi de faire des apparitions à la télévision. Il frémissait de joie, convaincu d'avoir le monde à ses pieds.

Mais depuis ce moment-là, il avait été incapable de réaliser le moindre film. Il voulait faire une œuvre qui soit à la hauteur de toutes les attentes de son entourage, mais aucun scénario ne lui était venu à l'esprit. Il n'avait plus pu écrire un mot ; à vrai dire, il n'avait même pas d'histoire à raconter. Il avait passé deux ans ainsi, à manger l'argent que sa mère gagnait à la sueur de son front, puis il avait fini par prendre de petits boulots de livreur ou d'ouvrier sur les chantiers de construction. Il ne pouvait pas rester les bras croisés alors que sa mère Yeonja était retournée au travail juste après son opération du genou, en avalant trois comprimés d'antidouleurs. Il avait économisé de l'argent tant bien que mal, et s'était enfin procuré une chambre en sous-sol pour faire un film. C'était sa première œuvre en cinq ans, depuis qu'il avait reçu son prix.

Bien sûr que j'ai mangé !! Si seulement tu pouvais trouver du travail et te marier, je ne pourrais rien demander de plus !

Il sent trembler la table où il est assis, devant la supérette : c'est son portable qui vibre, posé sur un *dosirak** sept parfums. Il lit le message que Yeonja lui a envoyé, et vide aussitôt sa canette de bière. Décidément, l'alcool n'a jamais meilleur goût que lorsqu'on le boit en plein jour.

Tu crois que c'est facile, de trouver du travail et de se marier ? Moi je ne demanderais pas mieux. Encore un peu de patience. Je vais faire sensation avec mon nouveau film, et tu pourras nager dans l'opulence !

Il fait rouler ses épaules l'une après l'autre, ouvre le couvercle de son *dosirak* et lance un cri, à l'attention de Yeonja, à l'attention du monde entier. Il engloutit bouchée après bouchée, et sourit en pensant à l'avenir.

— Tu as toujours une mine d'enterrement quand tu viens ici, mais aujourd'hui tu as l'air

* Plateau-repas avec du riz et divers plats d'accompagnement.

de bonne humeur ! Ne mange pas trop vite, mon petit gars !

Le patron de la supérette, qui a ouvert ce petit magasin de quartier après avoir pris sa retraite d'une grande entreprise, débarrasse les tables en regardant Jaeha.

— C'est vraiment dans votre supérette qu'il y a les meilleurs *dosirak*. Vous avez déjeuné ?

— Je mangerai tout à l'heure, quand les plats ne seront plus vendables. C'est un tel gâchis ! Tu veux que je t'en passe aussi ?

— Non, aujourd'hui ce n'est pas la peine. Ne prenez pas trop de nourriture périmée, faites attention à votre santé !

— C'est des racontars de grand-mère, de dire que les *dosirak* des supérettes sont mauvais pour la santé. Regarde ça, les miens ont une faible teneur en sodium, et les cinq nutriments en abondance ! Tu en veux un ?

— C'est vrai, la teneur en sodium est très basse. Ah là là, le monde ne cesse de progresser ! Donnez-m'en un !

Il achète deux boîtes de *ramyeon*, les met dans un sac en plastique avec le plateau-repas périmé que lui donne le patron de la supérette, et retourne chez lui à petits pas. Pendant une semaine encore, il se consacre corps et âme au montage de son film. C'est sa première œuvre depuis son prix : il veut se montrer à la hauteur des espoirs qu'on a mis en lui. Mais la vie le trahit toujours. Elle refuse obstinément de lui offrir ce qu'il veut, et lui donne en abondance tout ce dont il ne veut pas. Un conférencier de renom en a fait un jour la remarque : de mauvaises choses arrivent toujours après les bonnes, et de bonnes choses après les mauvaises, tel un pendule. Mais la vie de Jaeha n'est pas un pendule : c'est un gong, qui sonne encore et encore, toujours dans le même sens – celui des mauvaises choses.

— C'est un film, ça ?

— Qu'est-ce qui a bien pu passer par la tête du réalisateur ?

— Quel gaspillage de temps et d'argent.

Le film de Jaeha est sorti dans deux petites salles de cinéma d'art et d'essai à Séoul ; dès la première projection, les critiques des spectateurs ont fusé de toutes parts. Jaeha a proposé son film à tous les festivals de cinéma à l'international, mais il n'a été retenu nulle part. Ses proches l'ont consolé en disant que c'était une œuvre de grande qualité artistique, mais leurs regards tenaient un tout autre discours.

Pourquoi faut-il que je repense maintenant à l'ourlet sombre du jean de mon père, le jour où il a quitté la maison ? Si seulement ce pseudo-père avait rempli son rôle de chef de famille, j'aurais pu me concentrer sur les films au lieu de travailler sur des chantiers. Si au moins, ce type nous avait soutenus un peu financièrement, même après son départ… Mais non, si seulement je n'avais pas arrêté mes études d'ingénieur, si le cinéma était resté un simple passe-temps pour moi… Si je n'étais pas entré dans une école d'art… Si j'avais trouvé un emploi dans une grande entreprise, ou bien préparé un examen de fonctionnaire, comme le voulait Yeonja… Non, si je n'étais pas entré dans une agence de communication après l'échec de mon film… Si au moins j'étais devenu directeur de production de vidéos Youtube… Non, si seulement je n'étais pas né…

Jaeha saisit tous les prétextes qu'il trouve pour expliquer son échec.

Ce qui lui fait plus horreur que tout, ce sont les jours qu'il a passés dans cet appartement sombre et désert, à étouffer sa tristesse et sa terreur en regardant des films, jusqu'au moment où Yeonja revenait enfin, tard la nuit, une fois son travail au restaurant terminé.

*

— Lesquelles de toutes ces taches veux-tu effacer ?

Au début de la vie, l'âme est aussi douce et soyeuse que la peau d'un bébé, mais à force d'accumuler les blessures par-ci par-là avec le passage des années, elle se constelle de taches. Il y en a des couches et des couches, qui forment parfois des plis ; il arrive que certaines de ces traces se dissipent peu à peu, que les plis s'effacent naturellement. Ce sont des taches qui donnent la force de vivre, et qui construisent comme une carapace protectrice pour l'âme ; les autres, celles qui ne disparaissent pas d'elles-mêmes, deviennent des blessures, des douleurs, des manques, tant qu'on les garde.

Jaeha avait un sourire trop éclatant : dès qu'elle l'a vu, Jieun a pensé à la face obscure de la lune. « Peu m'importerait de mourir maintenant » : seules les personnes qui ont déjà éprouvé ce sentiment peuvent en reconnaître l'expression chez les autres. Voilà pourquoi l'inquiétude la tenaillait depuis l'instant où Jaeha a pénétré dans la laverie. Elle a récité des incantations sous le ciel étoilé, telle une prière, puis s'est dépêchée de descendre, devinant que l'âme du jeune homme aurait bien des blessures. Et de fait, le T-shirt blanc est désormais maculé de taches.

— Vous pouvez effacer tout ça ?

Jaeha a senti la présence de Jieun ; pris d'un sentiment de gêne, il retire le T-shirt qu'il avait enfilé par-dessus ses vêtements. Il pensait qu'il tiendrait le coup en faisant mine que tout allait bien ; mais il s'était trompé. En voyant les taches qui recouvrent ce T-shirt, encore immaculé quelques instants auparavant, il est à la fois surpris et songeur.

Après la catastrophe de son nouveau film, il est entré en CDD dans une petite agence de communication, où il travaille maintenant depuis cinq ans. Chaque année, le patron lui dit que cette fois, il va passer en CDI ; mais ce ne sont que des paroles en l'air, et il n'en tient aucun compte dans son évaluation annuelle. Jaeha a trente-deux ans maintenant : il veut échapper à ce travail instable, à ce logement en sous-sol. Même ses relations amoureuses sont vouées à l'échec : chaque fois qu'il rencontre quelqu'un, il a honte de laisser voir sa situation, et finit par s'en aller avant que les choses ne deviennent trop sérieuses. Il n'a connu qu'une série sans fin de relations légères et brèves, puis de séparations.

Quelles taches doit-il effacer en premier ? Il se plonge dans ses pensées.

— On ne peut pas supprimer sa vie entière. Tu te dis qu'en recommençant la vie à zéro, elle vaudrait peut-être le coup d'être vécue, pas vrai ?

— Co… comment vous savez ? fait Jaeha en se grattant la tête d'un air gêné.

Il se met à tripoter son T-shirt, en évitant le regard de Jieun. Il était justement en train de se demander s'il serait heureux en effaçant toutes les taches de sa vie. Qui donc est cette femme, qui se prétend capable de laver les flétrissures de l'âme ? Même en admettant qu'elle soit plus âgée qu'elle n'en a l'air, elle ne peut pas être plus vieille que lui ; et pourtant, elle a un regard profond et triste, quoique étrangement chaleureux en même temps, comme quelqu'un qui aurait vécu mille ans. Ce regard dégage une tristesse pleine de chaleur. C'est la première fois qu'il voit ça.

Jaeha a l'habitude d'observer les prunelles des gens. La bouche peut mentir, mais les yeux ne trompent pas. C'est la langue des pensées : on ne peut pas empêcher les yeux qui mentent de trembler. Les gens qui disent « je t'aime », avec des yeux sans expression. Ceux qui disent « je souffre », mais dont les prunelles pétillent de joie de vivre. Ceux qui disent « fais-moi confiance », mais dont le regard n'a pas une once de sincérité. Quand sa mère Yeonja lui disait : « Je reviens tout de suite, attends-moi juste un moment », ses yeux étaient tristes, mais tristes… Ça fait bien longtemps qu'il n'a pas vu ce regard de chagrin, depuis qu'elle s'est mise à vivre avec un autre homme.

— N'en enlève qu'une. Si tu effaces tout, qu'est-ce qu'il te restera ? Les blessures aussi, ça fait partie de la vie. Enlève juste une tache, la plus douloureuse de toutes.

Le regard de Jieun ne tremble pas. Instant d'accord magique entre les mots de la bouche et ceux des yeux. Jaeha tressaille, comme pris d'un frisson.

— Je veux enlever la solitude.

— La solitude ?

— Oui… La solitude des jours où Yeonja partait travailler en fermant la porte à clef.

Il ne saurait dire le chiffre exact, mais il devait avoir trois ou quatre ans lorsque son couard de père avait quitté la maison. Impossible de se remémorer son visage ; mais Jaeha se souvient de la texture qu'avait l'ourlet du jean, lorsqu'il l'avait attrapé pour le retenir. Son père était resté planté debout longtemps, sans serrer dans ses bras ni décrocher de lui le petit garçon qui pleurait à chaudes larmes, pendu à ses vêtements, le suppliant de ne pas partir. Tout ce dont Jaeha se souvient, c'est la couleur sombre du pantalon, et la sensation rêche du tissu sous ses doigts.

Après le départ de son père, Yeonja et lui avaient emménagé dans une masure, à peine assez grande pour qu'ils puissent s'allonger tous les deux. Yeonja n'avait personne pour s'occuper de son enfant : elle lui préparait de quoi manger pour la journée, installait un pot de chambre dans la pièce, et partait travailler en verrouillant la porte de l'extérieur. Au début, le petit garçon pleurait et hurlait pour qu'on lui ouvre la porte, mais peu de temps après, il avait remarqué que Yeonja avait les larmes aux yeux chaque fois qu'elle partait. Alors il avait cessé de pleurer, et il avait tué le temps en se liant d'amitié avec une télévision dénichée quelque part. Jaeha était tout seul dans la chambre, mais pourvu qu'il allume la télé, il se retrouvait entouré d'une foule de gens heureux. Il avait des amis de son âge, il voyait des messieurs et des dames incroyables. Au bout d'un moment, quand il se lassait de ce spectacle, il se dirigeait vers la fenêtre en traînant une chaise derrière lui. Il passait de longues heures à regarder les passants de l'autre côté de la vitre ; même lorsque les lampadaires s'allumaient, Yeonja ne revenait pas.

Il s'effondrait de sommeil, épuisé par sa longue attente ; alors Yeonja entrait dans la pièce avec précaution, portant un sac noir où étaient emballés les restes de *banchan** du restaurant. Jaeha savait qu'elle était de retour rien qu'à l'odeur. Un mélange de viande, de charbon, de sueur, des relents de nourriture, le parfum des patchs médicinaux contre les douleurs articulaires. Alors enfin, submergé par une vague de soulagement en sentant l'odeur de Yeonja, Jaeha sombrait dans un sommeil profond. Cette horrible odeur ! Il avait bien fallu qu'il devienne un petit garçon modèle, qui tient la maison tout seul : il voulait atténuer, ne serait-ce qu'un peu, cette odeur que dégageait Yeonja.

— Je veux effacer les moments où j'attendais que Yeonja revienne. Quand j'entendais le

* Petits plats d'accompagnement qu'on mange à tous les repas.

cadenas se fermer à l'extérieur, j'étais toujours terrifié. Mais je ne pouvais pas crier.

— Comme tu devais te sentir seul, tétanisé !

— Oui. Et ce qui me faisait le plus peur, c'est que Yeonja elle-même ne revienne pas. C'était ça, le plus terrifiant. Quand j'avais trop peur, je faisais défiler dans ma tête les films que j'avais vus à la télé. J'y pensais, j'y repensais, et j'y pensais encore. Alors à force, j'ai eu envie d'imaginer des histoires et de faire des films. Ha ha… C'est ridicule, hein ? Dire que c'est pour ça que j'ai fini par me lancer dans le cinéma.

— Pas du tout. Ces choses-là, ce n'est pas ridicule, c'est triste.

— Vous avez raison, c'est triste. Vous savez, il y a une de ces classes, une de ces libertés, à pouvoir dire que les choses tristes sont tristes ! Tout le monde ne peut pas faire ça.

— Je sais…

— Je veux effacer les moments où Yeonja pleurait au fond de son cœur, quand elle verrouillait la porte ; je veux effacer ces taches-là.

— Pas les taches de ta propre tristesse ?

— Je voudrais effacer mes taches à moi aussi, bien sûr. Je ne sais pas bien comment, mais en grandissant, j'ai fini par comprendre. Que Yeonja était prête à tout pour me protéger, même à faire des choses pareilles. À l'époque, elle était encore plus jeune que moi maintenant. Elle n'avait que vingt-neuf ans. Ha ha. Ça me donne l'air classe de dire ça, pas vrai ?

— Euh… Oui, oui. C'est admirable.

C'est bien le même Jaeha, habitué à sourire lorsqu'il est triste ; mais cette fois, il ne peut cacher un léger frémissement au coin de ses lèvres. Jieun prend le T-shirt des mains du jeune homme, et, comme si elle faisait acte de charité, elle dit :

— Je vais te faire une promo spéciale pour l'ouverture du magasin. *One plus one*. Puisque c'est toi qui es là aujourd'hui, je vais d'abord effacer tes taches à toi, et la prochaine fois, amène Yeonja. Je m'occuperai bien d'elle.

— Ouah, c'est vrai ? Même Yeonja ?

— Oui, quand tu veux. Bon, j'y vais. Les taches que je vais effacer maintenant ne réapparaîtront plus jamais. Et les événements liés risquent de disparaître en même temps au lavage. Ce n'est pas grave ? Tu n'auras pas de regrets ?

— Non, je n'aurai pas de regrets. Ou plutôt, je suis prêt à en avoir, répond Jaeha en baissant le menton d'un air résolu, comme s'il avait pris sa décision.

Si c'était possible, il voudrait tout effacer. Les jours qui l'ont conduit vers le cinéma, même les jours de gloire et de succès. Tous, sans exception. Il veut couper tous les bourgeons nés des films, quels qu'ils soient. S'il veut effacer les films, c'est pour effacer les souffrances du Jaeha enfant. En en effaçant les souffrances du Jaeha enfant, il veut effacer aussi celles de Yeonja. À cette époque, la mère et le fils se tenaient la main en dormant ; ils venaient à bout de toutes les nuits en partageant la chaleur de leur corps. Chaque fois, Jaeha priait pour que le matin ne vienne pas. Car si le matin venait, Yeonja devrait partir travailler et fermer la porte en pleurant dans son cœur.

Jieun va devant le lave-linge, avance la main et la retire : obéissant à ses gestes aussi élégants que ceux d'une danseuse de ballet, la porte de la machine s'ouvre et aspire le T-shirt taché de Jaeha.

Un, deux, trois, quatre, cinq, six, sept.

Jaeha compte le nombre de tours que fait le tambour du lave-linge : au bout de sept, il sent des larmes se former au coin de ses yeux. Adieu, solitude. Adieu, petit Jaeha. Adieu, films qu'il a aimés.

— Tu sais ce qui est le plus important, dans la vie ? demande Jieun à Jaeha, tandis qu'ils restent plantés tous deux devant le lave-linge qui tourne.

Au lieu de répondre, le jeune homme la fixe du regard. Mais Jieun n'attendait pas de réponse à sa question, et elle poursuit :

— Respirer. C'est ça le plus important : respirer. On ne peut pas vivre sans respirer, n'est-ce pas ?

— C'est inattendu, comme réponse.

— Comment tu veux vivre sans respirer ? Il faut bien respirer pour bien vivre. Respirer, manger, travailler, se décourager, se réjouir, se disputer, se détester, s'aimer parfois, travailler de nouveau, s'endormir, marcher, respirer. C'est ça, la base. Pour bien dormir, bien manger, bien rire… Il faut commencer par respirer.

— Respirer…

— Oui. Une fois qu'on respire librement, on n'a plus qu'à affronter les problèmes. Les vies sans aucun problème, ça n'existe pas. Tout ce qu'il faut faire, c'est surmonter les problèmes quand ils arrivent. S'enfuir ou chercher des solutions, ce n'est pas une façon de faire face aux problèmes. Il faut refuser de s'en détourner, et les endurer jusqu'au bout : c'est ça, les surmonter.

— Les endurer jusqu'au bout, sans les éviter ? Mais c'est trop dur, non ?

— Bien sûr que c'est dur. Et compliqué. Mais si on tient jusqu'au bout, ces problèmes cessent d'être des problèmes. C'est pareil pour les taches du cœur. À l'instant où on admet leur présence, elles cessent d'être des taches, et deviennent une cuirasse protectrice pour l'âme. N'aie pas peur de vivre ! Ne pense pas à cet avenir encore lointain dont tu ne sais rien avec certitude, où tu ne seras peut-être même plus de ce monde. Ne t'inquiète pas à l'avance ! Il suffit de vivre le jour présent. Commence par t'appliquer à vivre aujourd'hui

– chaque jour ; et quand demain arrive, vis-le comme aujourd'hui. C'est tout ce qu'il faut.

— Ouah… Comment ça se fait que vous sachiez tout ça ? Vous n'avez pourtant pas l'air bien plus vieille que moi, mais vous parlez comme quelqu'un qui a vécu mille ans !

À ces paroles, Jieun laisse échapper un vague sourire. C'est qu'il est malin, ce gamin. Mais il est loin du compte : j'ai vécu bien plus de mille ans.

À ce moment, la porte du lave-linge s'ouvre à la volée ; un tourbillon de pétales rouges s'échappe, comme à l'instant magique où le bâtiment est sorti du sol, et vient apporter son vêtement à Jaeha. Il hésite un instant, tout en observant le T-shirt posé sur ce nuage de pétales. Les taches les plus foncées ont disparu ; d'autres se sont seulement estompées. Les pétales virevoltent autour de la main de Jaeha, comme pour le presser.

— Prends ton vêtement, et monte sur le toit pour l'étendre sur la corde à linge. Quand le soleil se lèvera demain, il séchera en un clin d'œil, et les taches que tu voulais enlever auront disparu.

Jaeha prend le T-shirt et reste planté sur place un long moment, tout déboussolé. C'est étrange. Il n'est pas triste. Il était triste tous les jours, mais aujourd'hui il n'est plus triste. Est-ce qu'on aurait vraiment effacé les taches de son âme dans cette drôle de laverie ? Lui qui cachait ses émotions derrière un masque rieur à force de tristesse, voilà qu'il ravale son sourire : sans la moindre expression sur le visage, il se dirige vers le jardin sur le toit.

— C'est vraiment une drôle de laverie. Et une drôle de patronne, murmure Jaeha dans sa barbe.

Il se retourne et appelle Jieun, qui s'apprêtait à redescendre les escaliers.

— Dites, pourquoi est-ce à Marigold que la laverie des âmes est apparue ? Pourquoi là, précisément ?

Jieun s'arrête net, sans se retourner.

— Parce que… le soleil couchant est magnifique ici.

— Mais il y a plein d'endroits où le soleil couchant est magnifique.

— C'est vrai. Mais le *gimbap* du restaurant d'à côté est le meilleur.

— Hein ? Le *gimbap* de *La Grignote ?* Vous n'avez jamais rien goûté de bon, ma parole ! La prochaine fois, il faut que vous nous accompagniez dans un autre restaurant. Vous connaissez le guide Jaechelin* ? Je fais la tournée des bons petits restos !

— Pourquoi pas, à l'occasion.

---

* Compte Instagram qui recense les bons restaurants de Séoul.

Jieun reprend sa marche en laissant derrière elle Jaeha qui secoue la tête d'un air désapprobateur. Maintenant qu'elle y repense, il était aussi beau qu'aujourd'hui, le soleil couchant de ce jour-là. Le jour où elle a ouvert les yeux, à Marigold.

— Je veux effacer des taches d'amour, dit Yeonhui en refermant son livre d'une main tremblante aussitôt qu'elle voit arriver Jieun et Jaeha, dont elle attendait le retour avec anxiété.

Yeonhui est vendeuse au rayon maquillage d'un centre commercial, au rez-de-chaussée, et puisqu'elle voit des gens à longueur de journée, elle est devenue maître dans l'art de jauger leur caractère à la seconde où elle les aperçoit. C'est une habitude qui lui est venue à force d'attendre les clients, dans cet espace entièrement clos.

Dès que Jaeha est monté à l'étage sur les pas de Jieun, emportant avec lui tous ses soupçons, l'air s'est fait plus léger dans la laverie des âmes. Yeonhui est convaincue qu'au fond, c'est l'attitude des gens qui fait l'atmosphère d'une pièce, plutôt que les objets ; et à voir comme l'air est devenu plus paisible dès que Jieun est entrée, ce doit être une femme solide comme un roc. Elle n'a pas l'air du genre à mentir. Au début, Yeonhui s'est demandé si cette laverie ne relevait pas d'un système de vente pyramidale, où on mystifie les clients avec de drôles d'histoires, mais elle a beau regarder de tous côtés, elle n'a pas l'impression qu'il y ait quoi que ce soit à vendre ici. Au fond, c'est peut-être bel et bien un endroit pour enlever les taches de l'âme. Non, même si ce n'est pas vrai, elle aime mieux y croire pour le moment.

— Comment l'amour peut-il faire des taches ? demande Jieun en caressant l'épaule de Yeonhui, comme s'il s'agissait d'un chat errant tout recroquevillé et tremblant qui accueille joyeusement la personne prête à le nourrir.

— Je savais que Huijae voyait d'autres femmes, mais j'étais persuadée que je serais son dernier amour. Il n'avait pas toujours été comme ça, vous comprenez. Pendant trois ans, on n'aurait pas pu vivre l'un sans l'autre. On s'écrivait tellement que nos portables étaient en surchauffe dès 6 heures du matin. C'était notre première histoire d'amour, pour lui comme pour moi. Il avait beaucoup de rêves, Huijae. J'aimais l'entendre parler de ses ambitions, les yeux brillants d'excitation. Moi, je n'avais pas de passion dévorante pour quoi que ce soit : je faisais ce qu'on me disait de faire, ce que j'étais capable de faire. Huijae voulait apprendre la composition, alors je lui ai acheté un bon ordinateur portable en échelonnant les paiements sur vingt-quatre mois. Et puis à force de composer des morceaux, il m'a dit qu'il avait besoin de les jouer lui-même, alors je lui ai acheté une guitare aussi. Après il a dit qu'il lui fallait un clavier plutôt qu'une guitare, et je lui ai acheté un piano électrique. Et puis il a dit qu'il avait besoin de chanter lui-même, alors je lui ai acheté un micro.

Yeonhui parle d'une voix monocorde, le regard dans le vide, comme si elle ne faisait que réciter un texte. Lorsqu'elle s'était mise à payer toutes les dépenses de Huijae, ils avaient emménagé ensemble tout naturellement. Ils avaient eu des moments de bonheur : quand ils allaient faire les courses au marché pour cuisiner tous les deux, quand ils se promenaient au parc en se tenant les côtes de rire, tout débraillés après une longue grasse matinée. Plongée dans ses pensées, Yeonhui se remémore ces souvenirs si flous désormais ; en la regardant, Jieun serre le mouchoir qu'elle tient à la main. *Qu'est-ce donc que l'amour ? Qu'est-ce donc, pour qu'on se livre ainsi corps et âme à quelqu'un d'autre ?*

— J'ai l'air bête, pas vrai ? Mais à l'époque, Huijae était mon seul refuge. Il a fait de la composition un bon moment, et puis il m'a dit qu'il voulait prendre des cours privés de chant. Après, il s'est inscrit dans une école de théâtre… Quand je terminais le travail, j'allais faire un boulot supplémentaire dans une supérette, et ensuite, je faisais le service dans un restaurant, pour gagner de quoi payer ses cours. Je l'encourageais dans ses rêves. Après tout, puisque j'étais capable de gagner de l'argent, je pouvais bien faire ça pour lui. Moi, je n'avais pas vraiment besoin d'argent. J'avais l'impression que si Huijae trouvait le bonheur en réalisant ses rêves, moi aussi je serais heureuse. Au fond, il est devenu mon rêve à moi. Peut-être que je profitais de lui pour réaliser par procuration les doux rêves que je n'avais jamais eus.

Dès qu'il avait commencé à prendre ses cours de chant, Huijae était devenu plus difficile à contacter. Il disait qu'il était pris par les répétitions, et Yeonhui lui faisait confiance. Mais une fois entré dans son école de théâtre, il s'était mis à s'absenter plusieurs jours d'affilée. Il revenait ivre mort au bout de trois jours, dormait d'une traite, prenait des vêtements propres et repartait sans même la saluer. Le temps avait passé ainsi : trois mois, six mois, un an… Il lui arrivait aussi de rester un mois de suite à la maison, coupé du monde. Cela faisait belle lurette que toute forme de conversation avait disparu entre eux. Les conversations du corps comme celles de l'esprit.

— J'ai perçu que son corps et ses doigts devenaient froids et durs, quand il se sentait obligé de me toucher. Pourtant nous aussi, on avait eu des moments tendres et chaleureux. Je me sentais tellement triste quand on faisait l'amour comme ça, mécaniquement, que j'ai fini par m'y soustraire. Et on s'est mis à vivre dans cet état intermédiaire, ni amants ni amis. Un beau jour, un samedi après-midi, il est rentré à moitié ivre et il m'a dit qu'il était désolé, mais qu'il avait besoin que je fasse un emprunt pour lui. Sa mère était malade et il lui fallait dix millions de wons* pour payer l'opération ; il allait prendre un travail et il me rembourserait en un rien de temps. Ce jour-là, on a mangé ensemble pour la première fois depuis bien longtemps. Il a fait griller un maquereau à la poêle et il a préparé du *doenjangjjigae*** . Le riz était particulièrement bon, bien collant et brillant. On s'est assis face à face et on s'est régalés, sans laisser une miette, et puis après on a passé une longue, longue nuit, comme si c'était la chose la plus naturelle du monde. Une nuit profonde, intense, torride, comme on n'en avait jamais eu. Je pensais qu'il était sincère. Parce que le corps ne peut pas mentir.

Persuadée que Huijae s'était ressaisi, qu'il lui revenait enfin, Yeonhui avait éprouvé un grand soulagement, quoique mêlé d'amertume. Ils allaient oublier le passé, retourner aux temps bénis de leur amour. Désormais, ils n'auraient qu'à mener une vie de famille ordinaire, comme tout le monde. Une vraie famille, comme il y en a partout, comme elle en avait toujours rêvé.

---

* Environ 7 000 euros.

** Soupe à base de pâte de soja fermentée, un des plats de base de la cuisine coréenne.

Le lendemain, elle avait pris une demi-journée de congé pour aller contracter un prêt. À l'instant même où elle avait ouvert la porte de l'appartement, elle avait eu le souffle coupé. Dans l'entrée, il y avait des chaussures à talons qui n'étaient pas les siennes, juste à côté des baskets de Huijae. Les deux paires étaient parfaitement alignées, orientées vers la sortie. Pointure 36. Une fille aux petits pieds. En entendant le bruit qui sortait de la chambre, Yeonhui avait fermé les yeux de toutes ses forces. Devait-elle crier, ou bien prendre une photo ? Faire un signalement à la police, passer un coup de fil à Jaeha ? Elle était restée figée sur place un bon moment, puis, d'une main tremblante, elle avait saisi les chaussures de la femme aux petits pieds, et elle était sortie en refermant la porte.

— Qu'est-ce qui m'a pris de sortir avec ces chaussures ? Je ne sais pas bien. J'ai cogné les talons aiguilles sur les marches de l'escalier. Ils se sont fracassés. Ils étaient trop fragiles, comme ma relation avec Huijae.

Jieun attend que Yeonhui reprenne la parole, en l'observant de son regard pénétrant. Elle lui tend un mouchoir : la jeune fille relève la tête et essuie ses larmes, avec un vague sourire. *On peut rire et pleurer à la fois,* songe Jieun. Jaeha et elle attendent la suite du récit, sans faire un bruit. Après s'être réfugiée quelques instants dans le calme et le silence, la jeune fille ouvre de nouveau la bouche :

— Au fond, peut-être que j'avais seulement besoin de temps pour rompre avec lui. Huijae était du genre à ne jamais rien refuser, à ne jamais dire aux autres qu'il ne les aimait pas. Quand on venait à lui, il vous laissait faire, et quand on le quittait, il ne vous retenait pas. Il avait l'air de ne jamais agir de sa propre volonté, et moi je voulais l'atteindre sous sa carapace, le combler de l'intérieur.

L'amour ne peut pas être fait que de bonheur, c'est normal. Mais plus elle aimait, plus Yeonhui s'asséchait. Elle espérait qu'en abreuvant Huijae de son amour, elle le pousserait à l'aimer en retour.

La tisane a déjà refroidi ; elle tripote sa tasse en regardant Jieun y verser de l'eau chaude.

— Il faut aller jusqu'au bout de la fin pour en terminer, alors j'ai continué, reprend Yeonhui. Remballer sa fierté, ne pas être sincère, aimer superficiellement, alterner la carotte et le bâton… Je ne suis pas capable de ces choses-là. Je suis bête, pas vrai ?

Au lieu de répondre, Jieun fixe Yeonhui.

— Je veux effacer les souvenirs de l'époque où on s'aimait, Huijae et moi. Lui aussi, il a bien dû m'aimer au début. J'ai beaucoup de souvenirs où on était heureux d'être ensemble. Alors à chaque fois que je ris, à chaque fois que je me sens heureuse, je pense à lui. Et ça me rend triste.

Perdre un amour : cela nous fait souffrir et pleurer. Mais le plus triste de tout, c'est qu'on ne parvient pas à détester cette personne, à cause des vestiges de bonheur qui subsistent encore. Alors, on vit avec les souvenirs. Et dans ces souvenirs, on est resplendissant d'amour.

— Mets le T-shirt que je t'ai donné, et pense de toutes tes forces aux souvenirs que tu veux effacer. Alors des taches vont apparaître.

— Une fois qu'il y a des taches, comment vous les lavez ?

— J'ai besoin de les voir pour savoir quelle méthode utiliser. Il y a des taches qu'on peut effacer au lave-linge, et d'autres qui ne partent qu'à la main.

— Ah… D'accord.

Yeonhui enfile le T-shirt blanc et repense à ses souvenirs. Rien qu'en passant la tête dans le col, elle a laissé plein de traces de maquillage. Quelle pagaille ! Partout où elle passe, elle met la pagaille, encore et toujours. Elle voulait laver son âme malade pour en revêtir une autre bien propre, mais elle a déjà mis des taches de partout. Tandis qu'elle frotte les marques de rouge à lèvres, elle songe à une autre trace de ce genre qu'elle a remarquée une fois sur le col de Huijae. Elle se rappelle les jours où elle ne rentrait pas chez elle pour ne pas le trouver dans les bras d'une autre femme. Son cœur lui fait mal.

— Ce n'est pas grave. C'est normal d'avoir mal au cœur. Si tu as mal au cœur, c'est la preuve que tu as fait de ton mieux.

— Les taches… Il y en a de partout.

— Bien sûr qu'il y en a de partout. C'est le principe, avec les taches. Est-ce que ça existe, les gens sans taches ? Allez, viens, suis-moi.

Jieun se dirige vers l'escalier, et Yeonhui lui emboîte le pas, en serrant les bras autour du T-shirt taché. Elle croyait que son amour allait brûler comme du charbon ou se volatiliser dans une bouffée de fumée blanche, mais elle est tout étonnée de voir qu'il a suinté en laissant des taches. Elle étreint ses souvenirs d'amour, comme si c'était Huijae qu'elle embrassait.

— Ouf…

— Hein ?

— Non, ce n'est rien ! Vous marchez, maintenant ?

— Oui, j'essaie de m'entraîner. Allons dans le lavoir.

Jieun précède Yeonhui d'une démarche légère et élégante.

Lorsque Jieun ouvre la porte en bois derrière le comptoir du rez-de-chaussée, un nouveau paysage s'offre à elles. C'est une pièce aux murs blancs, avec un éclairage agréable, mais traversée par un ruisseau à l'eau claire, comme dans les lavoirs d'autrefois. Il y a aussi des pierres par-ci par-là, et on entend le chant des oiseaux. On se croirait dans une forêt : Yeonhui est tellement stupéfaite qu'elle se retient de pousser un cri.

— Mon Dieu. Qu'est-ce que c'est ? Comment il peut y avoir un ruisseau là-dedans ?

— C'est normal, dans la laverie des âmes.

— C'est de la magie ?

— Pas vraiment de la magie, quelque chose d'autre. C'est beau ici, hein ? C'était comme ça, dans le village où j'habitais avant.

Jieun esquisse un vague sourire ; Yeonhui a l'impression de voir une certaine tristesse dans cette expression – mais peut-être qu'elle se fait des idées ? Elle hoche la tête et retire le T-shirt.

— Si on le lave dans cette eau, les taches partiront ?

— Oui. Si ce sont des taches qui peuvent s'effacer, elles s'estomperont au fur et à mesure qu'on les frotte. Mais si ce sont des taches que tu n'as pas envie d'enlever, tu n'as qu'à t'arrêter en plein milieu. C'est à toi de choisir.

Jieun lui tend une bassine et un savon blancs, puis sort de la pièce à petits pas. Restée seule, tenant entre ses mains le T-shirt taché, Yeonhui hésite. Si on efface les souvenirs d'amour, que reste-t-il ? Si l'amour passe, que reste-t-il ? D'un coup, elle n'a plus envie d'effacer les taches, ni de les laisser non plus. D'où lui viennent ces émotions contradictoires ?

— Et puis zut, tant pis. Je me suis assez torturé les méninges comme ça : mieux vaut le mettre dans l'eau. Jamais je ne retrouverai une opportunité pareille.

Sa décision prise, Yeonhui serre les dents, se retrousse les manches jusqu'aux coudes, puise de l'eau dans la bassine blanche, et y trempe le T-shirt. Alors le mur face à elle se met à étinceler, et le film de ses souvenirs y défile à toute allure.

L'excitation de la première rencontre ; le jour où leurs doigts se sont frôlés, tandis qu'ils marchaient dans la rue, avant de se prendre la main d'un même geste ; le goût de la poitrine de porc qu'ils se faisaient griller sur la terrasse de leur petit appartement quand elle recevait son salaire ; les jours où ils restaient collés ensemble du matin au soir ; le chemin qu'ils prenaient pour rentrer à la maison, quand il venait la chercher au travail ; la petite allée qui menait au supermarché, quand ils faisaient la grasse matinée les jours de repos, se préparaient des *ramyeon*, puis enfilaient des tongs en plastique pour aller s'acheter de la glace ; la musique qu'ils écoutaient dans le métro en prenant un écouteur chacun ; les jours où leur cœur battait de concert ; leurs rires éclatants ; les moments d'amour où ils partageaient leurs souffrances et se soutenaient l'un l'autre ; les soupirs exaspérés qu'il poussait lorsque Yeonhui s'accrochait à lui dans sa solitude grandissante ;

et même la sensation de ses doigts résignés, lorsqu'elle sollicitait ses caresses en refusant d'admettre que leur amour avait passé.

Dans tout ce que voit Yeonhui, il y a plus de bonheur que de tristesse. Quand elle était à ses côtés, elle avait un sourire radieux ; elle était heureuse.

— Quand j'étais amoureuse… J'étais drôlement belle.

En réalité, elle l'a toujours su. Cet homme ne l'aimait plus, mais il n'a pas réussi à la quitter. Il était fatigué d'elle, mais il ne parvenait pas à s'en aller, sachant qu'elle était terrorisée par la perspective de la solitude ; alors il s'est mis à fréquenter d'autres filles. Elle le savait, mais elle a fait mine de rien. C'est comme ça. Ils ont tout fait à deux. L'amour, et la rupture, ensemble.

Comme elle ne pouvait pas admettre cette séparation, elle a choisi de haïr Huijae. Parce qu'elle avait beau se languir de lui, il ne revenait pas. Parce que la haine était un prétexte pour penser à lui. Parce qu'elle ne voulait pas gâcher ses souvenirs d'amour fou, qu'elle aimait autant les sauvegarder à travers la rancune plutôt que les oublier peu à peu. Même si elle savait que ces émotions lui usaient le cœur. Plus on utilise l'âme, plus elle s'abîme, et plus se réduit la place pour accueillir un nouvel amour. Maintenant, il est temps qu'elle arrête d'user son âme. Parce qu'elle doit laisser de l'espace pour un autre amour qui viendra peut-être un jour… Non, un amour qui viendra, elle en est sûre ; elle l'espère de tout son cœur.

— Pardon… Merci… Tu me manques… Je t'ai vraiment aimé.

Yeonhui rassemble les petits morceaux de souvenirs qui flottent dans l'eau, elle sort le vêtement de la bassine et le serre sur son cœur. Il reste des taches à moitié effacées.

Jieun, qui est revenue sans un bruit, lui pose la main sur l'épaule, et enlève la moitié des taches de son âme : la part de la haine et de la rancœur.

— Je veux arrêter d'effacer les taches, maintenant. Les souvenirs d'amour, je veux tous les garder.

Yeonhui pleure à chaudes larmes comme une petite fille ; il n'y a personne pour entendre ses sanglots, mais peu lui importe. Depuis qu'elle s'est séparée de Huijae, elle n'a jamais pleuré comme ça. L'eau du lavoir clapote doucement tandis que ses larmes y tombent une à une en brillant de mille feux. Le cours d'eau se transforme en tourbillon de pétales rouges, qui soulèvent Yeonhui jusqu'au toit.

— Non mais… Ça ne me surprend même plus, maintenant…

Une fois que le tourbillon l'a déposée sur le toit, Yeonhui ravale ses larmes et se dirige vers la corde à linge qu'elle avait entraperçue depuis le rez-de-chaussée. D'en bas, elle avait cru que c'était du linge blanc, mais maintenant qu'elle regarde de plus près, les vêtements ont encore des taches. Certains sont d'un blanc éclatant, mais d'autres sont encore marqués, par-ci par-là, chacun à leur manière. À qui appartiennent tous ces vêtements ? Yeonhui se faufile entre le linge des autres et accroche lentement son propre T-shirt.

Elle a décidé de renoncer à la rancœur. Elle s'était reposée sur quelqu'un pour combattre la solitude de la vie, mais l'amour n'avait pas suffi à dissoudre cet isolement. Plus son cœur se vidait, plus elle s'obsédait pour Huijae, et plus il s'éloignait d'elle. Ce n'était pas lui qui avait blessé Yeonhui, mais Yeonhui qui s'était blessée elle-même, en refusant d'admettre que cette distance s'installait entre eux. Elle ne savait pas que l'amour passe naturellement, comme les saisons. Et parfois, la saison qui suit le printemps n'est pas l'été, mais l'hiver.

Il a fallu que son amour s'achève pour qu'elle prenne conscience qu'il subsiste encore. Ses souvenirs heureux n'ont pas perdu de leur force, et continuent de briller en elle. Elle ne les oubliera jamais, et elle les gardera précieusement là où ils sont. Ce sont de beaux souvenirs, pleins de vie, qu'elle pourra ressortir les jours où elle aura perdu toute son énergie. Lorsqu'elle repensera à cette facette d'elle qui a été heureuse, qui a étincelé de mille feux, lorsqu'elle songera au couple qu'elle formait avec Huijae, une douce tiédeur se répandra dans son cœur gelé. Maintenant, elle peut vraiment rompre avec lui. Et garder non pas de la haine et du ressentiment, mais de la nostalgie.

Avant de s'approcher, Jieun étudie l'expression de Yeonhui qui accroche son linge encore taché sur la corde. Elle devine en elle ce sentiment de soulagement qu'on éprouve lorsqu'on repose enfin un objet qui tirait sur tous les muscles.

— J'ai vécu plus longtemps que j'en ai l'air, alors je pourrais te dire tout un tas de choses, mais je vais m'abstenir. À la place, je vais te faire un cadeau.

— Mais vous avez l'air moins vieille que moi !

— Oui, on me dit souvent que je fais plus jeune que mon âge. Allez, enfile ça.

Jieun lui tend un T-shirt avec une petite tache en forme de cœur, sur la poitrine.

— C'est trop mignon, cette tache !

Yeonhui observe le petit cœur un moment, avant d'enfiler son cadeau par-dessus les vêtements qu'elle porte déjà. Rien que de passer ce vêtement tout propre, bien séché par les rayons du soleil, elle sent une vague de courage monter en elle, sans trop savoir pourquoi. Tout homme est un arbre solitaire. Elle doit faire de son mieux pour rester debout sans s'appuyer sur personne.

Elle a gagné un courage qu'elle n'avait pas auparavant… Quelle drôle de nuit !

— Au fur et à mesure que le T-shirt s'imbibait d'eau, je revoyais mes souvenirs : j'avais l'air vraiment heureuse à l'époque où j'étais amoureuse. Ça m'a donné envie d'être capable de sourire comme ça, pas seulement quand je suis amoureuse d'un autre, mais quand je suis moi-même, parce que je m'aime moi aussi. Alors ces taches-là, j'ai décidé de ne pas les effacer. Si des souvenirs douloureux me reviennent, je les prendrai tels quels, tout comme les souvenirs heureux. Je vais m'aimer moi-même plus que quiconque.

En entendant la voix tremblante de Yeonhui, Jieun lance :

— Contente-toi de sourire. Souris comme si tu étais heureuse.

— Sourire, même si je ne suis pas heureuse ?

— Bien sûr. Le cerveau humain est très simple : il suffit de le tromper. Il paraît que notre cerveau ne peut pas distinguer le vrai bonheur du faux. Si tu souris pour de faux, il va croire que tu es heureuse, et il sera content. C'est comme faire une blague à son cerveau.

— Hein ? Faire une blague à son cerveau ?

— Essaie un peu pour voir ! Quand il aura entendu ta blague, ton cerveau te fera sourire. Et les personnes qui savent se faire sourire attirent les gens bien : ainsi vont les choses.

Jieun attrape le coin de ses lèvres avec les deux index et les remonte dans un sourire. Yeonhui l'imite et place deux doigts aux extrémités de sa bouche. Dans cette drôle de posture, leurs yeux se rencontrent, et elles éclatent de rire en même temps.

— Non mais, *sajangnim*[*]... Pour être honnête, vous ne savez même pas sourire pour de bon, hein ?

— Bien sûr que si ! Si je ne savais pas, je ne t'en parlerais pas !

Les deux femmes restent face à face un bon moment, pliées de rire. Elles rient pour la première fois depuis bien longtemps – Jieun aussi. Voilà donc ce que ça fait, de rire. Ça vaut le coup de faire une blague à son cerveau.

— C'est décidé : à partir d'aujourd'hui, je vais rire. On ne peut pas contrôler la direction que va prendre sa vie, mais il y a une chose qu'on peut choisir nous-même : si on va rire ou pleurer.

— La vache. Vous non plus, vous ne pouvez pas choisir la direction de votre vie ? demande Yeonhui, toute surprise.

Le sourire s'évanouit peu à peu sur le visage de Jieun.

— Si j'avais pu choisir, je ne serais probablement pas là aujourd'hui... Le vent se rafraîchit, il est temps de redescendre.

---

* Titre qu'on utilise pour interpeler le patron d'un magasin ou d'un restaurant.

Il y a comme un air de tristesse dans la silhouette de Jieun qui s'éloigne, et Yeonhui est prise d'une envie soudaine de la serrer dans ses bras.

Alors, des paroles lui viennent à l'esprit : elle sort un stylo de sa poche, retire son T-shirt, et se met à écrire dessus.

Danse,
Comme si personne ne regardait.
Aime,
Comme si tu n'avais aucune blessure.
Chante,
Comme si personne n'écoutait.
Travaille,
Comme si tu n'avais pas besoin d'argent.
Vis,
Comme si c'était ton dernier jour.

Alfred de Souza

Une fois le dernier mot tracé, elle enfile de nouveau son T-shirt en songeant que décidément, elle aime beaucoup cette laverie.

— Attendez-moi, *sajangnim* ! Quand on aura le temps, on pourra venir s'amuser ici avec Jaeha ?

— C'est une laverie, pas un terrain de jeu.

— Vous travaillez toute seule, non ? On pourra vous donner un coup de main de temps en temps. Puisqu'on est vos premiers clients.

Je vais acheter du *soju*[*]. Ou vous préférez du vin, peut-être ?

— Je ne prends pas d'alcool. Rentrez chez vous, maintenant. Vous n'allez pas au travail, demain ? Encore un peu, et le soleil va se lever !

— On est samedi. Mais d'accord, je vous laisse pour cette fois. Je reviendrai bientôt rire avec vous, *sajangnim* !

C'est la première fois depuis bien longtemps qu'elle ressent ce genre d'émotions : de l'espoir, un sentiment d'excitation à l'idée que, quoi qu'elle fasse, tout ira bien ; le dos tourné, elle sourit un instant. C'est fou, elle se sent tout apaisée. Mais cette femme lui trotte dans la tête. Yeonhui fait volte-face et interpelle Jieun :

— Dites… *Sajangnim* !

— Quoi ?

— Il était comment, le village où vous habitiez avant ?

— Jaeha et toi, vous êtes vraiment proches, pas vrai ?

— C'est vrai ! Comment vous savez ?

— Vous avez exactement la même façon de m'interroger. Arrête avec tes questions inutiles, et va-t'en. Je suis fatiguée.

Cette fois, Jieun se retourne vers la fenêtre. Debout, les bras croisés, les yeux fermés, comme

---

* Alcool de riz coréen très populaire, entre 20 et 40 degrés.

si elle dormait. Yeonhui et Jaeha s'éloignent sur la pointe des pieds, pour ne pas déranger sa méditation.

— Vous êtes réveillée, mademoiselle ? Si vous m'entendez, clignez des yeux.

Au son de cette voix, Eunbyeol ouvre les paupières. Elle cligne des yeux, encore et encore. Elle ferme les paupières et les rouvre lentement, sous ses longs cils. Le temps passe, lourd et pesant. Elle ferme de nouveau les yeux. Sa respiration se fait régulière, comme si elle était tombée dans un sommeil profond. Les deux infirmières se mettent à discuter à mi-voix, tout en observant le visage d'Eunbyeol.

— La fille qui est allongée ici, c'est une star, pas vrai ? Son visage me dit quelque chose.

— Elle passe à la télé. C'est une de ces in… influ… Tu sais, les célébrités qui ont des tas de followers sur Instagram.

— Des influenceurs ! Elle a assez de followers pour passer à la télé ? Ça lui en fait combien ?

— La dernière fois que j'ai regardé, elle en avait un million. Tu veux que je vérifie si ça a augmenté depuis ?

— Laisse tomber. Mais pourquoi elle a avalé tous ces somnifères ?

— J'en sais rien. Si j'étais à sa place, je profiterais de la vie sans me plaindre. Elle est déjà venue il y a quelques mois, pas vrai ?

— Oui. Rien que pour notre hôpital, c'est déjà la deuxième ou la troisième fois. Une fille aussi jeune… Tss tss…

— La dernière fois, toute sa famille a débarqué en se lamentant à qui mieux mieux, pas vrai ?

— C'était à cause d'un article sur un des produits de beauté qu'elle vendait sur sa page Instagram… Comme quoi il y avait des produits toxiques dedans.

— Je me rappelle. C'était vraiment grave ?

— Non. Ils avaient vendu ça comme un produit d'origine naturelle, mais les taux ne correspondaient pas à ce qui était annoncé. Les gens ont posté des tas de commentaires négatifs en disant que leur peau avait fait des réactions bizarres… Il y a même des comptes d'antifans qui sont apparus.

— Ah là là… Vingt-deux ans, et elle triche déjà sur les produits qu'elle fabrique ?

— Parce que tu t'imagines qu'elle les fabriquait elle-même ? Elle avait sûrement récupéré un produit ailleurs pour le vendre en prenant une commission. Après ce scandale, elle a posté un message d'excuses, elle a tout remboursé sur son propre argent, et elle est allée faire du bénévolat à la SPA. En fait moi aussi je suis abonnée à son compte Instagram. Parce que je suis jalouse. Si seulement je pouvais avoir cette vie-là, rien qu'un peu. Ah ! Il y a un patient qui appelle.

— Allons-y. Et si on mettait une photo sur Instagram, pour dire qu'elle ne s'est pas encore réveillée ?

— Chut, tu ne te souviens pas de ce qui est arrivé à la stagiaire qui avait fait ça la dernière fois ? Elle s'est pris un procès et des sanctions de l'hôpital ! Filons vite avant qu'elle ne se réveille.

— Ah, d'accord… Allons-y. N'empêche, elle est sacrément jolie, même quand elle est endormie comme ça. La chance !

Les deux infirmières sortent de la chambre. En entendant la porte se fermer, Eunbyeol rouvre les yeux.

Ça y est, ça recommence.

J'en ai marre. C'est encore raté. Je m'en suis sortie, une fois de plus. Combien de somnifères faut-il donc prendre pour mourir dans son sommeil ? Avec un soupir, elle cligne des yeux et les ferme à nouveau. *À ce stade, les journaux ont déjà dû sortir des articles, et c'est sans doute la panique intégrale. J'en ai marre. Je voudrais en finir avec toutes ces souffrances.*

Ainsi songe Eunbyeol en remontant la couverture au-dessus de sa tête.

C'est de nouveau le matin. Il n'y a pas d'horloge dans la chambre, mais ses yeux s'ouvrent d'eux-mêmes. Il paraît qu'il vaut mieux avoir un environnement calme pour lutter contre les insomnies : elle a enlevé l'horloge, dont le bruit lui paraissait insupportable, et elle a réduit les meubles de sa chambre au strict minimum. Mais ce n'était pas ça qui avait réglé ses insomnies.

— Pfiou, j'ai mal à la tête… Où est mon portable ?

Chaque fois qu'elle avale des somnifères, elle se réveille avec un terrible mal de crâne. Elle a sans doute développé une forme de résistance aux médicaments, car maintenant il ne suffit plus d'un cachet pour l'endormir. Elle avale un comprimé et reste éveillée toute la nuit ; alors elle en prend un autre, et comme le sommeil ne vient pas, encore un autre. Elle finit par s'endormir tant bien que mal, en ingurgitant autant de cachets qu'il y a d'heures dans la nuit. Parce qu'il vaut mieux dormir avec des médicaments que de faire une nuit blanche, les yeux grands ouverts. Mais elle a vraiment trop mal à la tête.

— Qu'est-ce que je vais poster aujourd'hui… Ah, mon portable !

Incapable d'ouvrir grand les yeux, le corps si lourd qu'elle pourrait presque traverser le lit et tomber au sol, Eunbyeol tâtonne sur la table de chevet à la recherche de son portable. Elle retire son masque pour les yeux, et se force à ouvrir un œil pour regarder l'application Instagram. Elle vérifie rapidement combien de followers elle a, le nombre de « j'aime » et les commentaires qui ont été postés. En ligne, Eunbyeol est jolie, heureuse, en bonne santé : c'est l'icône de sa génération.

— Cette vidéo-là a trois cent mille « j'aime », alors pourquoi celle d'hier n'en a que trois mille ? Ah là là… D'où vient le problème… En plus c'est une publicité, il me faut un maximum de « j'aime » et de commentaires… Quel casse-tête !

Chaque matin, c'est le nombre de « j'aime » qui détermine son humeur du jour. Ces « j'aime » sont comme sa bouée de sauvetage. Elle se ronge les ongles sous l'effet de l'anxiété, par habitude.

« La célèbre influenceuse avec 1 890 000 followers Instagram » : c'est comme ça qu'on appelle Eunbyeol. Elle a fait ses premiers pas dans le monde des stars comme mannequin, quand elle était encore adolescente. Elle a perdu la santé en suivant un régime extrême pour éliminer dix kilos par mois, où elle ne faisait pratiquement que boire de l'eau. Après cela, elle a posté son quotidien sur Instagram : du sport, de bonnes habitudes alimentaires, des lectures pour travailler à son développement personnel. Elle a gagné une célébrité instantanée en devenant la *wannabe* de toutes les jeunes femmes de moins de trente ans. Son compte a « explosé », comme on dit. Elle était stylée et séduisante à la fois, ne mâchait pas ses mots : ses moindres faits et gestes devenaient le centre de toutes les conversations.

Pour être honnête, elle a d'abord été étonnée et heureuse de cette popularité, et de recevoir tant de propositions de publicités. Elle filmait des vidéos plus susceptibles d'attirer l'attention, afin de gagner plus d'argent et de « j'aime ». Elle se faisait sponsoriser par des marques de vêtements, de sacs, de chaussures de luxe, des endroits splendides, des vendeurs de voitures étrangères, et elle n'avait qu'à donner son nom pour être invitée aux défilés des maisons de mode les plus connues. Chaque fois qu'elle postait des photos, elle faisait le buzz, un buzz en entraînait un autre, et les journalistes multipliaient les articles sur elle. Son compte Instagram devenait plus fastueux de jour en jour.

En ligne, elle avait une vie de luxe, mais en réalité, Eunbyeol n'avait pas un ami à qui se confier. Elle avait quitté le lycée en cours de scolarité et s'était mise à travailler aussitôt : elle n'avait jamais eu l'occasion de se faire des amis de son âge. Devenue mannequin, encore toute jeune, elle avait commencé à travailler avec des adultes dès que la célébrité était venue. Elle était entourée de merveilles, mais son sourire disparaissait de jour en jour, en même temps que se multipliaient les heures de solitude. Elle gagnait beaucoup d'argent, elle était célèbre, mais c'était trop de luxe, trop de solitude. Quand elle était seule ou qu'elle n'avait pas de travail, Eunbyeol restait enfermée dans sa chambre à pleurer, sans allumer la lumière. Mais elle pensait que ce n'était pas grave. Au moins, elle avait sa famille.

— Tout ce qui me reste, c'est eux. Et ça me suffit.

Elle était l'aînée d'une fratrie de trois ; grâce à l'argent qu'elle avait gagné, toute la famille avait déménagé d'un petit deux-pièces à un appartement de luxe de 165 m^2 dans le quartier sélect de Gangnam. Lorsqu'elle était enfant, elle n'osait même pas dire à ses parents qu'elle voulait manger du poulet frit, pour ne pas les accabler. Elle était persuadée que si seulement ils avaient de l'argent, ses parents arrêteraient de se disputer, et elle n'aurait plus à marcher sur des œufs ni à boucher les oreilles de ses petits frère et sœur à chaque éclat de voix. S'ils gagnaient de l'argent et parvenaient à échapper à ce pitoyable logement, ils seraient heureux : elle croyait que cela suffirait à combler de bonheur toute sa famille. Mais…

Sa mère :

— Eunbyeol, ma chérie. Tu sais, les VI… VIP ? Ces trucs, là, dans les centres commerciaux, avec les dames riches qui dépensent de l'argent et se retrouvent en groupe pour boire du café. Du thé au jasmin ou du thé noir, enfin ce genre de choses. J'ai envie d'essayer. Tu ne peux pas augmenter le plafond de la carte ?

Son père :

— Tu sais, j'aimerais commencer un nouveau business…

Son petit frère :

— Eunbyeol, je vais ouvrir une chaîne Youtube, tu ne peux pas m'acheter le matos et lancer la chaîne toi-même ?

Sa petite sœur :

— Eunbyeol, Gucci a sorti un nouveau sac, tu peux me le payer ?

Dès qu'ils croisaient son regard, tous les membres de sa famille exigeaient de l'argent. C'était pourtant bien les mêmes qui se cédaient de bon cœur les morceaux de poulet frit lorsqu'il leur arrivait d'en commander, avant qu'Eunbyeol ne devienne riche. Comment donc en étaient-ils arrivés là ? Si, lasse de tant d'exigences, elle s'avisait de refuser, toute sa famille se mettait à la critiquer d'une même voix.

Pour ne pas perdre ceux à qui elle tenait le plus, Eunbyeol avait été obligée de satisfaire toutes leurs exigences : il avait fallu trouver de nouvelles manières de gagner de l'argent. C'est ainsi que, quelques mois plus tôt, elle avait commencé des campagnes d'achats groupés en ligne parmi ses followers : vêtements, produits de régime, de maquillage, appareils électroniques… Elle avait pris pour argent comptant ce que lui disaient les entreprises et s'était mise à vendre des produits de beauté naturels, sans se rendre compte qu'ils n'avaient jamais été testés correctement ; bien sûr, ses followers lui faisant confiance s'étaient empressés de les acheter. Mais leur peau s'était mise à rougir, à saigner, à gratter ; certains utilisateurs avaient signalé des démangeaisons et des inflammations ; des comptes d'antifans étaient apparus, et elle avait écopé d'un procès. C'était terrifiant. Quand le scandale avait éclaté, Eunbyeol avait passé un coup de téléphone à sa mère.

— Maman… Tu sais…

— Ah, ma chérie. Je suis au terrain de golf. Tu as augmenté le plafond de la carte ? Je dois m'acheter à manger quand j'aurai fini.

— Non, maman… C'est pas le moment de se payer des repas au terrain de golf. Il m'est arrivé…

— C'est à moi de frapper la balle ! Je raccroche. Et n'oublie pas d'augmenter le plafond !

Eunbyeol avait poussé un soupir, et elle avait appelé son père. Elle était confrontée à une situation inédite, et elle avait peur. Les messages de reproches affluaient en temps réel sur son compte Instagram, et les articles de journaux étaient tapissés de commentaires négatifs. Le patron de l'usine de produits de beauté, qui l'avait alléchée en lui promettant trente pour cent de commission, ne donnait plus signe de vie. Elle était terrifiée. Elle avait l'impression que le monde entier avait le regard braqué sur elle pour la critiquer.

— Papa… Tu sais…

Au bout de cinq appels, son père avait enfin décroché le téléphone ; aussitôt, il s'était mis à hurler :

— C'est la panique complète sur Internet ! Qu'est-ce que tu as fichu ?

— En fait…

— C'est aujourd'hui que je lance mon entreprise de produits alimentaires bons pour la santé ! Comment je vais faire, avec tous ces articles ? Dépêche-toi de poster une lettre d'excuses sur ton compte, avec une photo ! Dis que tu es désolée !

— …

Eunbyeol avait raccroché sans un mot. Avant tout, il fallait qu'elle poste un message d'excuses. Et qu'elle rembourse tous ses followers… Et puis quoi, encore ? Elle avait laissé un message à son avocat ; en voyant la nuée de notifications sur son portable, elle s'était mordu les lèvres, et elle avait éteint l'appareil. *Moi aussi, je voudrais disparaître de l'écran, comme si on m'éteignait.* Elle avait enlevé les vêtements de luxe qui se plaquaient sur son corps décharné, à peine plus épais qu'une feuille de papier ; elle avait enfilé un pyjama en popeline blanche et s'était traînée tant bien que mal en direction de la coiffeuse. Là, elle avait sorti une boîte de somnifères du fin fond d'un tiroir, et l'avait serrée dans sa main. *Je veux mettre un terme à toutes ces souffrances. Par pitié.*

*

— *Kof kof*... Ah, ma tête... Pourquoi j'ai mal comme ça ? Et qu'est-ce que c'est que cet endroit ? Pourquoi je suis dans ma voiture ?

Réveillée par une douleur lancinante sous le crâne, Eunbyeol est prise d'une quinte de toux. Apercevant une bouteille d'eau à côté du siège du conducteur, elle commence par étancher sa soif. Elle reprend ses esprits à grand-peine, relève son siège, qui était incliné en arrière, et observe les alentours. Jusqu'où est-elle allée comme ça ? Elle descend de la voiture en trébuchant.

Elle se souvient d'avoir ouvert les yeux à l'hôpital, mais pas d'avoir pris le volant. Elle baisse la tête et s'examine dans le rétroviseur : elle est maquillée, et vêtue d'une tenue de soirée en tweed blanc. Elle se redresse et observe son reflet dans la vitre du conducteur : même ses cheveux sont coiffés. Elle est sans doute passée au salon de beauté, avant de prendre des photos dans un défilé de mode. Qu'est-ce qu'elle fait dans cette ville inconnue *? Aïe, j'ai tellement mal à la tête...* C'est une douleur familière et inédite à la fois. Quand donc disparaîtront la douleur et la souffrance ? Ou du moins, quand parviendra-t-elle à s'y habituer ? De sa main gauche, elle se masse le côté du crâne, en observant les parages.

— Incroyable ! Il y a la mer de ce côté, et la ville par là-bas ! La mer et la ville en même temps ! Ouah…

Elle est émerveillée par ce spectacle inhabituel, comme elle n'en a pas vu depuis bien longtemps. Cela fait une éternité qu'elle n'est pas allée à la mer sans personne autour d'elle. Elle ferme les yeux, savoure la sensation du vent marin qui vient lui frôler les joues. Comme tout est paisible ! Elle étend les deux bras pour mieux sentir le vent. D'où lui vient cette sensation d'énergie ? Ce paysage ne lui est pas familier, et pourtant elle se sent comme chez elle dans cette ville. Même l'épais brouillard et le ciel blafard lui paraissent apaisants. Elle inspire à pleins poumons. L'air est chargé d'une agréable humidité.

— L'odeur de la mer… Je me sens revivre.

Elle essaie de faire quelques pas, tout en aspirant l'air qui pénètre jusqu'au plus profond de ses entrailles, mais elle trébuche bientôt sur une pierre et doit s'arrêter. Elle quitte alors ses talons de neuf centimètres et, les mollets douloureux, elle s'avance pieds nus vers la voiture en tenant une chaussure dans chaque main. Elle ouvre le coffre, y jette en vrac les chaussures à talons, et sort des baskets parmi les diverses boîtes qui se trouvent là. Son coffre est plein de chaussures.

car elle en change souvent en fonction de ses tenues.

Selon toute apparence, elle a été victime d'hallucinations et de somnambulisme, sans doute des effets secondaires de ses somnifères. Elle souffre de graves insomnies depuis l'époque où elle est mannequin, et c'est à ce moment-là qu'elle s'est fait prescrire ses premiers somnifères : tout à la joie de s'endormir en un quart d'heure, elle n'a jamais cessé d'en prendre. Mais petit à petit, elle est devenue incapable de s'endormir avec un seul cachet ; chaque fois qu'elle a demandé à augmenter la quantité de somnifères, les médecins l'ont avertie qu'elle risquait d'éprouver des effets secondaires. Faisant fi de ces mises en garde, elle a fait le tour des hôpitaux pour récolter des provisions de médicaments. Cela valait toujours mieux que de l'alcool, non ? Il fallait bien qu'elle dorme, si elle voulait travailler. Il fallait bien qu'elle dorme, si elle voulait prendre des photos et gagner de l'argent. Elle ne pouvait même pas fermer l'œil à cause de ce bourdonnement sans fin qui résonnait au creux de son oreille.

C'est vraiment joli, ici ! J'ai l'impression d'être aux confins du monde. Des maisons à une altitude pareille, avec la mer à l'horizon ! Si je postais des photos, ça ferait des « j'aime » en pagaille. Et si je me lançais dans les vlogs de voyage ? Zut, mon téléphone n'a plus de batterie. Zut, je ne trouve plus mon chargeur. C'est embêtant, j'ai sûrement reçu des tas de messages et d'appels importants. Ça doit être la panique à bord… Aïe, ma tête…

Il faut qu'elle trouve un endroit pour recharger son portable. Un endroit avec une prise de courant. Et si elle veut prendre des photos, il faut qu'elle change de vêtements. Où pourrait-elle bien s'acheter des habits ? Il suffirait qu'elle change de veste pour donner l'illusion qu'un jour a passé. Une foule de pensées se bousculent dans son esprit. Si elle ne poste rien, ne serait-ce que vingt-quatre heures, le nombre de ses followers risque de chuter. Cette obsession, cette inquiétude, sont devenues des émotions plus familières que le calme et la joie. Dans la vraie vie, elle n'est pas heureuse, mais sur ce petit écran rectangulaire, il faut qu'elle donne l'impression d'être comblée.

Où que je sois, il me suffit d'être joyeuse : voilà ce qu'elle se dit chaque fois qu'un sentiment de vacuité l'assaille, dans cette vie affreusement luxueuse et affreusement solitaire. Sans ce genre de pensées, il lui semble qu'elle n'arriverait pas à tenir le coup. Quand elle n'a pas de shooting, elle passe ses journées à pleurer dans sa chambre, toutes lumières éteintes. Hors du champ des objectifs, elle n'est que ténèbres. Quand les appareils photos s'éteignent, elle s'éteint elle aussi. Et quand ils se rallument, elle se rallume avec eux. Elle voudrait savoir d'où vient le problème, mais elle a peur de comprendre. Si elle s'applique à jouer son rôle jusqu'au bout, tout cela aura une fin, non ? De toute façon, il faut bien qu'elle travaille.

— Je dois faire un *live* tout à l'heure. Il n'y a pas un endroit où je pourrais m'acheter des vêtements, et un café qui ferait l'affaire pour un *live* ? Je vais essayer de faire un petit tour du quartier. Je prendrais bien une bonne tasse de café… Un *iced americano* avec un shot en plus, bien fort, ça me remettrait les idées en place… Voyons voir un peu !

Habituée à la solitude, elle se met à marcher en se parlant toute seule. Les maisons qui l'entourent sont sobres et chaleureuses ; pour une raison qu'elle ignore, ce quartier lui donne un sentiment de paix et de familiarité. Elle continue d'avancer, tout en observant les petits pots de fleurs disposés en bordure de la route. Pourra-t-elle trouver un café dans un endroit pareil ?

Voilà justement qu'une femme passe par là : elle a de longs cheveux noirs soigneusement attachés, et une robe élégante constellée de fleurs rouges. *Ah, cette personne doit connaître le coin. Elle va pouvoir me renseigner.* Leurs regards se croisent.

— Dites, madame… Je suis désolée de vous déranger, mais vous ne sauriez pas s'il y a un café ou un magasin de vêtements dans ce quartier ?

— Un café ? Il n'y en a pas par ici. Il faut redescendre jusqu'au bas de la colline. C'est la première fois que tu viens ici ?

— Ah… Oui. J'ai perdu mon chemin… Je dois changer de vêtements et faire un *live* sur Instagram.

— Un *live* ?

— Oui… Vous ne savez pas qui je suis ?

— Euh… Je devrais ?

— Ah, vous n'utilisez pas Instagram ? Ha ha ! J'ai fait des publicités à la télé aussi.

Eunbyeol est interloquée par la réaction de cette femme : d'habitude, toutes les personnes qu'elle rencontre la reconnaissent. *Comment est-ce possible ? Elle fait semblant ?* Lisant dans les pensées de la jeune fille qui pince ses jolies petites lèvres, Jieun répond :

— Hmm… Instagram, ça ne me dit rien du tout. Moi j'écoute la radio. Je ne regarde pas la télé non plus.

— Wow, c'est dingue ! Il y a encore des gens qui écoutent la radio, aujourd'hui ? Mais vous ne savez vraiment pas qui je suis ?

— Non, je ne vois pas. Mais il n'est jamais trop tard pour apprendre. Comment t'appelles-tu ?

— Eunbyeol. Si vous faites une recherche Internet, vous trouverez tout de suite !

— D'accord, j'essaierai. Moi je tiens une laverie. Ça ne vaut pas un magasin de vêtements, mais je peux te prêter une tenue, si tu en as besoin ?

— C'est vrai ? Ça serait trop bien ! Si vous me prêtez des vêtements, je les laverai en rentrant, et je vous les renverrai par la poste. Et puisque vous avez une laverie, vous pouvez aussi repasser une jupe froissée ?

— Bien sûr. J'allais justement au travail, suis-moi.

— D'accord, *eonni** ! Je peux vous appeler *eonni*, hein ? J'ai vingt-deux ans, mais vous êtes plus âgée que moi, non ? lance Eunbyeol en glissant son bras sous celui de Jieun, qui hoche la tête en guise de réponse.

À peine Eunbyeol a-t-elle croisé le regard de cette femme qu'elle s'est sentie prise d'une envie dévorante de lui raconter tout ce qu'elle a sur le cœur. C'est qu'elle n'a pas souvent l'occasion de discuter en toute franchise, peut-être ? Elle est désarmée, comme si toutes ses émotions étaient mises à nu, comme si elle allait sombrer dans le regard profond de cette femme qu'elle voit pour la première fois.

*

Jieun a repéré la voiture d'Eunbyeol dès l'aube. Juste comme elle quittait la laverie pour rentrer chez elle, une voiture de sport rouge s'est arrêtée

* « Grande sœur » en coréen. On utilise beaucoup cette expression pour s'adresser à des femmes plus âgées que soi (avec une certaine familiarité), même lorsqu'on n'est pas uni par les liens du sang.

en face dans un grand crissement de pneus. Jieun a froncé les sourcils, éblouie par les phares. Quel sans-gêne, à une heure pareille ! Le conducteur a bientôt coupé le moteur : alors, Jieun a aperçu une femme assise sur le siège avant, immobile, les yeux ruisselants de larmes qu'elle ne prenait pas même la peine d'essuyer. Un regard qui a perdu toute volonté de vivre. Un regard familier. Jieun a envisagé un instant d'envoyer les pétales chercher la jeune fille, mais après réflexion, elle a décidé de la laisser se réveiller par elle-même.

Quelques heures plus tard, voyant qu'Eunbyeol était sortie de la voiture, Jieun a fait exprès de passer à côté d'elle à petits pas. On aurait dit un oisillon aux ailes cassées, qui a perdu son chemin ; et pourtant, la première chose qu'elle a cherchée, c'est un café et un magasin de vêtements. Elle devait quand même avoir faim : le bon sens aurait voulu qu'elle se mette en quête d'une supérette ou d'un restaurant. Ou plutôt, elle aurait dû commencer par demander où elle était. Mais le plus important pour elle, ce n'était pas de manger, ni de vérifier où elle se trouvait. C'était de survivre. Elle agissait pour sa survie. Cette enfant n'était plus qu'une coquille vide, mais elle battait des ailes pour survivre.

Certaines coïncidences dans la vie ne relèvent pas du hasard, mais d'un destin inéluctable. On rencontre telle ou telle personne parce qu'il fallait coûte que coûte la rencontrer à ce moment-là, on se rend dans tel ou tel endroit parce qu'il fallait coûte que coûte s'y rendre à ce moment-là. Cette enfant aussi est venue à Marigold parce qu'elle devait venir. Dès que Jieun a aperçu la voiture de sport rouge, rutilante, elle a pressenti qu'Eunbyeol serait la troisième cliente de la laverie des âmes.

— Dis, tu as mangé ?

— Non, mais ce n'est pas la peine ! Je ne prends qu'un repas par jour, à cause de mon régime. Je dois rester en taille 34. Sinon les vêtements ne m'iront plus.

— Moi non plus je ne mange pas beaucoup, mais pour une fois j'ai faim. Tu veux prendre un *gimbap* avec moi, tout à l'heure ? Il y a un restaurant de snacks à côté de la laverie, qui vend du *gimbap*. Le goût est… Hmm, comment dire… Pas… mauvais ?

Jieun n'a pas l'habitude d'offrir à manger à quelqu'un d'autre. Elle n'aime pas avoir de la compagnie pour prendre ses repas. Mastiquer sa nourriture tout en discutant, ça implique de partager sa vie, de se rapprocher, non ? Et voilà qu'elle a proposé à Eunbyeol de manger avec elle, sans réfléchir ! Elle est stupéfaite de son propre comportement.

— Ils vendent aussi du *tteokbokki*[*] ? J'aimerais tellement en manger !

---

* Pâte de riz marinée dans la sauce piquante.

— Tiens, tu aimes le *tteokbokki* ! Bien sûr qu'ils en vendent.

— Oh, génial ! J'adore ça. Vous préférez les *tteok* à la farine de riz, ou ceux à la farine de blé ? Pour être honnête, les deux me plaisent. Les vrais fans de *tteokbokki* n'ont pas de préférence. Mais ça fait longtemps que maman m'empêche d'en manger, pour éviter que je grossisse. Alors que c'est mon plat préféré !

Plus animée que d'ordinaire à la perspective de prendre son plat favori, Eunbyeol suit Jieun en écarquillant les yeux. *Tteok* de blé ou *tteok* de riz, quelle importance ? Tous les *tteokbokki* du monde se valent. Il faudra commander du *sundae** aussi, et tremper les morceaux dans la sauce du *tteokbokki*. Sans oublier le *gimbap*. D'ailleurs, est-ce qu'ils vendent des fritures aussi ? Peu importe, c'est génial, c'est trop génial ! Tandis qu'Eunbyeol piaille, prise d'une excitation qu'elle n'a pas ressentie depuis bien longtemps, les deux femmes arrivent devant la laverie.

— Oh, *eonni* ! C'est une laverie, ça ? On dirait un café à l'autre bout du monde ! J'ai vu des photos de cafés en Irlande, et c'est exactement pareil. C'est quoi, le nom des fleurs à l'entrée ?

— Des trompettes de Jéricho. Elles ne fleurissent que l'été, mais aujourd'hui j'ai voulu

* Boudin de porc ou de bœuf fourrés de nouilles et de légumes.

changer un peu de décor. D'habitude, ce sont des camélias rouges.

— Mais on n'est pas en automne ?

— C'est vrai, mais ici ça peut fleurir. Je t'expliquerai plus tard.

— Vous êtes vraiment super forte !

Pourvu qu'elle parvienne à charger son portable, cet endroit aux allures de café est assez paisible et élégant pour qu'elle y fasse son *live*. Il y a comme une atmosphère mystérieuse dans ce lieu qui surplombe la ville noyée dans le brouillard ; l'entrée de la laverie est très jolie, avec ses fleurs et ses tiges rampantes, les éclairages sont parfaits, et même la vue est magnifique. Eunbyeol est si excitée qu'elle ne peut s'arrêter de bavarder. Ses yeux brillent comme si elle était redevenue une lycéenne. Elle se surprend elle-même : a-t-elle le droit d'être aussi gaie alors qu'hier encore, elle souffrait de ne pas parvenir à mourir ? Cela fait si longtemps qu'elle n'avait pas ressenti une telle excitation.

Quelle journée étrange. Cette femme qui marche devant moi n'a pourtant pas l'air très maquillée, alors d'où lui viennent ce charme et cette aura de mystère ? Il faut absolument que je l'interroge sur sa routine beauté, songe Eunbyeol.

— *Eonni* ! Cet endroit est vraiment fantastique, dit-elle à Jieun. Comment c'est possible qu'une laverie soit aussi jolie ?

— C'est mignon, pas vrai ? Assieds-toi où tu veux. Tu peux visiter l'intérieur aussi, si tu préfères.

— Ouah… J'adore ce genre d'endroits. Il faut que je mette une photo en story, pour prévenir les gens que je vais faire un *live* ! Ah oui, c'est vrai. Vous n'auriez pas un chargeur de portable ?

— Si, passe-moi ton téléphone. Ça te va si je te fais de la tisane ? Je n'ai pas de café.

— Oui, très bien ! Merci beaucoup !

Les deux mains jointes devant elle comme pour prier, Eunbyeol examine l'intérieur de la laverie avec curiosité. C'est un endroit chaleureux, où les rayons du soleil pénètrent à flots. Il règne une odeur de linge propre, qui réveille en elle des souvenirs doux et heureux. Comme le parfum de son enfance, lorsque sa mère la prenait dans ses bras. D'ailleurs, elle s'appelle comment, cette ville ? Elle n'a même pas pensé à le demander.

Ding !

L'immense porte en bois s'ouvre à la volée, livrant le passage à un jeune homme. Il jette un coup d'œil en direction d'Eunbyeol et la salue d'un signe de la tête ; toujours debout sur le seuil, il interpelle Jieun :

— On se prend un verre de vin ce soir, après le boulot ?

— Ah, c'est toi, Jaeha ? J'ai pourtant bien dit à Yeonhui que je ne buvais pas d'alcool.

— Pourquoi vous passez à côté d'un tel plaisir ? Si vous saviez comme la vie est belle, quand on est un peu éméché ! On va commencer par la bière. Une canette de bière, un verre de *soju*, un verre de *makgeolli**, un verre de vin, un verre de whisky. On va tester ce qui vous convient le mieux. Qu'est-ce que vous en dites ?

— Quelle idée d'avoir autant d'alcools différents… Tiens, tu as décidé de quitter ton travail ?

— C'est encore un de vos pouvoirs magiques ? Comment vous avez su que j'avais un entretien aujourd'hui ? J'ai candidaté pour une entreprise qui propose des CDI, mais je vais continuer à travailler dans le même domaine. Je ne veux pas que les gens me fassent la leçon. J'en ai marre qu'on dise du mal de moi dans mon dos. Je reste dans la publicité !

— Quel intérêt de travailler coûte que coûte dans le même domaine ? C'est ta vie, à toi de prendre les décisions. Fais comme tu préfères.

— Non mais… J'ai beau essayer de vous mentir, je ne peux rien vous cacher. Soyez honnête : vous avez un truc pour lire dans les pensées, pas vrai ?

— Ha ha… Tu crois que les gens vont se moquer de toi si tu obtiens un CDI dans une boîte qui n'a rien à voir, après avoir fait des films et travaillé dans la publicité ? Si ça les fait jaser,

* Alcool coréen à base de céréales, de couleur laiteuse, entre 5 et 8 degrés.

tant pis, c'est ta vie à toi. Si tu n'es pas satisfait de l'endroit où tu te retrouves, tu as le droit de revenir sur tes pas. Ne te soucie pas des autres, et fais ce dont tu as envie. Si tu penses que c'est la bonne réponse, alors c'est la bonne réponse. Ne prête pas attention à ce que les gens vont penser de toi. Fais comme ça te chante, ce n'est pas grave. Et puis, tu sais, les gens s'intéressent moins à toi que tu ne crois.

— Les gens s'intéressent moins à moi que je ne crois… Vous êtes un peu dure, mais vous avez bien raison. Ah là là… Bon, je vais tout vous dire : en fait j'ai obtenu une certification de sommelier, et cette semaine, j'ai passé la première sélection dans une entreprise qui vend du vin. Comment vous avez su ? Au début je me demandais ce qu'un type comme moi, accro au *soju*, pouvait bien faire dans le vin. Mais je suis allé à une séance de dégustation pour tuer le temps, et là-bas j'ai rencontré le meilleur sommelier de Corée. C'est un monsieur de plus de soixante-dix ans avec les cheveux tout blancs ; lui aussi il a vécu dans la pauvreté, et puis il a commencé comme garçon d'hôtel, avant d'être embauché comme serveur dans un restaurant et de finir sommelier. Son regard m'a donné des frissons des pieds à la tête. Je me suis dit : *Je veux devenir ce genre de personne, je veux avoir un regard aussi ferme et distingué quand je serai vieux. Je n'ai qu'à suivre le même chemin…* Alors je me suis lancé, à tout hasard… Et j'ai découvert que c'était un milieu passionnant, avec plein de choses à apprendre.

Jieun rit de voir Jaeha parler avec de grands gestes, comme un chef d'orchestre ; au bout d'un moment, elle se dirige vers la porte en adressant un sourire à Eunbyeol. Si elle ne chasse pas le jeune homme, il risquerait bien de discuter toute la journée : elle ouvre la porte en lui donnant deux petites tapes dans le dos, pour lui faire signe de partir.

— Mais oui, je sais tout. Repasse avec Yeonhui tout à l'heure. Même si je ne bois pas d'alcool, je vous donnerai de quoi boire. Du vin dans des tasses à thé, ça va ?

— Quoi ? Les verres, c'est hyper important ! J'apporterai ce qu'il faut. À tout à l'heure ! Au fait, je peux inviter un autre ami ? Il s'appelle Haein. Allez donc manger à *La Grignote* avec votre cliente. Moi, je vais passer mon entretien d'embauche !

Jaeha est visiblement nerveux, avec ses chaussures neuves aux pieds et son costume tout propre ; il serre dans ses mains une enveloppe où figure le logo d'une entreprise d'alcool. Il s'apprête à se rendre au deuxième et dernier entretien, celui qui fixera son sort. Eunbyeol sourit elle aussi en observant Jieun qui discute avec Jaeha. Quel drôle d'endroit. Il donne envie de rire avec les personnes qui rient, et de pleurer avec les personnes qui pleurent. Elle se sent étrangement à l'aise : parce que c'est une laverie, peut-être ?

On dirait qu'il n'y a que des gens bien dans ce quartier.

D'ailleurs, quand est-ce que son portable aura fini de charger ? Il faut pourtant qu'elle fasse son *live* avant que la nuit ne tombe. Et si elle allait chercher son câble de chargement rapide dans la voiture ?

— Prends de la tisane. Ton portable charge bien, attends juste un peu.

— Vous êtes vraiment capable de lire dans les pensées ? Comment vous avez su ce que j'étais en train de me dire ? C'est dingue ! Mais dites-moi, tout le monde se connaît, dans ce quartier ?

Elle prend dans ses mains la tasse bien chaude, à la température parfaite pour y tremper les lèvres sans se brûler. Elle écarquille les yeux : le breuvage est meilleur qu'elle ne s'y attendait. Jieun observe un moment Eunbyeol qui vide sa tasse à petites gorgées, puis elle va chercher un T-shirt blanc et le tend à la jeune fille. Cela fait, elle reprend sa place en face d'Eunbyeol, de l'autre côté du comptoir.

— Ce n'est pas n'importe quelle laverie ici, finit-elle par dire. C'est une laverie des âmes. Une laverie où on efface les taches du cœur, où on repasse les plis de l'âme. S'il y a des taches ou des plis que tu as envie d'effacer, Eunbyeol, je peux régler ça pour toi.

— Une laverie… des… âmes ? Ça existe, ça ?

— Bien sûr. Juste là, sous tes yeux. Une laverie unique au monde. Je pense que tu as été attirée ici pour une bonne raison. Je m'appelle Jieun, et mon travail est d'effacer les taches des gens qui viennent me trouver dans cette laverie, et qui ont besoin d'être soignés et consolés.

Jieun s'est présentée plus gentiment que de coutume, en voyant les grands yeux d'Eunbyeol s'écarquiller.

Qu'elles sont courageuses, les personnes qui s'ouvrent elles-mêmes et prennent la peine de soigner leur cœur ! La plupart des gens pourrissent de l'intérieur. Ils mènent leur vie sans même prendre conscience qu'ils souffrent, que leur âme se décompose. Qu'ils doivent soigner une ou deux blessures, les plus douloureuses, pour que leur vie soit supportable. Jieun a vécu avec sa propre souffrance, des siècles durant, tout en apportant le réconfort aux autres : il lui suffisait de leur offrir la tisane de la consolation, d'écouter leurs histoires, et de caresser leur cœur. Et elle sent bien qu'en cet instant, la jeune fille qui se tient devant elle, toute tremblante, a besoin d'être guérie elle aussi.

— Le choix t'appartient. S'il y a des taches dans ton cœur que tu veux effacer, enfile ce T-shirt, ferme les yeux, et penses-y lentement.

Alors le tissu se tachera, se froissera. Une fois que tu auras enlevé le T-shirt, si tu veux effacer les taches, tu n'as qu'à monter à l'étage pour me le donner. Si tu ne veux pas les effacer, tu peux juste t'en aller en laissant le T-shirt, ou en l'emportant avec toi. Fais comme tu veux. Ça n'a pas d'importance.

Eunbyeol prend le vêtement dans ses mains et le fixe un long moment, bouche bée. Enfin, elle enfile le T-shirt, tout en regardant la silhouette de Jieun qui monte à l'étage.

— Non mais, c'est qui cette femme ? Elle est vraiment télépathe ?

Une ville inconnue, un jour inconnu. Quelle drôle de journée, décidément ! C'est peut-être un rêve ? Ce ne serait pas surprenant. Les jours comme ça, où le brouillard est aussi épais que les nuages, il pourrait se passer n'importe quoi sans qu'on s'en étonne. Le plus étrange de tout, c'est ce sentiment qu'elle éprouve maintenant : l'envie de vivre.

J'ai envie de vivre.
D'effacer les taches de mon cœur…
Et de vivre.

*

— *Eonni*… Si j'efface ce que j'ai le plus envie d'effacer… ma vie va changer du tout au tout. C'est ce que je voudrais… La vie est tellement difficile que j'aimerais tout laisser tomber, mais… D'un autre côté, je ne sais pas si je serais capable de recommencer quelque chose d'autre. Et qu'est-ce qui se passera si les gens ne me comprennent pas, ne m'aiment pas, une fois que j'aurai enlevé mon maquillage, et que je ne serai plus la belle Eunbyeol ? Personne dans ma famille n'est capable de gagner de l'argent sans moi, alors comment on vivra ?

Eunbyeol a noué les pans de son T-shirt sur la droite pour en faire un *crop top*, puis elle est montée à l'étage : en voyant Jieun debout face à la fenêtre, elle est allée s'installer sur une chaise à côté d'elle, sans faire de manières. Tout le charme d'Eunbyeol vient de sa franchise. C'est une jeune fille aussi claire et transparente que de l'eau : elle désarme ses interlocuteurs. Elle ne remet rien en question, ne calcule pas, fait confiance aux autres tels qu'ils lui apparaissent. Il suffit d'un coup d'œil pour voir qu'elle a le cœur tendre, et qu'elle aime les gens. Quand on lui dit qu'elle est dans une laverie des âmes, elle ne montre pas la moindre méfiance : elle s'interroge sérieusement sur les taches de son cœur.

Jieun a pour principe de ne pas intervenir auprès de ses clients ; mais après tout, les principes sont là pour être transgressés. Si l'on enfreint une règle, il suffit d'en créer une autre. Depuis qu'elle a décidé que cette vie-là serait la dernière, Jieun a pris la résolution d'écouter son cœur. Pourquoi se soucie-t-elle tant des souffrances de cette jeune fille ? Peut-être que leurs destins se sont croisés dans un siècle antérieur ? Elle a beau réfléchir, rien ne lui vient à l'esprit.

— Ne cherche pas l'approbation de personnes qui ne te connaissent pas bien. Pour être honnête, tu n'arrives pas à te comprendre toi-même, n'est-ce pas ? Moi non plus, je n'arrive pas à me comprendre.

— Vous non plus ? Mais vous avez l'air de quelqu'un qui sait tout, qui comprend tout.

— Les apparences sont trompeuses. Les apparences, c'est ce qu'on a envie de voir, et ce que les autres nous laissent voir ; c'est tout. Tu es proche de ces gens que tu appelles tes followers ?

— Non, la plupart je ne les connais même pas. En fait j'adore bavarder, mais j'ai été obligée de quitter le lycée quand je suis devenue mannequin, et j'ai perdu contact avec mes amis. Et les gens que je rencontre maintenant, plutôt que des amis, c'est… des personnes que je fréquente par nécessité ? Ça fait un certain temps que je me sens très seule.

— Vivre dans la solitude, en se préoccupant comme ça du regard des autres… tu as dû en baver ! Ce n'était pas trop dur ?

— Si… En fait… C'est vraiment dur, *eonni* !

Il a suffi de cette seule question pour qu'Eunbyeol éclate en sanglots, comme si toutes ses chaînes s'étaient brisées en un instant. C'est dur. Pour être honnête, elle voudrait tout arrêter. Elle voudrait se faire de vrais amis. Des amis qui ne postent pas des photos pour faire semblant, à qui elle peut montrer ses côtés ridicules, raconter tout ce qui lui arrive de difficile, de douloureux, de joyeux.

Jieun se sent soulagée de voir les larmes d'Eunbyeol couler à flots. Bien sûr qu'il faut pleurer. C'est ce qu'on fait quand on est triste. Quel soulagement !

— Tu peux pleurer tout ton saoul. Ne t'inquiète pas, personne ne viendra ici.

— *Eonni*… C'est trop dur… Je veux effacer toute ma vie d'influenceuse. Ma vie entière est une tache.

Eunbyeol sanglote un long moment en marmonnant des paroles inintelligibles, tandis que des taches sombres et des plis viennent marquer son T-shirt. Les plis, il suffit de les repasser ; les taches, il suffit de les enlever. Mais pour dissoudre la souffrance et la tristesse du cœur, il faut pleurer un bon coup.

— Pendant tout ce temps, quand tu étais triste, tu as pleuré ?

— Non…

— Quand tu étais en colère, tu t'es fâchée ?

— Comment aurais-je pu me fâcher… Contre qui…

— Contre la personne qui te mettait en colère, bien sûr. Quand on est triste, on pleure ; quand on est en colère, on se fâche ; quand on est heureux, on rit. C'est ça, vivre. Quand on s'ennuie, on bâille. D'accord ? C'est naturel.

— Il y a tout le temps des gens qui me filment… Alors j'avais peur qu'on publie des photos de moi sur Instagram ou dans les journaux, si je me mettais en colère au mauvais moment…

Eunbyeol renifle tout en parlant ; petit à petit, ses pleurs s'apaisent.

— Et alors, qu'est-ce que ça fait si on poste des photos de toi ? Qu'est-ce que ça fait, si on écrit des articles sur toi ? Ce n'est pas grave. Tout le monde fait des erreurs. Tu ne peux quand même pas vivre sans faire le moindre faux pas ! Ce n'est pas possible, pour un être humain.

— C'est pas grave si je fais des erreurs ? Vous êtes sûre ?

— Évidemment. Tu as le droit de te tromper. Si tu as des torts, il suffit de t'excuser, et si quelqu'un a des torts envers toi, il suffit d'accepter ses excuses. Quand on n'arrive pas à se relever de quelque chose, il faut en prendre son parti. On ne peut pas toujours être parfait. On s'égare, on flanche, on fait des erreurs, on tombe. Mais on se relève quand même, on reprend son équilibre. Voilà ce qu'il faut faire. Ce n'est pas grave.

Jieun tapote doucement l'épaule d'Eunbyeol. La jeune fille lui prend les deux mains et continue de sangloter. Quand ses pleurs se tarissent enfin, Jieun lui jette un regard plein de tendresse et reprend la parole :

— Allez, ne te soucie pas trop des autres, et prends soin de toi. Quand le quotidien devient trop dur à supporter, pars en voyage dans un endroit agréable ; quand tu es en colère, fâche-toi ; quand tu es stressée, mange de bonnes choses. Essaie de vivre pour toi, pas pour les autres. Alors tu verras que la vie est plus belle qu'on ne croit. Elle vaut le coup d'être vécue.

— Elle vaut le coup… d'être vécue ? En fait, *eonni*… Je n'avais plus envie de vivre.

— Ça arrive. Moi aussi, il m'arrive souvent de perdre la volonté de vivre. Mais tu sais, même dans les moments où on voudrait mourir, on reste en vie. Et puis la vie continue. À force de vivre, on se met à rire de petits riens, de temps en temps. Et ces rires nous font vivre. C'est marrant, n'est-ce pas ?

— À force… de vivre… On rit ? Est-ce que moi aussi, un jour, j'aurai envie de vivre ?

— Hmm… Personne ne le sait mieux que toi. Et puis, une dernière chose : aucune relation ne mérite d'être protégée si elle te coûte ta propre identité. Même avec ta famille, même avec les gens que tu aimes. Personne n'est plus important que toi.

Tout en hochant la tête à ces conseils, Eunbyeol enlève son T-shirt et le tend à Jieun comme un objet très précieux.

— Maintenant, tu vas être témoin d'une scène magnifique, comme tu n'en as jamais vu jusqu'à présent.

Jieun ferme le poing, puis rouvre les doigts. Alors des pétales rouges s'échappent de sa paume : ils tourbillonnent en rond, s'emparent du T-shirt d'Eunbyeol et l'emportent dans le lave-linge. Enveloppé de fleurs et de lumière tout à la fois, comme si des lucioles étaient venues guider son chemin, le vêtement maculé de taches s'engouffre dans la machine et se met à tourner sur lui-même. Oubliant sa tristesse, Eunbyeol observe la danse des pétales. Le tambour du lave-linge tourne à toute allure dans un bain de lumière, comme s'il renfermait un rayon de soleil.

— J'adore ce moment : quand je vois le linge plein de taches qui tourne et tourne sur lui-même. Parfois les blessures se transforment en lumière, ou bien en belles fleurs. Pas toujours.

Tout en écoutant Jieun, Eunbyeol verse des larmes brûlantes. Elle pleure sans un bruit. Quand elle a enfilé le T-shirt quelques minutes plus tôt, elle a prié pour que toute sa vie d'influenceuse, les instants joyeux comme les moments tristes, se transforment en taches. Les jours où l'abondance de luxe l'accablait de solitude. Mais maintenant, elle comprend enfin la vérité : c'est elle qui s'est laissée enfermer là-dedans comme une statue de pierre. À force de porter des chaussures qui n'étaient pas à sa taille, elle s'est mise à croire que toutes les chaussures faisaient mal.

— Tu sais, Eunbyeol, même si on efface toutes ces taches, rien n'interdit que tu redeviennes célèbre un jour. Peut-être que tu seras de nouveau le centre de l'attention. Est-ce que ce sera aussi difficile que maintenant ? Je ne peux effacer les taches de ton cœur qu'une seule fois, tu comprends.

— Je… Je ne sais pas bien.

— C'est vrai, c'est normal de ne pas savoir pour le moment. Parce que tu n'as pas encore été confrontée à cette situation. Peut-être que tu redeviendras célèbre, peut-être pas. Et même si tu redeviens célèbre, tu sauras mieux comment réunir Eunbyeol à l'écran et Eunbyeol dans la vraie vie, pas vrai ?

— Vous pensez ?

— Tout à fait. Il suffit d'y croire pour que ça marche. Et si tu abordes les gens la première en leur ouvrant ton cœur, ils t'ouvriront le leur. Tu veux que je t'apprenne la façon de se faire de vrais amis ?

— Oui, dites-moi !

— Les gens célèbres que tu as rencontrés pendant tout ce temps… Même si on ne dirait pas, je suis prête à parier qu'ils se sentent tous très seuls. Commence par éteindre les caméras, et va les voir. Si tu veux te lier d'amitié avec eux, entraîne-toi à les aborder la première et à leur ouvrir ton cœur. Montre-toi comme tu es maintenant, sans fard ni mensonges.

— Mais j'ai peur de me faire rejeter.

— Quelle importance, si tu te fais rejeter ? Eux aussi, ils ont leurs propres problèmes, leurs propres raisons de te repousser. L'amitié dépend du temps qu'on passe ensemble et de la sincérité de nos sentiments. Donne-toi tout entière : consacres-y assez de temps, de franchise, d'efforts. C'est absurde d'espérer que les autres vont nous donner leur cœur sans qu'on leur donne le nôtre. C'est de la cupidité. Prends ton courage à deux mains, et va voir les personnes de l'autre côté de leur écran de téléphone portable. Pour ton propre bonheur.

Maintenant que les deux femmes ont fini de discuter, l'air autour d'elles s'est fait tiède. Un doux vent les enveloppe, comme chargé des parfums du printemps. C'est peut-être un vestige des pétales de tantôt.

— Alors maintenant on est amies, *eonni* ?

— Bien sûr. On a partagé les secrets de notre cœur. Quand on s'offre en toute sincérité, il suffit d'une rencontre pour devenir ami. Tu n'as pas faim ? On n'a plus qu'à étendre le linge sur le toit, et puis on pourra aller manger du *tteokbokki*.

— C'est vrai, le *tteokbokki* ! C'est où qu'on étend le linge ? Je vais faire ça en deux temps trois mouvements !

Tout à l'heure des pleurs, maintenant des rires. Comment cette enfant si franche a-t-elle supporté une telle vie si longtemps ? Jieun désigne les escaliers d'un geste de la main ; tandis qu'elle regarde la jeune fille se jeter en avant, elle sent comme un parfum de menthe se répandre en elle. Une onde verdoyante traverse tout son corps, y semant des bourgeons ; un instant, Jieun a l'impression de se transformer en arbre. S'est-elle jamais sentie aussi légère après avoir effacé les taches d'une âme ? Quoique, ce n'est pas tant un sentiment de légèreté qu'une faim dévorante. Elle a beaucoup d'appétit, ces temps-ci.

Avec un sourire, Jieun passe un coup de téléphone à *La Grignote*.

— *Ajumma !* Prépare deux rouleaux de *gimbap*, deux portions de *tteokbokki*, du *sundae* au foie pour deux personnes, et un assortiment de fritures. Je viens avec une amie, alors sois généreuse sur les portions !

— Mon Dieu, ma petite Jieun, tu as une amie qui est venue te rendre visite ? Quelle bonne nouvelle ! Tu veux que je te prépare des nouilles aussi ?

— Non, pas de nouilles. Tu n'as pas oublié ce que je t'ai dit, hein ? Interdit d'inscrire de nouveaux plats sur le menu ! Au fait, dis-moi : ton *tteokbokki*, il est fait avec de la farine de blé, ou de la farine de riz ? C'est important ?

— Bien sûr que c'est important ! La texture n'a rien à voir ! Moi je fais les deux. Tu n'étais pas au courant ?

— Ah… Si si, bien sûr que j'étais au courant. On arrive tout de suite ! Tu vas nous donner des *eomuk* gratis, hein ?

Les deux femmes ont un sourire sur les lèvres tandis qu'elles raccrochent le téléphone. Parce que rire, c'est vivre. Et parce qu'à force de vivre, on se met à rire pour de bon.

*

— Eunbyeol, tu t'es fait pirater ton compte Instagram ? Qu'est-ce qui s'est passé ? Tu as porté plainte ?

— Ma chérie, on m'a bloqué ma carte bleue parce que j'avais des impayés. Qu'est-ce qui se passe ?

— Eunbyeol, je vais lancer un nouveau business. Viens prendre des photos avec moi.

Depuis que la jeune fille a passé cette étrange et magnifique journée à la laverie des âmes, son compte Instagram a disparu. Elle ne comprend pas pourquoi cette ville de Marigold, où elle a essuyé ses larmes et effacé les taches de son cœur, lui a paru si chaleureuse et agréable. L'idée lui est même venue qu'en réalité elle connaissait déjà cet endroit. Elle a sorti un vieil album photo pour raviver sa mémoire ; là, elle a trouvé des images d'un voyage où elle tient son petit frère par la main, et où sa mère est enceinte de sa petite sœur. Sur les photos, on voit l'enseigne de *La*

Grignote. Eunbyeol promène la main sur la page, surprise de voir ces lettres clairement lisibles sur la vieille photo, et prise aussi d'une sorte de mélancolie. Ce n'est pas étonnant. Voilà pourquoi cet endroit lui était si familier. Peut-être que c'est le destin qui l'a emmenée là-bas, plus qu'une simple coïncidence.

Lorsque son profil Instagram a disparu, c'est sa famille qui a témoigné le plus de fureur et de désespoir. Mais Eunbyeol n'a pas cherché à réactiver son compte, ni à en créer un nouveau.

Après concertation avec son avocat, elle a payé de sa poche toutes les indemnisations en lien avec la publicité mensongère, et elle s'est excusée de nouveau auprès de chaque personne qui avait pâti de ces produits de beauté. Comme elle n'avait plus de revenus, son appartement a été saisi et vendu aux enchères. Évidemment, l'entreprise de son père a fait faillite ; sa demande de redressement judiciaire ayant été rejetée, il a été condamné à deux ans de prison pour délit d'escroquerie. Juste avant la saisie de l'appartement, Eunbyeol a vendu sa voiture et tous ses sacs, et elle a fait déménager sa famille dans un deux-pièces, dans le quartier où ils vivaient jadis. Quant à elle, elle s'est inscrite aux aides au logement pour jeunes adultes, et s'est installée toute seule dans un studio.

Cette masse d'argent que le hasard avait mis entre ses mains n'était qu'un château de sable.

Les personnes qui traitent l'argent avec insolence, comme s'il ne devait jamais s'épuiser quelle que soit la quantité qu'on en consomme, finissent toujours par le voir disparaître comme un mirage. Le cœur d'Eunbyeol s'est apaisé peu à peu, en voyant s'effondrer le château de sable. Sa famille a fait pression pour qu'elle ouvre un nouveau compte Instagram, mais Eunbyeol n'avait pas la moindre idée de comment s'y prendre. Elle avait beau scruter son écran de téléphone portable, elle ne comprenait pas quelles photos et quels textes elle devait mettre en ligne. « Qu'est-ce que vous dites ? J'étais vraiment une célèbre influenceuse, capable de gagner de l'argent avec ça ? »

— J'arrive au boulot, il faut que j'aille travailler. À chacun de régler ses problèmes. Je raccroche.

Eunbyeol remet son casque à réduction de bruit, qu'elle avait laissé suspendu à son cou le temps de l'appel. Il faudrait peut-être qu'elle bloque les numéros de sa famille… Pourquoi est-ce qu'elle n'arrive pas à couper les ponts avec eux ? C'est bizarre. Elle surfe sur son portable en attendant que le feu passe au vert, lorsque quelqu'un lui donne une petite tape sur l'épaule. C'est son supérieur. Depuis quelques mois, Eunbyeol travaille comme merchandiser en free-lance pour une chaîne de home shopping. Aussi incroyable que cela puisse paraître, tous les produits qu'elle prend en charge voient leurs ventes bondir ; elle trouve son nouveau travail très excitant.

— Bonjour, monsieur !

— À quoi tu penses comme ça ? Dis, Eunbyeol, comment tu as eu cette idée pour la dernière campagne d'achats groupés ? Une crème, des masques hydratants, et un humidificateur de table, pile à la saison où l'air devient plus sec. On a une grosse marge de bénéfices sur le prix, et le taux de satisfaction des clients est très élevé. Tu sais que c'est notre équipe qui a eu les meilleures ventes ce mois-ci ?

— C'est vrai ? Ouah… Trop bien.

Avec un petit rire timide, Eunbyeol traverse le passage piéton à grands pas. Parfois, dans la vie, juste comme on a l'impression d'être au feu vert, il passe à l'orange, ou bien au rouge. Alors on croit qu'on est bloqué au feu rouge : mais non, tôt ou tard, le feu passera fatalement au vert. Et après le feu vert, il y aura de nouveau un feu rouge. Tout ce qu'on peut faire, c'est poursuivre sa route, en respectant les feux chaque fois qu'il en apparaît. S'il n'y a pas de feu vert, il faut attendre, et puis se remettre à marcher lorsque le signal nous y invite.

— À propos, le mois prochain, il va y avoir un recrutement pour un CDI parmi les merchandiser en free-lance. Les chefs d'équipe peuvent recommander des candidats, et on voudrait mettre ton profil en avant. Qu'est-ce que tu en penses ?

— Ça serait trop bien ! Merci de me recommander, monsieur. Je vais faire de mon mieux !

Un feu vert.

Cette fois, c'est un feu vert, clair et éclatant.

*

— Qu'est-ce que tu fais le week-end, Eunbyeol ?

— Ça dépend. Des fois je visite des endroits à la mode, mais ça m'arrive aussi de rester toute la journée allongée chez moi, à me reposer.

— Ah… Je me demandais comment tu passais ton temps libre, pour faire un travail aussi impeccable. Je pensais que tu ne faisais que travailler, et que tu ne te reposais jamais.

C'est Mlle Lee, sa voisine de bureau, qui lui pose cette question un vendredi soir, avec une curiosité très sincère. Eunbyeol a obtenu un CDI ; elle a l'impression que, ces temps-ci, sa vie est comme une tenue confortable et bien à sa taille. Les jours de repos, elle voit ses amis : ils se concoctent de bons petits plats, ils partent à la recherche des meilleurs restaurants, ils vont au café ensemble. Elle imprime les photos qu'elle prend avec eux et les colle soigneusement dans un album. Quand elle sort du travail, elle marche dans la rue sans maquillage, les cheveux sales, un chapeau enfoncé sur la tête, dans ses vêtements les plus confortables. Elle a mal aux jambes à force de marcher sans but, mais elle peut voir des paysages qu'elle n'avait jamais aperçus auparavant. Parfois, elle court. Lorsqu'elle trotte un long moment, tout son corps dégouline de sueur, elle a le souffle coupé, et son cœur bat à tout rompre : alors, elle se sent vivante. Avant, elle était en vie, mais elle se sentait rarement vivante.

Tout n'est pas parfait, mais beaucoup de choses sont pour le mieux. Quand elle repense à sa vie de luxe sous les projecteurs, que sa famille lui a racontée par le menu, ce n'est pas de la nostalgie qu'elle éprouve, mais bien plutôt un frisson de solitude glaciale. Elle a pourtant bien dû avoir des moments heureux. Parfois, elle se dit qu'elle aurait mieux fait d'effacer seulement les taches, et de garder les bons souvenirs. Lorsqu'elle se sent assaillie par ces émotions contradictoires, elle sort un cahier où elle a retranscrit les paroles de l'amie qu'elle a rencontrée dans cette ville inconnue.

« Pour le moment, contente-toi de vivre. Ne meurs pas, et vis. Commence par vivre avant de chercher le sens et le plaisir des choses. Et n'oublie pas. Tu es bien assez bonne comme tu es. Ne regarde pas les étoiles dans le ciel, mais celles qui sont en toi. Même dans l'obscurité, tu resplendis.

Souviens-toi. Quoi qu'il arrive, même si tu ne portes pas de beaux habits, même si tu es vêtue de loques toutes tachées comme à présent, le simple fait d'exister te fait resplendir comme une étoile. »

Eonni, je vais bien. Tu me manques. Je retournerai bientôt te voir. Je me demande si le jeune homme qui est passé ce jour-là a réussi son entretien. Aah… J'ai envie d'écrire une lettre, mais j'ai trop sommeil.

Ses paupières sont lourdes, ses yeux se ferment tout seuls. *J'ai sommeil. Sommeil. Comme c'est bon d'avoir sommeil. Comme c'est bon de dormir. Comme c'est bon de pouvoir dormir parce qu'on a… sommeil… Comme c'est bon… d'être en vie… aujourd'hui… Aah… J'ai tellement sommeil. Je réfléchirai à tout ça demain.*

Elle s'endort toute seule.

Un vrai sourire sur les lèvres.

— Haein ! Tu as quelque chose de prévu ce soir, après le boulot ?

— Non, rien de particulier. L'exposition d'aujourd'hui s'est terminée rapidement, alors je suis déjà sur le chemin du retour. Tu veux qu'on mange ensemble ?

— Pardi ! Viens à 19 heures dans la laverie des âmes qui est tout au sommet de la colline. Yeonhui sera là aussi. J'ai quelque chose d'important à vous annoncer ! Hé hé hé.

— Il t'est arrivé quelque chose de bien, on dirait ! D'accord, faisons comme ça. Mais on a le droit de manger dans cette laverie ?

— Oui, ce n'est pas une laverie comme les autres. Tu verras. On n'a qu'à apporter un plat chacun, comme pour un pique-nique partagé ! Ha ha ha.

Haein raccroche avec un petit sourire, amusé par les éclats de rire et la voix tout excitée de son ami. Jaeha et Yeonhui se connaissent depuis toujours ; Haein, lui, s'est lié d'amitié avec eux en CE1, lorsqu'il a déménagé dans le quartier de sa grand-mère. Sa mère, une photographe, et son père, qui avait fait des études de musique classique avant de devenir pianiste dans un groupe, s'étaient rencontrés lors d'une représentation, étaient tombés amoureux, et avaient formé la famille la plus harmonieuse qui soit avec leur petit Haein. Mais le ciel devait être jaloux de les voir s'aimer si passionnément : ses deux parents avaient trouvé la mort en même temps, dans un accident de voiture. C'était sa grand-mère qui avait été désignée comme tutrice, et qui avait touché l'argent de l'assurance.

Haein était avare en paroles et d'un caractère introverti ; quand il s'était rendu compte que le petit garçon traînait toujours tout seul, Jaeha s'était mis à le coller : il lui proposait d'aller au terrain de jeux, de courir, de faire leurs devoirs ensemble, de partager leurs repas. L'amie de Jaeha, Yeonhui, s'étant jointe à eux, les trois compères avaient grandi ensemble dans ce quartier. Ils se racontaient leurs malheurs comme à un journal intime : Haein, lui, jouait plutôt le rôle de celui qui écoute. Lorsque Jaeha et Yeonhui parlaient, il prêtait l'oreille à leurs histoires avec un sourire. Il se sentait plus à l'aise en écoutant les autres qu'en racontant le fond de son cœur.

La langue de Haein, c'est la musique. Il aime Chet Baker, Duke Ellington, Bill Evans, Paul Desmond. Lorsqu'il les écoute jouer, il se sent libre. Il a fait des études d'histoire de l'art à l'université, avant de commencer à travailler comme commissaire d'expositions indépendant ; il mène sa vie ainsi, en prenant des photos, en écoutant de la musique, bercé par le son des voix. Haein est plutôt satisfait de son existence. Il fait un travail qu'il aime, il écoute de la musique, il a suffisamment de temps libre pour lire – même si parfois, cela lui semble un luxe abusif.

Après avoir raccroché, Haein lance « Take Five » sur sa playlist, et s'apprête à descendre du bus. Pour peu qu'au terme d'une longue journée de travail, il ait la liberté d'écouter ce « repos de cinq minutes », de suivre la mélodie entraînante à trois temps du piano, de la batterie et du saxophone, il peut supporter cet hier semblable à aujourd'hui, cet aujourd'hui semblable à hier, ce demain semblable à aujourd'hui. Il descend du bus en fredonnant la mélodie qui sort de ses écouteurs :

— Tam tadadam, pampam papam, tam tadadam pampam papam.

Tandis qu'il gravit lentement les escaliers qui mènent au sommet de la colline, les battements de son cœur s'accélèrent au rythme de la musique : *boum, boum, boum.*

Ça y est, je suis arrivé. Quelle belle vue ! On se sent vraiment au calme, quand on grimpe dans les hauteurs comme ça !

Il lève le vieil appareil Leica qui lui pend au cou et fait jouer le déclencheur. Il prend en photo l'enseigne de la laverie des âmes et celle de *La Grignote*, qui se jouxtent en bonne entente, avant d'examiner lentement les parages. La laverie a beau être construite au sommet d'une ville en bord de mer, elle semble faite d'un bois vieux de plusieurs centaines d'années… Non, un bois venu d'un autre espace-temps. Sans qu'il sache trop pourquoi, la structure du bâtiment lui paraît familière.

Si je fais le tour du jardin, je trouverai des escaliers pour monter sur le toit. Comment est-ce que je sais ça ? J'ai vu cette laverie en rêve, ou quoi ?

Haein fait le tour du jardin et prend l'escalier qui mène au toit. L'endroit semble désert, mais il grimpe les marches en silence, en faisant bien attention. Lorsqu'il parvient au sommet, il a le souffle coupé.

C'est quoi, cet endroit ?

C'est le genre de paysage qu'on verrait aux confins du monde : le soleil couchant écarlate, tout près, comme s'il allait s'embraser. Les vêtements suspendus à la corde à linge et qui dansent dans le doux vent d'automne. Leur tissu teinté de pourpre, à l'image du ciel. Ces habits qui sèchent dans le vent offrent un spectacle féerique, tels des pétales qui volent dans les airs. Pris d'une pulsion invincible, Haein lève son appareil photo et appuie sur le déclencheur.

La mer de deux côtés, la ville des deux autres : c'est un endroit qui se trouve bien sur terre, et qui pourtant ne devrait pas exister. Les habits suspendus à la corde sont immaculés. Le vent se lève : alors, des pétales rouges jaillissent des vêtements et forment un cercle. Ils dansent en direction du soir qui tombe.

Haein observe tout cela bouche bée ; il lève son appareil et mitraille le spectacle incroyable qui se déroule sous ses yeux. Si tant est qu'il y ait dans la vie des instants d'une beauté si parfaite qu'on est sûr de ne jamais pouvoir les revivre, celui-là en fait indéniablement partie. Haein prend une série de photos des pétales qui s'envolent, comme aspirés par le soleil couchant ; alors qu'il zoome pour faire un gros plan, il capture soudain l'image d'une larme accrochée au bout d'un long cil.

Stupéfait, Haein baisse son appareil photo. Il déglutit. Une femme est là ; elle a rassemblé ses deux mains en coupe, comme si elle tenait un objet fragile et précieux, et elle les lève à hauteur d'épaules pour accompagner la danse des pétales qui s'éloignent dans le ciel embrasé. Les yeux fermés, comme si elle lançait une incantation, la femme fait voler les fleurs ; et voilà que se décroche cette larme qui était suspendue au bout de ses cils. La petite goutte coule le long de sa joue et tombe sur les pétales : alors, toutes les fleurs qui dansaient dans les airs en brillant disparaissent. Incapable de croire à ce qu'il voit, Haein se frotte les yeux de sa main libre, celle qui ne tient pas l'appareil photo. Il a beau faire, la femme ne disparaît pas. L'astre du jour s'est évanoui, et la lueur du crépuscule emplit le ciel en attendant que vienne l'obscurité. C'est ainsi que le soleil part à la rencontre de la nuit et lui éclaire le chemin, pour que son voyage ne soit pas trop sombre, pour que, en sortant de son sommeil, elle n'éprouve pas une trop grande solitude dans ces longues heures d'isolement.

La femme laisse retomber ses deux mains. Elle ne semble pas avoir remarqué la présence de Haein ; il lève de nouveau son appareil photo vers elle. Il y a quelque chose de familier dans cette silhouette qui lui tourne le dos. Des pétales rouges sont dessinés sur ses habits, telles des fleurs réunies en bouquet : celles-là mêmes qui ont jailli des vêtements en train de sécher et se sont envolées dans le ciel. Une robe noire parsemée de fleurs rouges. La femme se retourne lentement et regarde droit dans l'objectif de Haein. À travers le viseur, ses yeux sont noirs, profonds, emplis de tristesse. Il baisse son appareil d'un geste lent. Jamais il n'a vu un spectacle pareil. La femme pleure toujours. Il avance vers elle à petits pas. Plus il s'approche, plus le souffle lui manque. Cette femme ressemble comme deux gouttes d'eau à son premier amour. Il secoue la tête pour reprendre ses esprits.

— Bonjour, dit-il. Excusez-moi de vous avoir fait peur.

— Ah, ne vous inquiétez pas.

Jieun est surprise d'avoir vouvoyé son interlocuteur. Qu'est-ce qui lui prend ? Elle a pourtant l'habitude de tutoyer tout le monde, elle qui a traversé tant de siècles et vécu si longtemps. C'est parce qu'il l'a surprise en train de pleurer, peut-être ?

— Ah, je m'appelle Haein, je suis un ami de Jaeha. On s'est donné rendez-vous ici.

— Je sais. Je suis Jieun, la propriétaire de la laverie. Je n'ai jamais montré à personne ce que je faisais aux pétales quand le soleil se couche. Vous n'êtes pas trop surpris ?

— Ah… Non, ce n'est rien. Mais vous, tout va bien ?

— Ça fait un temps fou qu'on ne m'a pas posé la question. C'est toujours moi qui demande ça aux autres. Tout va bien.

— Vous avez le droit de dire que ça ne va pas.

— Je n'ai pas l'air d'aller bien ?

— Non… Vous… Vous avez pleuré. En faisant voler les pétales.

— Alors comme ça, vous avez tout vu. Et vous avez même compris que je faisais semblant d'aller bien. Vous voulez bien garder le secret, s'il vous plaît ? Mais d'ailleurs, vous ne vous demandez pas pourquoi ces pétales sont sortis du linge ?

— Je voudrais bien le savoir, mais vous m'expliquerez une prochaine fois. Pour le moment, vous avez trop mauvaise mine. Qu'est-ce que vous diriez de prendre une boisson chaude et de vous reposer un moment ? On a l'impression que le vent va vous emporter à la place des pétales, tellement vous avez l'air épuisée.

En entendant ces paroles, Jieun passe la main dans ses cheveux avec un sourire. Lorsque les taches des âmes qu'elle a lavées sèchent au soleil, elles se transforment en pétales. À l'heure où le soleil se couche, quand il s'embrase du rouge le plus intense, elle envoie les pétales s'y consumer. Il y en a parfois qui refusent de brûler : alors, Jieun les garde à ses côtés. Ces pétales qui apparaissent chaque fois qu'elle utilise la magie, ce sont les âmes des gens, leurs blessures, leurs taches, qui n'ont pu atteindre le soleil depuis des milliers d'années. Voilà le spectacle dont ce garçon, Haein, a été témoin. Mais, au lieu de paniquer, il lui parle d'un ton doux : Jieun sent son cœur s'attendrir sous l'effet de cette voix calme. C'est étrange. Son regard lui rappelle un peu celui de son père, qui lui manque tant. Mais non, c'est peut-être les yeux d'un ancien amant, qu'elle a fréquenté des siècles auparavant ? Il dégage une odeur qui la rend nostalgique. C'est à peine s'ils ont échangé trois mots, mais elle sent en lui quelqu'un qui respecte les autres. Vouvoyer, respecter, se faire respecter… C'est donc ça, être chaleureux et attentionné ? Elle l'a vouvoyé sans réfléchir, mais finalement, ce n'est pas si mal. Peut-être qu'elle devrait en faire autant avec ses clients, parfois.

— Tu m'as tellement manqué ! Je t'aime.

— Pardon ? Euh… Moi ? Euh… Merci… beaucoup, mais… on… on vient à peine de se rencontrer, et…

En voyant Haein tout confus et cramoisi, Jieun éclate de rire. D'un coup, elle a envie de le taquiner, de plaisanter avec lui. Dans quel siècle l'a-t-elle donc rencontré ?

— C'est la signification de ces fleurs quand on les offre. Ces pétales rouges, ce sont des camélias. Je les envoie voler dans le ciel en espérant que les gens seront libérés de leurs douleurs et de leurs blessures, et qu'ils pourront aimer de nouveau la vie. Je fais toujours ça à l'heure où le soleil se couche. Pour que les pétales s'embrasent.

Haein écoute en hochant la tête. Il est rassuré de voir les traits de Jieun se détendre tandis qu'elle parle. Pourquoi se soucie-t-il autant d'une femme qu'il ne connaît pas ? Parce qu'elle ressemble à son premier amour ? Mais non, elle a comme un charme étrange. Les fleurs rouges dansent autour d'eux. Même les pétales ont l'air surpris de voir Jieun ouvrir ainsi son cœur à quelqu'un.

— Ils sont jolis, hein ? Ils changent de couleur en fonction de mes émotions, mais la plupart du temps ils sont rouges. Parce que c'est plus facile d'être toujours de la même humeur. Ah, je suis trop bavarde…

Est-ce que c'est d'avoir pleuré ? Ou bien de discuter avec cet homme ? Quelle qu'en soit la raison, son cœur s'apaise. Il a un vrai talent, cet homme : il est capable de pousser les gens à ouvrir leur cœur, rien que par sa présence.

Il ressemble à la couleur beige, toute douce.

Tout en observant Haein, Jieun songe à la couverture beige qu'elle utilisait quand elle était petite. Cela fait si longtemps qu'elle n'a pas pensé à ces objets laissés derrière elle, qui lui manquent tant ! Elle passe devant Haein en le frôlant et s'apprête à descendre les escaliers, quand elle se retourne soudain pour lui adresser la parole :

— Au fait, il n'y aura rien sur votre pellicule. Je suis invisible sur les photos. Je descends, vous restez ici ? demande-t-elle à Haein en se redressant, les épaules et le dos bien droits.

Il y a encore quelques sanglots dans la voix de cette femme qui fait semblant d'aller bien, alors que ce n'est pas vrai. Sans un mot, Haein lui emboîte le pas. Tous deux descendent l'escalier qui mène au comptoir du rez-de-chaussée – la direction opposée de celle que Haein a prise en arrivant.

— Tiens, vous arrivez ensemble ? Vous avez déjà fait connaissance ? C'est mon ami Haein !

Yeonhui est là qui les attend, occupée à déballer les tupperwares de nourriture qu'elle a apportés. Jieun la salue d'un hochement de tête et, se glissant derrière le bar avec un sourire, elle commence à préparer du thé. Cette fois, c'est Jaeha qui ouvre la porte en bois de la laverie, tout excité. À peine entré, il s'exclame :

— Mes amis, j'ai été accepté ! J'ai enfin un CDI ! Et j'ai les quatre assurances*, maintenant ! Ha ha ha ha !

— Quoi ? Tu as passé la dernière étape de sélection ? Oh, mon Dieu ! Bravo !

Yeonhui saute sur ses pieds, en lâchant le couvercle du tupperware qu'elle était occupée à déballer. Elle félicite Jaeha de bonne grâce, mais elle a le cœur lourd : elle sait combien il a hésité entre les idéaux et la réalité, et papillonné sans cesse de l'un à l'autre. Lui qui aimait tant le cinéma, il a totalement cessé d'en parler depuis le jour où il a lavé les taches de son cœur ; sa seule obsession, c'était de trouver un travail stable avec les quatre assurances. Elle comprend, maintenant : les taches que Jaeha a choisi d'effacer dans la laverie des âmes, c'était sûrement la période où il faisait des films. Même s'il ne se souvient plus de ses jours de gloire, des

* Les quatre assurances que les entreprises coréennes doivent fournir à leurs employés : retraite, santé, chômage, et accidents du travail.

sentiments qu'il a éprouvés à l'époque, c'est à elle de s'en souvenir pour lui.

Haein s'avance vers son ami à grands pas, lui enlève des mains ses deux boîtes de poulet frit, et ouvre grand les bras pour le serrer sur son cœur.

— Bravo, Jaeha. Tu le mérites.

Ils se donnent deux petites tapes dans le dos, avant de rompre leur étreinte.

— Ma parole, je venais apporter à Jieun de quoi manger, mais vous êtes tous là !

C'est la patronne de *La Grignote* qui ouvre la porte, deux rouleaux de *gimbap* à la main : elle sourit en voyant Jaeha, Haein, Yeonhui et Jieun réunis. Elle pose le sac de plastique noir sur la table, devant Jieun, avant de promener son regard sur les convives.

— Zut, ça ne va pas faire assez de *gimbap* pour tout le monde.

— Asseyez-vous et prenez le repas avec nous, madame. On a plein de nourriture.

— Mais non, mais non ! Mangez entre vous ! Je me suis pris un bol de riz à l'orge avec du *kimchi* de radis et deux traits d'huile de sésame tout à l'heure. J'avais peur que Jieun n'ait rien mangé de la journée, alors je suis passée voir, mais ça tombe bien que vous soyez là. Si vous avez besoin de bouillon d'*eomuk*, passez au restaurant ! Je vous laisse, bon appétit !

— Merci, *ajumma* ! On va bien manger, fait Jieun avec un grand sourire, en soulevant les rouleaux de *gimbap*.

Quand elle est avec des gens, elle est heureuse. Et quand elle est heureuse, elle est inquiète. Si elle leur ouvre son cœur, elle devra encore se séparer d'eux. Ils mourront, et elle ne mourra pas : ils subsisteront dans ses souvenirs, et elle restera seule à se languir d'eux. Fatiguée par tant de blessures, Jieun a pris le réflexe de s'éloigner de ceux vers qui la porte son cœur ; mais puisqu'elle a décidé que cette vie serait la dernière, elle baisse lentement sa garde. Pourra-t-elle vraiment mettre fin à cette existence ? Les bornes de la vie peuvent-elles la concerner ? Maintenant qu'elle a un nouveau rêve, Jieun éprouve une inquiétude diffuse.

M'est-il donc interdit de vivre sans angoisse ?

Tout en réfléchissant à cette question, elle emplit d'eau la bouilloire pour réchauffer les tasses dans lesquelles boiront les convives. Lorsqu'on chauffe les tasses à l'avance, elles gardent une tiédeur agréable tout le temps qu'on sirote son thé. Toutes les choses de ce monde ont une température idéale : ainsi, la chaleur adéquate n'est pas la même pour faire infuser le thé et pour réchauffer les tasses. Pour ce qui est des récipients, il faut y verser d'abord de l'eau bouillante. Mais l'eau du thé doit rester assez tiède pour ne pas brûler la langue.

— Vous voulez que j'apporte les tasses ?

— Ah, faites attention. Elles sont brûlantes.

Jaeha, Yeonhui et la patronne de *La Grignote* tournent la tête vers Jieun d'un même mouvement, stupéfaits de l'entendre vouvoyer Haein. Auraient-ils mal entendu ? Ils n'en croient pas leurs oreilles.

— Dites, *sajangnim*… C'est moi, ou vous venez de vouvoyer Haein ? Vous êtes capable de vouvoyer les gens ?

— Hein ? Pas… pas du tout ! J'ai parlé sans réfléchir.

Tournant le dos à ses trois invités qui la fixent, les yeux écarquillés sous l'effet de la surprise, Jieun verse du thé dans les tasses et les tend à Haein.

— Tiens, prends déjà ça.

— Ah, voilà qui sonne mieux. Ça me paraissait bizarre que notre *sajangnim* vouvoie quelqu'un ! Je meurs de faim, dépêchons-nous de manger.

— Mangeons, mangeons. Il faut manger pour vivre. Manger pour vivre, et vivre pour manger. Vivons pour manger !

— Oui, c'est le moment parfait ! Laissons là nos préoccupations, et profitons seulement de la soirée.

Ils sont heureux. Et aujourd'hui, Jieun elle aussi est heureuse. Si la vie durait dix jours, on pourrait dire qu'une seule journée de bonheur suffit pour supporter les neuf autres.

— Dites, *sajangnim*, à quoi vous pensez comme ça tous les soirs, quand vous montez sur le toit pour regarder le soleil couchant ? demande Yeonhui en mastiquant un morceau de *gimbap*.

Grâce à Jieun qui lui a proposé de sourire pour de faux, Yeonhui est maintenant capable de sourire lorsqu'elle se fait embêter par un client au travail, ou qu'elle rate le bus d'un cheveu. Parfois, elle se plante devant le miroir et se force à sourire, ce qui lui donne un air de Joker. Mais depuis qu'elle a pris la décision de sourire, elle respire de mieux en mieux. Et depuis le jour où elle a mis le pied dans la laverie pour la première fois, elle s'inquiète de la tristesse qui voile le visage de Jieun chaque fois qu'elle est seule.

— Pourquoi tu te poses la question ?

— Pour rien. Quand je vous vois plantée sur le toit sans bouger, tournée vers le crépuscule, j'ai l'impression que vous allez vous faire aspirer par le soleil couchant. Si vous n'avez pas envie d'en parler, vous n'êtes pas obligée !

Jieun hoche la tête en observant Yeonhui qui se gratte le cuir chevelu avec un sourire gêné. Le silence s'installe quelques instants, mais Jieun finit par prendre la parole, comme si elle venait de changer d'avis.

— Hmm… Je prie pour le salut et la paix des gens, avec une bougie dans mon cœur.

— Une bougie dans votre cœur ? Qu'est-ce que ça veut dire ?

— Tu sais bien : quand on prie, on allume une bougie. Moi aussi, à l'instant où le soleil se couche en illuminant le ciel, comme une bougie qui éclaire autour d'elle en se consumant, je prie pour le salut de ceux qui sont passés dans ma laverie. Même avant d'ouvrir la laverie des âmes, je distribuais la tisane de la consolation en effaçant les taches des cœurs.

— Ah… Ça fait déjà longtemps que vous faites ce travail !

— Très, très longtemps. Les gens… Il leur suffit d'une seule personne qui leur fasse confiance et qui les encourage pour qu'ils arrivent à vivre.

— Une seule personne ?

— Oui, quelqu'un qui leur fait véritablement confiance. Mais ce n'est pas facile à trouver. Alors je veux devenir cette personne-là pour eux. S'ils ont quelqu'un qui prie pour eux du fond du cœur, j'ai l'impression qu'ils trouveront la force de vivre.

Tout en écoutant les paroles de Jieun, les trois jeunes gens songent en même temps aux bougies du cœur. Ils songent à cette femme qui prie pour le salut et la paix des autres, en contemplant la lumière du soleil couchant comme si c'était une chandelle. Après tout, cela n'a rien de surprenant : c'est bien la même Jieun qui leur a dit de rendre service aux autres sans rien demander en retour, au lieu de se faire payer pour sa lessive. Qu'est-ce qui a bien pu amener une femme pareille dans leur ville ?

C'est Jaeha qui rompt le silence.

— Et si on écoutait de la musique ? Vous allez voir, *sajangnim*, Haein connaît plein de super morceaux !

À ces mots, Haein, qui était plongé dans ses pensées, lève les sourcils et acquiesce.

— J'ai une enceinte. Je vais la connecter au Bluetooth, fait Yeonhui en tirant un appareil de son sac.

Les trois jeunes gens agissent dans un accord parfait, sans même se concerter.

Tandis que Haein choisit une musique, Jieun se lève pour aller préparer une nouvelle tournée de thé. Elle écoute la musique en attendant que l'eau chauffe. Aujourd'hui encore, elle est obligée de patienter pour que l'eau se mette à bouillir. Elle la fait chauffer à la température parfaite pour boire du thé – ni trop chaud, ni trop tiède – puis elle revient s'asseoir.

— Tiens, c'est « Autumn leaves » de Chet Baker ! dit-elle en se tournant vers Haein. C'est la chanson parfaite pour une nuit d'automne comme celle-ci.

— C'est vrai. Vous aimez la musique de Chet Baker ?

— Oui. Elle est pleine d'angoisse, de passion, d'excitation. La musique de Chet Baker, c'est comme la jeunesse.

— Comme la jeunesse… Quelle jolie façon de dire les choses ! C'est quoi, votre genre de musique préféré ?

— J'aime tout. J'étais proche de Chet Baker, dans le temps. Je me demande à quoi sa musique aurait ressemblé s'il avait vécu heureux, sans se droguer.

— Ah, vous étiez proche de Chet Baker ?

— Pourquoi ça ne te surprend pas ? Tu ne me prends pas pour une folle ? Tu n'as pas l'impression que je prends mes rêves pour des réalités ?

— Non, pas du tout. J'ai comme l'impression que vous avez vraiment été proche de lui, Jieun.

— C'est sûr, on était proches. À l'époque il y avait beaucoup de musiciens qui venaient discuter avec moi. Alors j'allais dans plein de concerts. J'aurais bien voulu effacer les taches de Chet aussi… Mais je sentais bien que ça ruinerait sa musique. Parfois c'est la souffrance et la tristesse qui donnent la force de vivre, et qui permettent à l'art d'exister.

Stupéfait de voir son ami Haein si bavard, Jaeha observe les deux interlocuteurs à tour de rôle, bouche bée ; puis il ricane en entendant Haein appeler Jieun par son prénom. Il donne une bourrade à son ami.

— Comment ça, « Jieun » ? Tu devrais lui dire « *sajangnim* » !

— Mais ça serait trop rigide de l'appeler comme ça, répond Haein d'un ton doux et ferme. Il parle toujours d'une voix paisible, mais vigoureuse : on a l'impression que tout ce qu'il dit est vrai. Même les choses qu'on ne comprend pas deviennent limpides lorsqu'elles passent par les lèvres de Haein.

— Ah… Alors nous aussi, on n'a qu'à l'appeler « Jieun » au lieu de « *sajang…* » Aïe ! Tu me fais mal, Yeonhui !

— T'es vraiment pas malin. Grandis un peu, Jaeha ! Mêle-toi de ce qui te regarde !

Même à trente ans, même à trente-deux, on reste toujours puéril face à ses amis d'enfance. Mais non : c'est plutôt qu'on refuse de mûrir. Jieun, prisonnière d'un sceau qui l'empêche de vieillir, rit avec ces jeunes gens qui mangent et boivent à grand bruit. Elle envie la camaraderie qui règne entre ces trois amis, unis depuis l'enfance. D'un coup, elle se sent seule, parmi ces compagnons qui vont prendre de l'âge petit à petit, et vieillir ensemble en comptant les rides sur leurs visages. Elle aussi, elle voudrait vieillir avec eux.

Après avoir décoché un dernier regard assassin en direction de Jaeha, Yeonhui se tourne vers Haein.

— Ici, c'est un endroit pour effacer les taches du cœur, et repasser les plis de l'âme. S'il y a des souvenirs que tu veux effacer, c'est le moment où jamais.

— Les taches… du cœur ?

— Mais oui ! Ça ne t'est jamais arrivé de te dire que la vie serait bien plus supportable en effaçant telle ou telle blessure ?

— Si, souvent.

— Alors tu n'as qu'à demander à Jieun.

— …

Au lieu de répondre, Haein trempe les lèvres dans sa tasse de thé. Il prend une gorgée, et une deuxième. Puis il se met à chercher un nouveau morceau de musique, avec un petit sourire. Lorsque Haein cesse de parler, mieux vaut ne pas insister. Quand il est gêné pour répondre ou qu'il veut refuser quelque chose, il choisit toujours de se taire. Ses amis n'interrogent pas son silence. S'il se tait, c'est qu'il a une bonne raison. Respecter la langue du silence, mais rester les uns à côté des autres dans les situations difficiles : c'est la règle tacite entre les trois jeunes gens.

— Jaeha, ta mère doit être contente que tu aies trouvé un travail stable.

Cette fois, c'est Jieun qui rompt le silence. Le jour où elle a effacé les taches de Jaeha, il lui a demandé de laver les souffrances de sa mère plutôt que les siennes. Depuis, Jieun attend que Yeonja vienne la trouver, en gardant allumée une bougie dans son cœur.

— Justement : je lui ai téléphoné en chemin, et elle a éclaté de rire dès que je lui ai annoncé la nouvelle.

— Évidemment, elle doit être ravie ! Quand est-ce qu'elle va venir me voir ?

— Je lui ai dit de passer voir son fiston chéri la semaine prochaine, en apportant plein de bons petits plats. Je peux l'amener ici ?

— Bien sûr. Tu n'as pas oublié ma promo spéciale pour l'ouverture du magasin, j'espère ?

— Ah, vous êtes trop géniale ! Bien sûr que non, je n'ai pas oublié !

Jaeha est reconnaissant envers Jieun de s'être rappelé la requête qu'il lui avait faite : laver aussi les taches de Yeonja. Il pourrait le dire à voix haute, mais, bêtement gêné, il se contente d'emplir de nourriture l'assiette vide de la jeune femme. Tout en empilant devant Jieun les fruits apportés par Yeonhui, il observe du coin de l'œil les fleurs qui ornent sa robe, et penche la tête d'un air intrigué.

— Dites, *sajangnim*… Vous avez plusieurs robes avec le même genre de motifs ?

— Celle que je porte ? Non, je n'en ai qu'une.

— Ah bon ? J'ai l'impression qu'il y a moins de fleurs que la dernière fois.

Yeonhui et Haein regardent aussi la robe de Jieun avec attention. Elle-même baisse les yeux sur ses vêtements. C'est impossible que le nombre de fleurs ait diminué. Il ne fait qu'augmenter d'année en année.

— Ce n'est pas possible. Tu dois être un peu fatigué aujourd'hui, Jaeha. Il est temps que tu rentres. Je dois me préparer pour accueillir les clients.

— J'ai l'impression qu'il n'y aura personne aujourd'hui : vous ne voulez pas fermer un peu tôt et rentrer chez vous ? Vous avez l'air fatiguée.

Au lieu de répondre, Jieun esquisse un léger sourire. Des amis qui s'inquiètent pour vous. Qui vous demandent comment vous allez, si vous n'êtes pas trop fatiguée. Elle voulait quitter cette vie sans regrets, mais elle s'est déjà fait des compagnons. Dès qu'elle se prend d'affection pour certaines personnes, elle a envie de les protéger. Et si elle a envie de les protéger, elle a du mal à se séparer d'eux. Ils finiront par mourir de vieillesse, mais cela lui est interdit. Les adieux sont toujours aussi douloureux, peu importe combien de fois elle en a traversé. Après tout, qui sait si elle parviendra vraiment à quitter ce monde cette fois-ci ? Elle n'a jamais mis fin au sortilège qui la fait vivre à répétition. Finalement, n'est-ce pas une bénédiction, de pouvoir vieillir au gré de la nature ?

— Remballez vos affaires et rentrez chez vous. Moi, je vais dans la buanderie.

Jieun monte les escaliers, pour attendre que vienne un client à l'âme maculée de taches. Haein accompagne du regard cette silhouette, si frêle qu'elle semble osciller. Une laverie qui efface les taches des âmes… Une laverie qui repasse les plis des cœurs… Sous la houlette de cette femme si triste… Même après que Jieun, arrivée à l'étage, a complètement disparu, Haein garde le regard fixé sur les marches un long moment. Il est plongé dans ses pensées.

*

Elle voulait vivre comme il faut. Elle ne savait pas trop ce que ça voulait dire : elle voulait seulement une vie ordinaire, comme tout le monde. Mais elle s'était vite rendu compte à quel point c'était difficile, de vivre « comme tout le monde ». Elle aurait préféré ne jamais le savoir.

— Yeonja, tu sais… Tes frais de scolarité à la fac… dit son père en lui tournant le dos, plié en deux, vieux et décharné.

Il ne cesse d'ouvrir et de refermer les poings, dans un geste anxieux. Son père est en permanence inquiet et angoissé. Dix ans plus âgé que sa femme, incapable de gagner de l'argent ; tout ce qu'il sait faire, c'est des enfants. Quel homme irresponsable !

Yeonja avait toujours été première de sa classe, mais en voyant ses petits frères et sœurs naître à la chaîne, elle avait bien compris que son sort était scellé. Elle aurait beau briller à l'école, elle ne pourrait jamais aller à l'université. Elle savait pertinemment qu'à l'instant où elle deviendrait adulte, ses parents se déchargeraient sur elle des soins à apporter à ses cinq petits frères et sœurs. Elle le savait, mais elle avait quand même travaillé : il lui semblait que si elle n'avait pas au moins cela, si elle ne se concentrait pas sur ses études, elle ne pourrait plus tolérer ce foyer insupportable.

— Je ne vais pas aller à la fac, papa.

Son père ne lui demande pas pourquoi. Sa mère, occupée à laver du riz dans la cuisine à quelques pas de là, arrête son geste et reste comme figée sur place. À quoi bon l'interroger ? La réponse est déjà arrêtée.

Yeonja retourne dans la chambre en passant devant le deuxième et le troisième de ses petits frères et sœurs, et elle commence à emballer ses affaires. Sans un mot, elle quitte l'appartement avec un petit sac, et se dirige vers la cité ouvrière. Par l'intermédiaire de Jeongsun, une voisine qui a commencé à travailler plus tôt qu'elle, Yeonja entre dans la chaîne de fabrication d'une usine de tofu. Juste un an. Elle va travailler juste un an, rassembler de l'argent, et elle ira à l'université. Un an, c'est tout.

— Yeonja ! Pourquoi tu n'as pas mangé avant de partir ? J'avais préparé du bon riz tout chaud… Ta chambre n'est pas trop froide ? Tu es bien installée ?

— Oui… Ça va. Je partage une chambre avec Jeongsun, dans une résidence. On mange bien, là-bas.

— D'accord… N'oublie pas de prendre tes repas… Je suis désolée de ne rien pouvoir faire pour toi… Ah là là…

Sa mère pousse un long soupir. Yeonja se sent oppressée, comme si elle avait une indigestion.

— Ce n'est pas grave. Je t'enverrai de l'argent quand j'aurai reçu mon salaire.

— Je suis désolée… On va trouver une solution, n'importe laquelle…

— Quelle solution ? Tu dis que papa s'est fait mal au bras et qu'il ne peut même plus travailler. Je vais vous envoyer de l'argent, pour le moment.

— Merci…

Sa mère, gentille et faible, et son père, qui travaille comme ouvrier à la journée sur les chantiers, ont toujours été pauvres. Une fois par an seulement, le jour de Noël, ils s'autorisaient à manger au restaurant ; mais alors, ils prenaient du chinois bas de gamme. Sept portions de *jajangmyeon** avec un bol de riz en supplément. Voilà la triste réalité : ils ne pouvaient même pas commander autant de plats qu'ils étaient de convives. Les petits frères et sœurs de Yeonja, en pleine croissance, affamés, offraient un spectacle terrifiant : ils dévoraient tout, et allaient jusqu'à

* Nouilles nageant dans une sauce soja noire fermentée, version coréenne du *zhajiangmian* chinois.

lécher les bols. En les voyant ainsi, Yeonja leur tendait son plat et se contentait de mâchonner quelques morceaux de radis à la saumure. Si elle mastiquait un bon moment le radis salé, avant d'avaler de l'eau, elle avait presque l'impression d'avoir le ventre plein.

Quelle pauvreté épuisante ! Yeonja a fini par fuir, dégoûtée par la misère qui suintait de cette maison. L'idée facile qu'il pouvait y avoir une réalité plus tolérable que celle-là lui faisait même ressentir quelque espoir.

Yeonja raccroche le téléphone et se retourne ; aussitôt, Jeongsun se pend à son bras et s'exclame d'une voix excitée :

— À midi, on va au restaurant avec tous les employés ! Viens avec nous !

Jeongsun est jolie. Elle dégage une forte odeur de maquillage : depuis qu'elle a trouvé du travail, elle porte d'énormes boucles d'oreilles, se fait couper les cheveux chez le coiffeur, et achète des minijupes. Avec un léger sourire, Yeonja secoue la tête. De toute façon, elle en a juste pour un an. Elle ne veut pas traîner avec les gens de cette usine. Elle ne restera pas là longtemps. Yeonja renouvelle encore ces serments en son for intérieur, tout en reprenant la route vers son logement. Avec l'argent gagné à l'usine, elle va aller à l'université, trouver un travail, se marier avec un homme ordinaire, et avoir juste un enfant, un seul. Peu importe si c'est un garçon ou une fille. Ils vivront dans un petit appartement, ils partiront en voyage de temps en temps, et quand ils iront au restaurant chinois, ils prendront une portion de *jajangmyeon* par membre de la famille, et ils commanderont aussi du *tangsuyuk**. Elle veut une vie ordinaire. Voilà à quoi se résume son rêve. À ce qu'il y a de plus difficile sur terre : « une vie ordinaire, comme tout le monde ».

— Yeonja, tu as mis du parfum aujourd'hui ?

— Non, je n'ai pas de produits de beauté.

— Ah bon ? Tu ne sens pas comme d'habitude, aujourd'hui. Ça te va super bien.

Jeongsun se penche sur l'épaule de Yeonja pour mieux la renifler. Elle a toujours été sensible aux odeurs. Lorsqu'elles marchaient toutes deux dans une ruelle, Jeongsun pouvait deviner de quoi dînaient les gens rien qu'à l'odeur qui sortait de leur porte.

— Ah… Je me suis acheté un nouveau savon aujourd'hui, fait Yeonja avec un petit rire timide, comme si elle était gênée.

Jeongsun relève la tête avec un large sourire.

— Pas vrai ? Tu vois, je t'avais bien dit qu'il y avait quelque chose de différent ! Moi j'enregistre les souvenirs à travers leur odeur. À partir de maintenant, je me souviendrai de toi avec l'odeur du savon. Hmm… Comme ça sent bon.

---

* Viande de porc frite avec une sauce aigre-douce, mets beaucoup plus cher que le *jajangmyeon*.

On dirait une odeur de bébé. Moi aussi, je pourrai l'essayer ?

— Oui... Bien sûr.

— Parfait. Alors si tu veux, tu peux me prendre mon maquillage de temps en temps !

Une fille gentille. Affectueuse. Le cœur sur la main, et tellement douce que personne ne pourrait la détester. Une fille qui met à l'aise tous ceux qui la côtoient. Voilà le genre de personne qu'est Jeongsun. Yeonja hoche la tête, tout en continuant de marcher.

— D'ailleurs... C'est où, le repas tout à l'heure ?

— Aujourd'hui ? On va au resto chinois, je crois.

— Au resto chinois ? Ah... Peut-être que je pourrais venir ?

— Mais oui ! Bien sûr ! Viens, viens !

Au fond, c'est peut-être ça, une vie ordinaire, songe Yeonja dans le secret de son cœur, en levant les yeux vers le ciel. Il est bleu, sans un nuage.

*

— Madame ! Donnez-nous un bol de *jajangmyeon* par personne, avec une grande assiette de *tangsuyuk* et un assortiment de légumes à chaque table.

Ils sont un peu plus d'une vingtaine d'employés à prendre le déjeuner au restaurant chinois ce jour-là. Le contremaître organise parfois ces repas aux frais de l'entreprise. Pourquoi donc cet homme bien mis, à l'air distingué d'un fils de bonne famille, est-il contremaître d'usine ? Yeonja se le demande parfois. Elle est curieuse, mais elle ne pose pas la question. Tant qu'elle n'interroge pas les autres, elle n'a pas besoin de tenir des conversations avec eux : aucun risque alors de provoquer des malentendus ou des dissensions. Tout ce qu'on gagne à se rapprocher des gens et à se mêler à eux, ce sont des problèmes. Elle s'était juré de ne passer qu'un an dans cette usine, et c'est déjà la troisième année qu'elle y travaille. Mais à quoi bon se demander comment les choses en sont arrivées là ? Cela ne fera que lui donner la migraine. Tout en songeant aux frais médicaux de son père qui s'est fait hospitaliser le mois précédent, Yeonja mélange son *jajangmyeon* et en prend une grosse bouchée ; tandis qu'elle mastique les nouilles, elle s'empare d'un morceau croustillant de *tangsuyuk* pour l'engloutir aussitôt.

— Personne ne va vous voler votre nourriture, Yeonja. À ce rythme, vous allez faire une indigestion ! Prenez votre temps. Madame, une bouteille de soda, s'il vous plaît !

La bouche trop pleine pour répondre, Yeonja est prise d'une quinte de toux : le contremaître lui tapote le dos et lui tend un mouchoir.

— Ah… Merci beaucoup.

— Ha ha ha… Vous adorez la cuisine chinoise, dites donc ! Vous ne venez aux repas de groupe que lorsqu'il s'agit d'un restaurant chinois, fait l'homme en lui tendant un verre de soda.

— Ah… Oui…

Yeonja est surprise qu'il ait remarqué cela. Elle n'aime pas manger avec ses camarades de l'usine, mais elle vient chaque fois que le repas a lieu au restaurant chinois, séduite par la perspective d'un bol de *jajangmyeon* rien que pour elle, et de *tangsuyuk* tiède et craquant. Certains lui reprochent parfois de ne pas participer à la vie de l'entreprise, mais elle ne s'en émeut guère. De toute façon, elle partira dans un an. Mais comment le contremaître s'est-il rendu compte qu'elle aimait la nourriture chinoise ? Un point d'interrogation vient s'installer dans le cœur de Yeonja.

— C'est pour ça que je fais souvent les repas de groupe au restaurant chinois, en ce moment. Comme ça on peut profiter de votre présence !

Avec un petit hochement de tête en direction du contremaître qui rit aux éclats, Yeonja prend une nouvelle bouchée. Elle doit manger les nouilles avant qu'elles ne ramollissent. Elle doit manger le *tangsuyuk* tant qu'il est croustillant. C'est sa seule occasion d'aller au restaurant, elle qui prend toujours ses repas à la cantine de la résidence, pour économiser. *Le contremaître est d'un caractère très attentionné, on dirait…* songe Yeonja en croquant un morceau de *tangsuyuk*, le regard fixé sur son assiette de légumes.

*

Lorsqu'ils sortent du restaurant, une fois le repas terminé, le soleil est encore à son zénith. Ils froncent les sourcils, éblouis par les rayons brûlants de l'été. L'astre de juillet flamboie dans le ciel. Le contremaître tend à Yeonja un gobelet en carton plein de café chaud. Voyant qu'elle fixe la boisson sans se décider à l'accepter, il lui demande :

— Vous n'aimez pas le café ? Il n'y a rien de tel qu'une petite dose de café instantané pour se sentir plus léger quand on a pris du *jajangmyeon*.

— Ah… D'accord, je vais essayer… Merci beaucoup.

Il fait si chaud que même en restant planté debout, on est trempé de sueur. Yeonja est toute déconcertée, son gobelet de café brûlant à la main. Elle n'aime pas le café. Si elle commence à goûter à ces aliments qu'on consomme pour le plaisir, elle ne fera que gaspiller de l'argent. Et plutôt qu'être malheureux à se retenir de manger quelque chose qu'on aime, mieux vaut ne jamais y goûter et ne pas se mettre à l'aimer. Si l'on n'attend rien, si l'on n'aime rien, les chances d'être déçu sont bien moindres, non ? Yeonja est de ces personnes plus habituées à renoncer qu'à profiter des choses.

Mais pourquoi le contremaître lui adresse-t-il autant la parole, aujourd'hui ? Ça la rend nerveuse.

— Qu'est-ce que vous faites, les jours de repos ? Je ne vous ai jamais vue sortir avec les gens d'ici.

— Ah… Je… Je ne fais rien.

— Alors vous voulez voir un film avec moi, cette semaine ?

— …

Yeonja hésite. Elle qui n'est jamais allée au cinéma, elle ne sait que répondre.

— Après le film, je vous paierai ces *jajangmyeon* et ce *tangsuyuk* que vous aimez tant.

— Ah… D'accord.

À cette réponse, le contremaître affiche le sourire franc et léger dont il est si coutumier ; l'air tout excité, il se met à marcher à grands pas, en tête du groupe. Yeonja sent son corps entier dégouliner de sueur. Même ses mains sont trempées : bientôt, le gobelet en carton tout chaud commence à se ramollir entre ses doigts. Alors seulement, elle prend une gorgée de café.

C'était un été torride ; le soleil vous écrasait de ses rayons brûlants, comme si vous alliez fondre rien qu'en restant debout, immobile.

*

Bam bam bam ! Bam bam bam ! Bam bam bam !

Tôt le matin, Yeonja est tirée du sommeil par quelqu'un qui tambourine violemment à la porte. Chaque fois qu'elle avait des jours de repos, elle allait voir des films et manger du *jajangmyeon* et du *tangsuyuk* avec le contremaître. Lorsqu'elle a découvert qu'elle était enceinte, elle s'est installée dans un petit logement d'une pièce, devant l'usine. Le contremaître la laisse seule trois ou quatre jours par semaine pour aller chez ses parents, sous prétexte de soigner sa mère souffrante.

Peut-être qu'il a oublié sa clef ? Enceinte de huit mois, Yeonja se traîne péniblement jusqu'à la porte. À peine a-t-elle ouvert le battant qu'un éclair vient la frapper, envoyant rouler sa tête en arrière. Elle sent sa joue la brûler. Que se passe-t-il ?

— Non mais, espèce de salope ! De quel droit tu vas séduire un homme marié et lui faire un gosse ? T'es vraiment une moins-que-rien ! T'as fait exprès de travailler à l'usine pour approcher mon mari, hein ?

Yeonja regarde cette femme tout écumante de colère, et sent son esprit s'embrumer. Qu'est-ce qu'elle raconte ? La jeune femme se frotte la tête, encore étourdie par la gifle qu'elle a reçue.

— De quoi parlez-vous ? Vous avez dû vous tromper d'appartement.

— Le salaud de contremaître qui vit ici, c'est mon mari ! J'ai déjà deux enfants avec lui !

Yeonja est prise d'un étourdissement. La femme en profite pour la pousser et entrer dans le logement, où elle envoie valser les rares objets qui lui tombent sous la main. Le malheur, les accidents, ne pourraient-ils pas nous donner quelque avertissement avant de surgir ? Ne pourrait-on pas avoir la liberté de choisir : savoir que telle ou telle épreuve nous attend, et faire en sorte de l'éviter, ou du moins se préparer à l'affronter ? Le malheur se nourrit-il donc du malheur ?

Quelques soupçons lui avaient bien effleuré l'esprit de temps à autre ; certaines choses ne lui paraissaient pas très claires, mais elle n'avait pas pu l'interroger. Il voulait attendre que l'enfant soit né pour déclarer leur mariage et faire une cérémonie, à cause de sa mère qui était malade. Et maintenant elle apprend qu'il est marié, qu'il a une famille ? C'est impossible. Et l'enfant dans son ventre, alors ? Leur enfant ?

Soudain, Yeonja sent quelque chose de chaud couler entre ses cuisses. Même dans une situation pareille, l'enfant veut rappeler au monde qu'il existe… La femme qui hurlait à pleins poumons s'interrompt en apercevant le liquide amniotique mêlé de sang qui dégouline sur les jambes de Yeonja ; alors, elle se remet à crier.

— Mon Dieu, mon Dieu ! Tu perds les eaux ? Mais il est où, ce salaud, à la fin ? Je vais devenir folle !

Ces deux femmes, devenues mères à cause du même homme, échangent un regard. Alors, Yeonja prend conscience que cette femme est la seule à pouvoir l'aider. Trop faible pour rester debout, elle s'accroupit en se serrant le ventre.

— Je suis désolée… Je… Je crois que l'enfant arrive… Aidez-moi… implore-t-elle. Je vous en supplie…

Aussitôt qu'elle se tait, Yeonja sent son esprit se brouiller. L'enfant, elle doit protéger l'enfant. Elle doit le protéger… Alors qu'elle est assaillie par des vagues de souffrance, comme si son corps allait se déchirer en deux, un souvenir lui traverse l'esprit. Un souvenir si douloureux qu'elle croyait l'avoir oublié, mais qui est resté enfoui en elle tout ce temps.

— Tiens, Yeonja, mange ça. Maman revient tout de suite.

Ce jour-là, sa mère lui a mis sa plus jolie robe et lui a fait de belles tresses ; elle l'emmène dans une gare qui grouille de monde et, après lui avoir acheté du lait et un gâteau, elle lui dit d'attendre là. Elle affiche un air résolu, comme si elle avait pris une grande décision. Lorsqu'elle lui lâche la main dans une suprême hésitation, le bout de ses doigts pleure. Quand on aime vraiment les gens, on peut sentir leurs émotions jusqu'au bout de leurs doigts. La petite Yeonja voudrait poser des questions, mais elle n'ose pas. Sa mère est triste en permanence, mais aujourd'hui, elle a l'air plus sereine que d'habitude.

Yeonja serre sa poupée en regardant la silhouette qui s'éloigne et disparaît bientôt ; alors seulement, la petite fille se met à pleurer. Elle sanglote sans un bruit ; puis, au bout d'un moment, elle boit son lait. Il faut qu'elle économise le gâteau. Parce que maman ne va pas revenir de sitôt. Du haut de ses quatre ans, Yeonja se rend compte que sa mère va peut-être mettre très longtemps à revenir. Les jeunes enfants sentent instinctivement les émotions des adultes. Épuisée d'avoir trop pleuré, elle finit par s'endormir sur un banc de la salle d'attente.

— Maman est là, Yeonja. Désolée, ma chérie. Tu m'as attendue longtemps, hein ? Je suis désolée, mon bébé…

Il fait nuit noire ; la mère de Yeonja pleure en serrant la petite fille qui est restée endormie, seule dans cette salle d'attente qui regorgeait de monde pendant la journée, mais dont toutes les lumières sont désormais éteintes. Alors Yeonja se met à sangloter à grand bruit. Quelque chose de chaud lui coule entre les jambes. C'est l'urine qu'elle a retenue toute la journée, de crainte que sa mère ne vienne quand elle serait aux toilettes. Pourquoi a-t-elle fini par revenir ? Elle n'ose pas poser la question à sa mère qui s'est mise sur son trente-et-un. Elle se contente de pleurer en lui serrant la main : elle ne la lâchera plus jamais. Elle hurle de chagrin. Depuis ce jour-là, Yeonja n'a plus jamais fait le moindre bruit en pleurant.

— Réveille-toi ! Il faut qu'on aille à l'hôpital. Tu ne peux pas accoucher ici ! Comment tu veux que j'attrape ton bébé ? Ah là là, je vais devenir folle, je vais devenir folle !

Yeonja est réveillée par la femme de son mari, qui la secoue en criant. *Mais c'est moi, la femme de mon mari. C'est moi…* Les bras serrés autour de son ventre, elle perd connaissance, en espérant que cette chose tiède qui lui glisse entre les deux jambes dans une douleur lancinante n'est pas son enfant. La vie ne peut pas lui faire ça. Elle n'a pas le droit.

*

Si l'on est capable d'endurer l'hiver qui s'abat sur notre cœur, c'est grâce à l'espoir que cette saison n'aura qu'un temps. L'espoir : c'est ce qui fait vivre les hommes, mais aussi ce qui les tue. Nous vivons de l'espérance que le printemps arrivera dans notre cœur, que parfois un torride été embrasera notre âme, qu'il sera bientôt remplacé par un automne d'une agréable fraîcheur.

Si nous n'avions pas même l'espoir, comment pourrions-nous supporter de vivre ?

Tout en observant les camélias en fleurs à l'entrée de la laverie où elle a convenu de retrouver Jaeha, Yeonja songe à l'espoir. Il y a donc des camélias qui fleurissent en octobre ! Elle ramasse une fleur tombée au sol et la regarde longuement, dans le creux de sa paume.

— Comme c'est joli. Est-ce que Jaeha a vu cette merveille ?

Elle tire son portable de sa poche, et photographie la fleur dans sa paume. Elle prend aussi des photos des camélias dans l'entrée de la laverie, et les envoie à Jaeha. La première personne qui nous vient à l'esprit lorsqu'on voit de belles choses, c'est celle qu'on aime le plus au monde. On songe à elle en permanence : dès qu'on mange de bonnes choses, on voudrait les partager avec elle. « Jaeha » : son enfant chéri, dont le simple nom lui fait battre le cœur. Yeonja parcourt du regard ce quartier qu'elle n'a pas vu depuis si longtemps. En respirant l'air marin mêlé de sel, elle songe à l'époque où elle vivait dans la maison voisine de Jeongsun.

Après la naissance de Jaeha, le contremaître qui venait une fois par mois, puis une fois tous les deux mois, a fini par rassembler ses affaires et par lui tourner le dos. Il est parti, malgré le petit Jaeha de trois ans à peine, qui s'accrochait à son pantalon. Pour mener une vie plus tranquille et agréable. Il a quitté leur misérable existence à trois dans cette petite chambre, avec les toilettes à l'extérieur. Yeonja s'est mordu les lèvres jusqu'au sang, mais elle ne l'a pas retenu.

Pour survivre, elle a fait tous les métiers possibles et imaginables : cuisinière dans les restaurants, femme de ménage chez les particuliers, ouvrière dans les usines… Tout ce qu'elle pouvait faire, elle l'a fait. Et un beau jour qu'elle vivotait ainsi, sa vieille amie Jeongsun est venue la trouver dans le restaurant où elle travaillait.

— Mais comment ça se fait, Yeonja ? Qu'est-ce qui t'est arrivé ?

Un mois plus tard, Yeonja emménageait dans la ville où vivait Jeongsun, en bord de mer. Dans ce quartier même. Jeongsun avait quitté l'usine pour prendre des cours dans une école d'esthétique, et après avoir travaillé un temps dans un salon de coiffure, elle avait ouvert sa propre enseigne ; elle ne s'était pas mariée et vivait seule. Grâce à l'argent gagné avec son salon, elle s'était acheté une petite maison, dont elle avait offert une chambre à Jaeha et Yeonja. En échange, cette dernière tenait le logis, tout en travaillant dans un restaurant. Avec ses doigts de fée, Yeonja était capable de préparer les meilleurs repas même avec les plus piètres ingrédients. Les deux femmes avaient élevé Jaeha ensemble, sans souffrir du froid ni de la faim. C'est à cette époque

que Jaeha avait commencé à prendre un peu de chair sur les os.

Lorsque Jeongsun était morte d'un cancer en phase terminale, Yeonja aurait voulu la suivre dans la tombe. Mais… Jaeha, il y avait Jaeha : elle se devait de vivre. Le jour où elle avait pris dans ses bras pour la première fois le petit nourrisson tout chaud, couvert de sang, elle avait compris qu'elle n'avait plus la liberté de mourir.

Ni non plus la liberté de donner trop de sens à sa vie. Elle vivait parce qu'elle était née, elle continuait de vivre parce qu'elle était vivante. Et aujourd'hui encore, elle est en vie. Elle ne sait pas comment s'est écoulé tout ce temps. C'est un passé révolu, mais lorsqu'elle y songe, il lui paraît aussi vif que des souvenirs de la veille.

Tiens, c'est vrai, la maison de Jeongsun était au bout de cette ruelle, en descendant la colline. Je me demande si elle est toujours là.

— Ma parole, mais qui voilà ! Yeonja ! Ça fait une éternité ! Tu es toujours aussi belle, dis-moi !

— Mon Dieu, bonjour madame ! Vous n'avez pas changé ! Comment va la santé ?

— J'ai mal de partout. Mais bon, rien de sérieux. Tous les vieux ont des ennuis de santé, après tout ! Tu sais que Jaeha vient beaucoup manger ici, en ce moment ? Tu es venue le voir ?

C'est la patronne de *La Grignote* qui s'est traînée jusqu'au marché sur ses jambes fatiguées :

découvrant Yeonja sur le chemin du retour, elle l'accueille à grands cris. De sa main parcheminée, elle attrape les doigts de son amie qui commencent à se rider. La douce tiédeur qui passe entre leurs deux mains est plus éloquente que bien des paroles.

— Oui, j'étais vraiment débordée ces derniers temps. Jaeha m'a donné rendez-vous à la laverie des âmes. Ce petit ingrat m'interdisait de venir le voir, mais il faut croire que je lui manque quand même, maintenant ! Quand il m'a appelée hier, j'ai accouru de toute la vitesse de mes petites jambes !

Lorsque Jaeha était entré à l'université, Yeonja avait déménagé pour le suivre ; mais d'un coup, il s'était mis dans la tête de changer d'école pour faire du cinéma. Une fois entré dans sa nouvelle université, il avait eu des velléités d'indépendance. Il voulait essayer de vivre un peu tout seul. Et après avoir déménagé de-ci de-là, il avait fini par revenir dans cette ville en bord de mer. C'est dans ce quartier qu'ils ont été les plus sereins, les plus heureux, tous les deux.

— Quelle bonne idée. La laverie des âmes est sûrement ouverte, va attendre à l'intérieur. La propriétaire, Jieun, est adorable. Tu n'as qu'à faire sa connaissance.

— D'accord, j'y vais de ce pas. Justement, Jaeha m'a dit qu'on servait une tisane délicieuse dans cette laverie. Il m'a fait jurer d'en boire un peu en attendant qu'il me rejoigne à sa sortie du travail. Il paraît qu'il l'a prévenue.

— Ah là là, le petit chenapan. Ça veut partager les bonnes choses avec sa maman, hein ! Il a toujours été comme ça. Tu sais, quand on donne un *Chocopie** aux enfants, comme ils se dépêchent de déchirer l'emballage pour le dévorer ? Eh bien lui, il le mettait direct dans son sac en disant qu'il allait partager avec sa maman. Le petit ange. Pourquoi ça me fait pleurer ? Une vieille croûte comme moi ! Bon, vas-y vite, et passe manger au restaurant avant de rentrer chez toi, d'accord ?

— Oui… Merci beaucoup !

La patronne de *La Grignote* s'éloigne en s'essuyant les yeux de son tablier. Yeonja se dirige vers la porte de la laverie. Un vent chargé de fleurs rouges lui ouvre le passage. Elle écarquille les yeux en voyant ces pétales qui tournoient à ses pieds. Un vent de fleurs. Un chemin de fleurs.

D'où est-ce que vous sortez ? Quelles jolies petites fleurs…

Les pétales qui entourent Yeonja viennent former un cercle devant elle en virevoltant, comme pour l'inviter à s'avancer. C'est un joli chemin de fleurs comme elle n'en a jamais vu de sa vie : suivant la route qu'on lui indique, elle ouvre la porte de la laverie.

---

* Petit gâteau industriel au chocolat, emblématique de la Corée.

À l'instant où Yeonja pose la main sur la poignée, Jieun ouvre grand les deux battants de la porte pour l'accueillir, comme si elle l'attendait. Yeonja a le souffle coupé lorsqu'elle aperçoit la jeune femme : elle a le même front rond et bombé, et le même sourire franc que Jeongsun. Les deux mains jointes, Jieun la salue.

— Soyez la bienvenue. Vous êtes dans une laverie qui efface et qui repasse les taches de l'âme.

Les pétales se remettent à tournoyer en cercle autour des deux femmes. Ils viennent aussi voleter auprès de Jaeha, caché au coin de la rue, et qui a observé discrètement sa mère s'extasier devant les camélias.

— Occupez-vous bien d'elle, dit-il en s'adressant aux pétales. C'est ma maman Yeonja, la personne que j'aime le plus au monde.

Comme pour manifester leur accord, les pétales viennent se rassembler devant lui avant de repartir dans les airs. Il observe les fleurs qui se font aspirer dans la laverie ; lorsque la dernière a disparu, Jaeha tourne le dos et se met à marcher en direction de la plage. Il est temps pour lui de gambader et de patauger dans la mer, de se réfugier dans ses bras. Elle connaît bien des histoires, cette mer. Elle garde dans son cœur tous les secrets des gens, et les fait disparaître dans son écume. C'est pour cela qu'elle est profonde, si profonde.

*

— Asseyez-vous là où vous voulez, madame. Je vais vous préparer un peu de tisane. Ça vous va, une boisson chaude ?

Entrée en compagnie des pétales, Yeonja reste plantée sur le seuil, hésitante. Elle n'est pas habituée à un accueil aussi chaleureux : lorsqu'elle se retrouve dans une situation peu familière, elle reste sur ses gardes par instinct. Mais Jaeha lui a dit tant de bien de cet endroit ; il a forcément raison. Serrant de ses deux mains le sac qui lui pend à l'épaule, elle s'assied sur la chaise la plus proche de la porte d'entrée.

Jieun la laisse s'installer tranquillement pendant qu'elle prépare la tisane. Il y a des gens qui acceptent les situations inhabituelles sans la moindre réserve, et il y en a d'autres qui se méfient, qui éprouvent même de la terreur. Pendant toutes ces années à distribuer la tisane de la consolation, Jieun a appris à respecter ses interlocuteurs, à leur laisser le temps d'abaisser les murailles de leur cœur.

Yeonja parcourt l'endroit du regard. Une douce mélodie de piano résonne dans la pièce. C'est le genre de musique qu'apprécie Haein, l'ami de Jaeha, et qu'il lui faisait toujours écouter lorsqu'il venait jouer chez eux. Tout en prêtant l'oreille à la mélodie, elle allume son portable pour vérifier si Jaeha ne lui a pas répondu. Il doit être au travail : il ne faut pas qu'elle le dérange. Avec précaution, elle dépose le sac qu'elle serrait dans ses mains sur la chaise à côté d'elle. Ce moment de tranquillité n'est pas désagréable.

Jieun s'approche de son invitée en portant la tisane qu'elle a préparée avec soin. Yeonja prend son courage à deux mains.

— Bonjour, dit-elle. Jaeha m'a beaucoup parlé de vous. Je croyais qu'il exagérait les choses, avec son imagination débordante ; mais cette laverie n'est pas ordinaire, on dirait ?

À ces mots, Jieun hoche la tête avec un grand sourire, tout en posant délicatement la tasse sur la table. Elle verse de la tisane à Yeonja, sans croiser son regard. La mère de Jaeha semble avoir la cinquantaine bien sonnée : elle a les cheveux soigneusement attachés et porte un pantalon noir bien confortable assorti d'un chandail blanc, sous une veste de coton beige. Rien n'attire l'attention sur son visage dépourvu de tout maquillage ; elle a les mains toutes rêches. Ses doigts ont dû être fins et jolis jadis, mais ils sont désormais déformés par les cals. Jieun patiente tandis que sa cliente boit sa tisane à petites gorgées. Il faut qu'elle ait avalé la moitié du breuvage au moins pour que son cœur commence à se détendre. Parfois, pour avoir une lessive bien propre, il est plus efficace de prendre son temps que de recourir à quelque magie que ce soit.

— Je n'aime pas beaucoup la tisane, mais celle-ci est vraiment délicieuse…

Yeonja a un petit rire timide : les barrières de son cœur s'abaissent d'elles-mêmes. Jieun sort de derrière le comptoir et s'assied près de Yeonja, mais en laissant une chaise vide entre elles. Elle sent que sa cliente sera plus à l'aise si elle n'est pas face à elle.

Une fois qu'elle a bu la tisane de la consolation, Yeonja enlève sa veste, et la plie soigneusement pour la poser sur son sac. Elle retire même son écharpe. Ça y est, le moment est venu.

— C'est de la tisane de la consolation : ça ne se trouve que dans la laverie des âmes. Je la fais moi-même, avec une recette secrète. Vous en voulez une autre tasse ?

— Ah… Oui… Je suis désolée d'abuser de votre générosité comme ça.

— Ne vous inquiétez pas. Jaeha a décroché un bon travail, maintenant ; il me paiera quand il viendra.

Yeonja sourit à nouveau, comme il est question de son fils. Le cœur plus tranquille, elle trempe les lèvres dans la deuxième tasse de tisane que lui sert Jieun. Après une dernière gorgée, elle reprend la parole à mi-voix, le regard dans le vide :

— Ça fait vraiment longtemps que je n'étais pas venue dans ce quartier. Jaeha m'a demandé de venir lui rendre visite ici. Il m'a dit que ça m'aiderait à oublier les temps difficiles. C'est étrange, mais je me sens vraiment plus tranquille que tout à l'heure. Merci beaucoup.

Tout en l'écoutant, Jieun passe naturellement sur la chaise à côté de Yeonja. Il y a moins de distance entre elles, à présent. Alors la jeune femme dépose un T-shirt blanc près de Yeonja.

— Tout le monde a des blessures ou des souffrances dans le cœur. Les causes varient d'une personne à l'autre, mais la douleur est la même. Vous ne pensez pas que vous pourriez trouver la paix en effaçant ou en aplanissant certains souvenirs ? Jaeha m'a dit qu'il voulait enlever les taches de votre âme. Mettez ce T-shirt et montez à l'étage : alors fermez les yeux et pensez aux taches que vous voulez effacer. Une fois que vous me l'aurez rendu, je vous le laverai en un clin d'œil.

— Jaeha vous a dit ça ? Ah, le petit garnement… Pourquoi il va se soucier de choses pareilles… C'est pas aux enfants de penser à ces questions-là…

Elle prend le T-shirt que Jieun a posé sur la table, et le serre précieusement dans ses bras, comme un petit enfant. Des larmes viennent perler à ses yeux. Qu'il a bon cœur, ce garçon ! Il a toujours été comme ça. Toujours trop mûr pour un petit enfant, toujours à s'occuper de sa maman. C'était justement ça qui lui fendait le cœur. Il n'avait jamais fait le moindre caprice pour des bonbons ; alors quand il avait déclaré qu'il voulait faire du cinéma, elle s'était réjouie en son for intérieur.

Yeonja laisse échapper un soupir et reprend la parole :

— Des taches que je voudrais effacer de mon âme... Il y en a, et pas qu'un peu. Je ne saurais même pas par où commencer. Mais aussi étrange que cela puisse paraître, on n'a pas tort de dire que le temps guérit toutes les blessures. J'ai terriblement souffert, mais bon ! Le passé appartient au passé. Il n'y a rien que je voudrais vraiment effacer ; par contre il m'est arrivé de me sentir seule, d'avoir mal au cœur, à certains moments.

Jieun écoute sa cliente avec attention.

— Quel genre de moments ? demande-t-elle.

— Quand Jaeha était petit, d'un coup, la propriétaire nous a dit de libérer notre logement avant la fin du mois. Alors que c'était le moins cher de tout le quartier... Comme on n'avait pas d'argent, il a fallu que je prenne un deuxième travail en cuisine la nuit. Je n'avais nulle part où mettre Jaeha : les premiers jours, je l'ai emmené au restaurant, mais les autres me regardaient de travers... Qu'est-ce que vous vouliez qu'il fabrique pendant que sa mère faisait la vaisselle ? Alors jusqu'au moment où Jeongsun est venue nous chercher pour nous emmener dans ce quartier, pendant un mois environ, je l'ai laissé tout seul à la maison en fermant la porte avec un cadenas. Si vous saviez comme les petits garçons débordent d'énergie… Je ne pouvais tout de même pas l'attacher à moi avec une corde pendant que je travaillais… Et si je le laissais tout seul, j'étais sûre de le perdre… C'était ça qui me terrifiait le plus au monde : perdre mon enfant. Comment vous vouliez qu'il retrouve le chemin de la maison, à quatre ans ? Mais si vous saviez comme ça me faisait mal au cœur, quand je fermais la porte de l'extérieur, avec mon enfant qui pleurait à l'intérieur… J'avais le pas lourd, mais lourd… On pleurait tous les jours, des deux côtés de la porte…

— …

Au lieu de répondre, Jieun attrape la main de Yeonja et la serre bien fort. En sentant la douce chaleur qui se dégage du corps de Jieun, la mère de Jaeha laisse couler ses larmes, sans les essuyer. Des larmes silencieuses.

— Mais mon petit garçon, il a dû se rendre compte que sa maman pleurait, parce qu'au bout de quelques jours il ne versait plus une larme. Le chagrin faisait trembler ses lèvres, mais il se retenait de toutes ses forces… Et ça aussi, ça me fendait le cœur, alors je pleurais toute seule, sur le chemin du travail. Je savais que ça lui ferait de la peine, si je pleurais devant lui… Au fond, les enfants valent mieux que leurs parents. Je m'en rends bien compte, maintenant que j'ai vieilli. Alors finalement, j'ai accepté d'emménager ici chez Jeongsun, même si je savais bien que je la dérangeais. Elle était comme un rayon de soleil, Jeongsun. Chaleureuse, intelligente, toujours de bonne humeur.

Un léger sourire vient se dessiner sur les lèvres de Yeonja, tandis qu'elle songe à son amie. Chaque fois que la jeune mère s'excusait de vivre à ses crochets, Jeongsun secouait la main.

— Yeonja, disait-elle, entre filles qui ont grandi sans amour comme toi et moi, il faut se serrer les coudes et s'aimer mutuellement. Les gens que leurs parents ont toujours abreuvés d'amour, ils sont tout gais et rayonnants, ils n'ont pas un pli à l'âme, pas vrai ? Mais nous, on est l'ombre même : si on va à côté d'eux, on finira calcinées sur place. Sauf que tu vois, moi, je n'ai pas envie de mourir brûlée. Il faut qu'on se protège l'une l'autre. J'en ai marre de me brûler au contact des garçons. Je ne suis pas faite pour me marier. Alors s'il te plaît, reste à mes côtés. Je me sens seule ; à vrai dire, c'est plutôt moi qui ai besoin de toi que le contraire.

Jamais personne n'avait rien dit de pareil à Yeonja : « reste avec moi », « j'ai besoin de toi ». Ces paroles lui serraient trop le cœur pour qu'elle y voie de simples politesses de la part de Jeongsun. Obnubilée par sa propre souffrance, Yeonja ne s'était pas rendu compte de la douleur qui rongeait le cœur de Jeongsun, rayonnante comme le soleil.

Dès lors, Yeonja avait redoublé d'efforts pour préparer les repas de son amie, et repasser ses vêtements. La nuit, elle faisait couler des bains pour Jeongsun, qui avait les jambes tout enflées à force de travailler debout à longueur de journée. Elles n'avaient que deux ans d'écart, mais elles étaient devenues comme des mères l'une pour l'autre. Lorsqu'elle avait découvert son cancer, Jeongsun avait refusé d'être soignée, pour ne pas finir ses jours à l'hôpital ; Yeonja se rappelle comme si c'était la veille les quelques mois que son amie a passés à la maison avant de s'en aller.

— Quand j'y pense, Jeongsun me manque terriblement. C'est l'amie avec qui je vivais avant, mais elle n'est plus de ce monde. Maintenant, je crois que je comprends pourquoi Jaeha tenait tant à ce que je vienne ici. Cet endroit a le pouvoir de dénouer les chaînes du cœur. Et ces fleurs tout à l'heure étaient vraiment magnifiques.

Jieun prête l'oreille à la voix paisible de Yeonja, tout en hochant la tête avec un sourire : elle a comme l'impression de connaître cette dame depuis bien longtemps. Elle voudrait l'écouter parler jusqu'à ce qu'elle ait épuisé toutes les paroles qui stagnent au fond de son cœur. Yeonja reste plongée dans ses pensées un moment.

— Il y a quelque chose que je regrette… finit-elle par reprendre. Quand Jaeha était au lycée, son pseudo-père m'a contactée pour me dire qu'il avait une grave maladie. Qu'il ne lui restait plus longtemps à vivre, qu'il voulait voir son fils… Il ne nous avait jamais envoyé un sou pour m'aider à élever Jaeha, mais il faut croire qu'au moment de mourir, sa progéniture lui revenait à l'esprit… J'ai demandé à Jaeha s'il voulait aller le voir, mais il a refusé. Je n'ai pas pu le convaincre. Une fois que ce garçon a pris une décision, il est intraitable, vous savez ? Et puis on m'a prévenue que ce type était mort. Je me suis dit que quand même, il fallait bien que Jaeha aille à l'enterrement de son père, alors je l'ai emmené sans lui dire où on allait. On est restés plantés un bon moment tous les deux devant le bâtiment des cérémonies, et on est repartis. Jaeha ne voulait pas entrer à l'intérieur, mais tout de même, j'aurais dû le prendre par la main et lui montrer le portrait funéraire de son père… Mais en même temps, ça n'aurait rien changé… Voilà.

Maintenant, Yeonja ne pleure plus. Même verser des larmes, c'est déjà trop pour un type pareil.

— Excusez-moi, madame, je n'arrête pas de parler. Mais ça me fait du bien, de dire tout ce que j'ai sur le cœur. Merci beaucoup. Si vous saviez comme j'ai été surprise quand je vous ai vue tout à l'heure ! Votre façon de sourire, ça me rappelle tellement Jeongsun… C'est sans doute pour ça que je suis aussi bavarde, d'un coup.

Tandis qu'elle observe Yeonja s'essuyer les yeux avec un mouchoir, Jieun essaie de se rappeler si elle ne l'a pas déjà rencontrée dans une autre vie. Elle ne saurait pas bien dire. Elle croyait avoir bonne mémoire, mais maintenant qu'elle est née un million de fois, tout se brouille dans ses souvenirs.

— Ça me plaît de vous écouter parler. J'aime qu'on me raconte des histoires. Pour tout vous dire, vous aussi vous m'avez l'air familier. Je pense qu'on s'est déjà rencontrées quelque part.

Après avoir versé de la tisane à Yeonja, qui pleure sans un bruit, Jieun se sert à son tour : lorsqu'elle boit la même chose que les clients de la laverie, elle peut partager leurs émotions. Cette fois-ci, elle a choisi une tisane spéciale, rien que pour Yeonja. La musique s'est arrêtée, et le silence n'en est que plus paisible.

— Il faut que vous sachiez une chose : je ne peux effacer qu'une seule tache de votre cœur. Enfilez ce T-shirt, et réfléchissez soigneusement à la tache que vous choisirez d'effacer.

Yeonja, qui avait fermé les yeux, rouvre les paupières et se tourne en direction de Jieun. Elle a trouvé désormais le courage de la regarder face à face. Maintenant que ses larmes sont taries, un léger sourire flotte sur ses lèvres.

— Pleurer comme ça, devant quelqu'un que je vois pour la première fois ! Je sais que ce n'est pas poli, mais ça m'a vraiment fait du bien de me laisser aller. Ça ne m'était pas arrivé depuis un temps fou.

— Ne vous en faites pas. Au contraire : avec le métier que je fais, je suis plus mal à l'aise quand les gens ne pleurent pas !

Les deux femmes éclatent de rire à cette plaisanterie. Elles laissent libre cours à leur hilarité un moment, puis d'un même geste, prennent une gorgée de tisane et reposent leur tasse.

— Vous savez, avant, je considérais que mon malheur, mes souffrances, étaient les plus terribles du monde entier. Et puis à force de vivre, je me suis rendu compte que tout le monde avait des blessures cachées en soi. Je n'étais pas la seule à souffrir. Ces temps-ci, je suis plus heureuse que je ne l'ai jamais été. Je suis tranquille. Quand je prends le bus le soir et que je vois un beau soleil couchant, je suis tellement touchée que j'en ai les larmes aux yeux. Des fois, quand je prends le bus pendant la journée, il m'arrive d'être la seule passagère. Comme si j'avais loué tout le véhicule. Ça me donne l'impression de partir en voyage. Vous avez déjà pris le bus, *sajangnim* ?

— Ah… Le bus ? J'habite juste à côté de la laverie, alors je n'ai pas vraiment besoin de me déplacer.

— Vous n'avez qu'à créer des prétextes pour aller quelque part. La prochaine fois, prenez le bus et allez jeter un coup d'œil au centre-ville. Si vous saviez comme c'est joli, le jour. Et puis on peut observer tous les gens qui passent, à travers les grandes vitres.

Jieun hoche la tête. Une chose de plus à faire dans cette existence : un voyage en bus.

— La vie est parsemée de petits bonheurs. Vous savez, quand on dort trop longtemps et qu'on ouvre les yeux avec terreur, en croyant qu'on est en retard pour le travail, avant de se rendre compte que c'est le week-end. Alors on referme les yeux avec un soupir de soulagement. Et qu'il est doux, ce sommeil supplémentaire ! Moi je suis contente de ce quotidien. Bien sûr, il m'est souvent arrivé de vouloir effacer les blessures que des moments particulièrement difficiles ont laissées en moi, mais n'est-ce pas grâce à ces souvenirs-là que j'ai conscience d'être heureuse aujourd'hui ? Je ne veux pas effacer mon malheur. J'ai besoin de tous ces moments pour être celle que je suis maintenant, et pour avoir Jaeha.

— Ah… Oui…

Surprise par les propos de Yeonja, Jieun cligne des paupières. Les pétales, qui tournoyaient dans les parages en attendant d'escorter Yeonja, se figent dans les airs. Et si cette Yeonja qui semblait si fragile était la plus inébranlable qui soit ? Elle est prête à embrasser ses souffrances de bon gré, et à les emporter avec elle. Un écho silencieux se propage comme une onde dans le cœur de Jieun. L'onde devient une note, qui forme une mélodie. À son oreille, les paroles de Yeonja sont aussi belles qu'une musique.

— Vous savez, je suis inscrite dans une université en ligne, maintenant. J'étudie la psychologie. Et finalement, mes propres blessures me sont d'une grande aide pour comprendre les souffrances d'autrui et sympathiser avec elles. C'est vraiment étrange, la vie, vous ne trouvez pas ? À l'époque, je croyais que j'allais mourir de douleur, je suppliais le ciel de mettre fin à cette torture, et maintenant que je regarde en arrière, toutes ces blessures font partie de ma vie elles aussi. Sans elles, je n'existerais pas. Quand j'aurai terminé cette formation en psychologie, je ferai des études de diététique et de nutrition. C'est la nourriture qui fait vivre les gens. Il faut avoir le ventre bien plein pour gagner la force de vivre. Je vais étudier d'arrache-pied, et puis j'ouvrirai un restaurant avec de la nourriture qui donne la force d'aller de l'avant. Je veux profiter des années qu'il me reste à vivre pour gagner de l'argent, faire les études qui m'intéressent, et travailler tout mon saoul avant de m'en aller.

Avec un sourire timide, Yeonja enfile le T-shirt qu'elle avait gardé serré dans ses bras. Jieun se crispe légèrement en la voyant passer le vêtement : elle avait pourtant dit qu'elle ne voulait rien effacer ? Lui resterait-il dans l'âme une tache plus terrible encore, que Jieun n'a pas su lire ? Une fois qu'elle a enfilé son T-shirt, Yeonja se lève et dévisage la patronne.

— Je ne déteste pas ma vie. Avant, je faisais tous les efforts du monde pour l'aimer : je me disais que si même moi je détestais ma vie, ça serait vraiment trop pathétique ! Mais maintenant je me suis mise à l'aimer tout naturellement. Quand je me convaincs que tout est pour le mieux, ma vie m'a l'air magnifique. Mais tout de même, puisque mon fils a voulu me faire ce cadeau, je ne peux pas refuser. N'effacez rien, mais repassez juste les plis pour que je souffre moins quand je repense à tout ça, s'il vous plaît.

Aussitôt que Yeonja se tait, les fleurs qui attendaient sans un bruit se mettent en mouvement et virevoltent dans les airs. Jieun sourit elle aussi. Les pétales se massent autour des jambes de Yeonja et, tout en frétillant comme pour applaudir, ils l'emmènent dans la buanderie à l'étage, juste devant la table à repasser. Stupéfaite, Yeonja ouvre de grands yeux, et s'abandonne à la danse des pétales.

— Mon Dieu, les enfants. Plus je vous regarde, plus vous êtes beaux ! Quelle drôle de journée, ma parole !

J'ai bien fait de vivre. Je suis restée en vie et j'ai pris souffle après souffle parce que j'étais née, parce que j'étais en vie. J'ai vécu parce que je ne pouvais pas mourir. Mais maintenant, c'est le fait même d'être en vie qui me donne envie de vivre ; et parce que j'ai envie de vivre, cela me rend heureuse.

Après tout ce temps, Yeonja comprend enfin que le bonheur ne vient pas des autres, mais de notre propre attitude face au monde. Si elle a traversé ce long, long tunnel de malheur, c'était peut-être pour découvrir que le bonheur lui aussi ne s'obtient qu'avec de l'entraînement.

Tant qu'on est en vie, toutes les taches ont une certaine beauté. Même si l'on ne pensait qu'à de bonnes choses à longueur de journée, l'existence serait trop courte – alors pourquoi perdre son temps à penser aux mauvaises ? Qu'il est bon de vivre, maintenant qu'elle a pris conscience de cela ! S'arrachant soudain à ses pensées, Yeonja examine Jieun qui repasse avec application le vêtement froissé, en lui tournant le dos. *Si Jeongsun avait eu une fille, elle aurait été toute jolie comme ça*, songe-t-elle.

— Et voilà, il n'y a plus un pli. Mais, vous savez, à force de porter les vêtements, ils se froissent toujours à nouveau.

— Bien sûr, je suis au courant. Mais les rides font aussi bien partie de ma vie que les belles choses. Oh, le tissu est tout chaud ! Je vous remercie.

Yeonja reprend le T-shirt, avant d'attraper doucement les mains de Jieun. La chaleur des autres se mêle à la nôtre, monte jusqu'à notre cœur, et nous donne la force de vivre. Une douce tiédeur va et vient entre Yeonja et Jieun. La patronne de la laverie se sent tranquille, aujourd'hui.

*

— Yeonja, je suis rentré du travail ! Tu es là ?

Jaeha ouvre la porte de la laverie aussi bruyamment que possible, pour signaler sa présence. Jieun et Yeonja sourient en même temps. Les fleurs les enveloppent toutes deux, et les emmènent au rez-de-chaussée, juste devant Jaeha. Surpris, ce dernier fait un pas en arrière.

— Ah, vous m'avez fait peur ! Tu t'es déjà habituée à chevaucher les fleurs, Yeonja ? Tu es vraiment rapide. Tu as préparé des œufs de caille marinés, hein ? Moi j'ai apporté du riz. Passons à table ! Vous aussi, *sajangnim*, venez manger. Yeonja fait des *banchan* hors du commun.

La voix enjouée de Jaeha résonne dans la pièce. Les trois amis rient de concert. La chaleur que dégagent les êtres humains est plus forte, plus intense que toutes les autres. Dehors, la nuit d'automne est traversée par un vent frisquet, mais à l'intérieur, il règne une douce tiédeur.

— Tiens, les fleurs de votre robe sont violettes, maintenant ?

— Ah bon ? Moi je les vois encore rouge, comme d'habitude.

— En y regardant de plus près, c'est vrai qu'on dirait du rouge. Et pourtant tout à l'heure, elles étaient violettes un instant… Comme Yeonja aime les fleurs, je fais toujours attention à vos vêtements ces temps-ci.

Toc toc toc.

Soudain, quelqu'un frappe à la porte. Qui est-ce ? On n'attend pourtant personne.

Jieun tourne la poignée.

— C'est bien la laverie des âmes, n'est-ce pas ? Vous avez un colis de la part de Lee Yeonhui.

Le livreur tend une petite boîte à Jieun en échange d'une signature. Comme le monde est devenu pratique ! Le paquet que Yeonhui a commandé la veille n'a mis qu'un jour à parvenir jusqu'à cette ville en bord de mer. Jieun signe le bon d'expédition et le rend au livreur, quand elle remarque ses poignets : à la main gauche, il porte une montre digitale avec de gros chiffres qui indiquent jusqu'aux secondes, et à la main droite, une montre connectée. Le livreur ainsi affublé d'une montre à chaque poignet prend le bon d'expédition, s'incline pour prendre congé et, après avoir noté l'heure de livraison sur un cahier, il tourne le dos et s'éloigne dans l'allée obscure, tout en vissant sa casquette sur sa tête. Soudain, Jieun a comme l'impression que quelqu'un l'observe, quelque part dans l'obscurité.

— Qui va là ? Montrez-vous ! lance-t-elle en direction des ténèbres, mais il n'y a plus signe de présence humaine.

Jieun incline la tête d'un air perplexe ; elle sort de la laverie en refermant la porte derrière elle, et elle observe un moment la ruelle, avant de pousser un long soupir en direction du ciel. L'odeur de la mer et la senteur des feuilles mortes remuées par le vent frais pénètrent jusqu'au fond de son cœur. Au loin, on entend le bruit de quelqu'un qui fait un feu de feuilles mortes. Comme les saisons font bien leur travail ! L'été s'en est allé sans un bruit, pour laisser la place à l'automne.

— Ah, Yeonghui *samchon*[*] vous a apporté un colis ! Pourquoi vous restez plantée là ? Il n'y a personne ! Venez vite manger avant que ça refroidisse ! dit Jaeha en tirant sur le bras de Jieun.

— Yeonghui *samchon ?*

— Oui. Il s'appelle Kim Yeonghui, ça fait déjà longtemps qu'il habite dans le quartier. On ne sait pas d'où il vient, ni ce qu'il faisait avant, mais c'est lui qui livre tous les paquets lourds dans le quartier. Il aide aussi les vieilles dames qui habitent en haut de la colline à transporter leurs affaires, et quand on lui demande un coup de main, il accepte sans jamais se plaindre. On l'appelle Yeonghui *samchon*.

— Quel chouette type ! Allez, rentrons à l'intérieur.

Il faut manger. Oui, il faut manger. Alors mangeons ! Mangeons et continuons de vivre. Vivons : alors, comme dit Yeonja, il sera toujours temps de prendre le bus pour visiter le quartier. Il faut tenter de vivre ainsi.

---

* « Oncle » en coréen. On peut utiliser cette expression à propos d'un homme plus âgé, même lorsqu'on n'est pas uni par les liens du sang.

Juste comme Jieun finit de prononcer ces mots dans sa tête, ses lèvres esquissent un léger sourire.

Finalement, ça n'a pas l'air trop mal, de tenter de vivre.

*

Yeonja et Jaeha repartent après le repas. En voyant la mère et le fils s'éloigner main dans la main, Jieun prie dans son cœur pour qu'ils restent en paix. Elle a ouvert cette laverie des âmes afin de rompre le sort qu'elle s'est jeté à elle-même : le cycle infernal de ces vies qui se répètent sans fin. Elle pensait que ses clients voudraient effacer toutes les taches de leur cœur, mais maintenant qu'elle a rencontré quelqu'un comme Yeonja, qui s'est contentée de repasser quelques plis, elle se demande ce que c'est exactement que « l'âme ».

Quand on y pense, l'âme est invisible ; mais comme elle est puissante, pour quelque chose qui n'a même pas de réalité physique ! Tout commence dans l'âme, tout se résout dans l'âme, tout s'achève dans l'âme. Parfois, des fleurs y surgissent, mais parfois, les malheurs s'y installent. Peut-être l'âme est-elle la clé de toutes les fins et de tous les commencements.

Jieun ferme la porte de la laverie en songeant à tout cela ; puis elle se dirige vers *La Grignote*, avec son colis sous le bras. Maintenant qu'elle y pense, elle n'a jamais réfléchi ainsi à l'âme. Elle est née un million de fois, et pourtant, elle a vécu sans un regard pour son âme, sans jamais songer à elle.

L'âme est comme une plante. Si on prend soin d'elle et qu'on l'inonde de soleil, elle se fane, ou bien elle fleurit, ses tiges retombent, elle se met à sentir mauvais, à grouiller d'insectes, et puis soudain elle reverdit et les fleurs y renaissent.

C'est peut-être ainsi qu'est l'âme : ambivalente, avec deux faces – la beauté et la tristesse. Peut-il exister une âme qui ne soit que beauté ? Mais qu'est-ce donc que la beauté ? On dit que la tristesse et la souffrance sont laides, et que la joie et l'allégresse sont belles, mais n'est-ce pas le contraire ? Peut-être que la tristesse et la souffrance sont belles, et que la joie et l'allégresse sont laides, mais qu'on cache la vérité de crainte qu'elle ne sème le chaos ? Elle ne sait pas. Malgré toutes les années qu'elle a vécues, il y a bien des choses qu'elle ne comprend pas.

— Tu n'as pas encore fermé pour aujourd'hui, *ajumma* ? Yeonhui m'a envoyé ce colis pour toi, comme tu disais que tu avais mal aux genoux.

— Mon Dieu, Yeonhui a fait ça ? Qu'elle est mignonne… Mais il ne fallait pas, c'est inutile… Comme c'est gentil !

Elle a beau se récrier que ce n'était pas la peine, la patronne est rayonnante. En y repensant, Jieun trouve qu'elle se masse plus souvent les genoux ces derniers temps. Elle pose le colis sur une table rouge, plus visqueuse que jamais.

— Tu n'arrives pas à enlever la graisse sur les tables ? demande Jieun en tapotant la surface du bout de l'index.

La patronne de *La Grignote* repose le poireau qu'elle épluchait et s'approche avec un torchon pour essuyer la table.

— Elles doivent être trop vieilles, ça veut pas partir. J'y peux rien, j'ai beau frotter qu'ça sert à rien. C'est pas grave, nous dans le quartier on s'effarouche pas pour si peu.

— C'est pour ça que tous tes clients achètent à emporter. Si tu veux que les gens restent manger ici, il faut que les tables soient propres. Tu veux que je t'en achète de nouvelles ?

— Mais non, ça va, ça va. Si j'ai encore plus de clients que maintenant, je ne pourrai jamais me débrouiller toute seule. À quoi ça sert de gagner plus d'argent ? J'en ai bien assez comme ça.

La patronne de *La Grignote* agite son poireau dans les airs, effrayée par la proposition de Jieun. De toute façon, ça n'irait pas très bien avec l'atmosphère du restaurant, d'installer des tables flambant neuves. Le lieu a quelque chose de réconfortant dans son obstination à préserver les vieilles casseroles en maillechort et les assiettes en plastique de jadis. Jieun regarde la patronne reposer son poireau et ouvrir le colis pour examiner les boîtes de médicaments qu'il contient.

En la voyant se masser les genoux, Jieun sent comme des élancements dans ses propres articulations. C'est étrange. Est-ce qu'elle partage les souffrances physiques des autres, tout comme leurs émotions ?

— Alors avec ces médicaments, on n'a plus mal aux genoux ? Moi aussi j'ai un peu mal aux articulations, ces temps-ci. Ce doit être l'âge.

— Ah bon ? Essaye de prendre ça. Il faut bien se soigner quand on est jeune. Sinon, c'est l'enfer quand on devient vieille, comme moi. Allez, prends une boîte.

— Mais non, garde ça pour toi. Je demanderai à Yeonhui d'en commander pour moi.

— Enfin, puisque je te dis que c'est pas grave ! Commence par prendre ça, et puis tu lui demanderas de te passer une commande.

— Bon… Si tu le dis !

Faisant mine de céder à contrecœur, Jieun prend une boîte de médicaments et quitte son siège. Il est temps d'aller fermer la laverie, maintenant. Depuis qu'elle sait que la patronne de *La Grignote* ne ferme pas son restaurant tant que la laverie est ouverte, Jieun a arrêté de travailler jusqu'à l'aube.

Au départ, elle ne comprenait pas pourquoi la vieille femme s'obstinait à attendre que les lumières de la laverie soient éteintes ; pourquoi elle restait assise dans son magasin en dodelinant de la tête, jusqu'à tard dans la nuit obscure. Mais maintenant qu'elle a passé plusieurs saisons avec la patronne de *La Grignote*, Jieun trouve un étrange réconfort dans les lumières du restaurant qui l'attendent. Les jours où le magasin s'éteint plus tôt que d'habitude, parce que la vieille femme va voir le médecin, Jieun a le pas plus lourd en rentrant chez elle. Quelle drôle de créature que l'homme ! Ne peut-on vivre qu'en gardant une distance de sécurité avec les autres, mais sans jamais trop s'en éloigner non plus ?

Finalement, lorsque Jieun sort de *La Grignote*, elle tient un sac en plastique noir à la main, avec deux rouleaux de *gimbap* encore chauds. La patronne du restaurant lui prépare toujours ce petit mets à emporter lorsqu'elle rentre chez elle, pour avoir de quoi manger le lendemain. La boîte de médicaments dans une main, le *gimbap* dans l'autre, Jieun pousse la porte et se retourne une dernière fois :

— Ne tombe pas malade, soigne-toi bien, et vis longtemps, longtemps. Ne lésine pas sur les frais d'hôpitaux. Si tu n'as pas de quoi payer, je m'en chargerai pour toi, et tu n'auras qu'à me rembourser en *gimbap !*

— Mais oui, mais oui. Je suis bien soulagée que tu sois là, ma petite Jieun ! C'est pas nouveau, que les vieux aient des ennuis de santé. Maintenant je vais économiser un peu mes forces, et profiter de mes vieux jours. Allez, rentre vite, tu dois être fatiguée de t'être occupée de Yeonja. Tu as fait du bon boulot, comme toujours !

La patronne de *La Grignote* étouffe un bâillement en raccompagnant Jieun à la porte. Sa journée de travail à elle aussi est terminée.

À travers la porte vitrée qu'elle vient de fermer, la vieille femme regarde avec un air de fierté Jieun qui s'éloigne. Elle qui était si faible et si maigre qu'on s'attendait à la voir se casser en deux d'un instant à l'autre, elle se remplume petit à petit. Jieun ne se rend même pas compte qu'il y a chaque jour des ingrédients différents dans les deux rouleaux de *gimbap* qu'elle lui prépare. Mais on dirait qu'elle les mange fidèlement, sans rien jeter. C'est tout ce qui compte.

Tiens, il y a encore des pétales dans le restaurant, qui sont restés au lieu de retourner dans la laverie. Les fleurs rouges sont plantées là comme des personnes, alors la patronne leur envoie une petite pichenette, avec un grand sourire.

— Ne vous inquiétez pas, les fleurs ! Chaque chose en son temps. Bientôt, il y aura une bonne nouvelle. Quand on y croit, tout se réalise. Alors vous aussi, rentrez chez vous.

À ces mots, les pétales s'élancent dans les airs et disparaissent en tournoyant. Qu'il est doux de s'endormir dans une nuit pareille, pleine de la chaleur des gens qui se soucient les uns des autres ! Même la lune sourit dans le ciel, en inondant la ruelle de ses rayons argentés. Lorsque c'est ainsi, l'air est plus chaud et joyeux qu'en plein jour, même si le soleil ne brille pas. Ce n'est pas parce qu'on est dans l'obscurité qu'il fait sombre, et ce n'est pas parce qu'on est dans la lumière qu'il fait clair. Même dans l'obscurité, il y a des choses qui brillent, et même dans la lumière, il y a des ténèbres.

Aujourd'hui, c'est une nuit paisible.

La rumeur s'est répandue au gré du vent, et les visiteurs se sont faits de plus en plus nombreux dans la laverie des âmes, au sommet de la colline. Jieun court de tous côtés pour laver et repasser les taches de chacun, entre les lycéens qui veulent oublier leurs examens ratés et la multitude d'autres clients aux histoires diverses et variées. Elle prépare la tisane avec application, écoute les récits de tout le monde, envoie les pétales en mission, fait danser les lave-linge et les fers à repasser.

C'est seulement le vendredi soir que la laverie se fait plus calme ; alors, Jieun ferme plus tôt afin de préparer son travail de la semaine suivante. Elle éteint l'enseigne, et envoie les pétales virevolter au bord de la mer : là, ils folâtrent dans le vent en répandant leur parfum. Depuis que Jieun a décidé de consacrer cette vie à parfaire ses deux pouvoirs pour être capable de mourir enfin, elle connaît la plus animée de toutes ses existences. « Mourir » et « vivre » : ces deux mots ne sont pas plus longs l'un que l'autre, mais ils ont un poids bien différent. Maintenant qu'elle a décidé de mourir, elle vit plus passionnément que jamais.

Lorsque Jaeha et Yeonhui viennent à la laverie après leur travail, leur ami Haein les accompagne parfois : ils mangent ensemble, et écoutent de la musique. Haein est en train de préparer une exposition solo de photographies ; quant à Yeonhui, elle est tout excitée d'avoir été promue manager de l'équipe de formation au siège de l'entreprise, après avoir été nommée employée d'excellence pour la dixième année de suite.

Il arrive même à Jieun de se sentir en paix, lorsqu'elle partage ainsi son quotidien avec eux. En paix : a-t-elle vraiment le droit de jouir d'un tel sentiment ? Le mérite-t-elle ? Lorsqu'elle éprouve ce calme et ce bonheur, elle se sent désolée envers ceux qu'elle a laissés derrière elle. Partagée entre le manque et la culpabilité, elle s'active à plier avec soin les T-shirts blancs pour les ranger sur l'étagère.

— Vous avez besoin d'aide ?

L'après-midi est bien avancée lorsque Haein, une boîte de petits gâteaux à la main, rejoint Jieun qui est occupée à plier des T-shirts. Voyant qu'elle acquiesce du regard, Haein vient se mettre à ses côtés et commence à l'aider, un sourire sur les lèvres. Les T-shirts tout propres et blancs dégagent la délicieuse odeur du linge qui a séché longtemps aux rayons du soleil.

Ça me met de bonne humeur, ces vêtements blancs qui sentent si bon. On dirait Jieun.

— Hein ?

— Pardon ? J'ai dit quelque chose ?

— Oui : « Ça me met de bonne humeur, ces vêtements blancs qui sentent si bon. On dirait Jieun. »

— Ah…

Haein ne s'était pas rendu compte qu'il parlait à voix haute : mortifié par les paroles de Jieun, il sent ses oreilles s'empourprer.

C'est la cata…

— Mais non, c'est pas la cata. C'est vrai, quoi : je suis quelqu'un qui met les autres de bonne humeur, avec ma peau blanche et propre, qui sent bon.

— Pardon ? Je ne comprends pas pourquoi je dis tout ce que je pense à voix haute. Je ne suis pourtant pas du genre à parler dans le vide… Franchement…

Jieun éclate de rire en voyant la mine déconfite de Haein. Qu'il est naïf, ce garçon !

— Ça veut dire que ça vous démangeait les lèvres ! Vous avez beaucoup de temps devant vous, aujourd'hui ?

— Ah, oui, plein de temps !

— Alors restez ici et pliez tous les T-shirts, s'il vous plaît. Moi je vais ranger un peu à l'étage. Merci beaucoup !

Jieun tend une brassée de T-shirts à Haein et pivote sur ses talons : aussitôt, les pétales rouges viennent virevolter autour des deux jeunes gens.

Boum, boum, boum. C'est étrange : pourquoi mon cœur bat-il aussi vite ? Le dos tourné l'un à l'autre, Jieun et Haein posent la main sur leur poitrine sans un bruit. Mais ces deux mains ignorent qu'elles ont fait chacune le même geste.

— C'est drôlement plus rapide de ranger quand on s'y met à deux ! Ça tombe bien, je me sentais fatiguée aujourd'hui. Merci pour votre aide. Si vous avez le temps, vous pouvez m'aider à étendre le linge aussi ?

— Bien sûr. Tout ce que vous voudrez !

Aussitôt dit, aussitôt fait : les pétales rouges viennent se rassembler sous les pieds des deux jeunes gens. Ils les soulèvent en tournoyant amoureusement, comme pour les emmener sur les « chars de l'âme » dont parle Emily Dickinson dans un de ses poèmes. Combien de temps faut-il pour tomber amoureux ? C'est donc cela, avoir le cœur qui bat ? Jieun est prise de court par cette émotion inconnue. Mais c'est une agréable étrangeté.

— Ils sont vraiment jolis, ces pétales.

— N'est-ce pas ? Je pense que c'est grâce à eux que j'ai pu supporter la solitude pendant tout ce temps.

— Vous leur devez une fière chandelle.

— C'est la fin de l'après-midi, mais le soleil est encore agréable. Un temps parfait pour faire sécher du linge.

Jieun sort les vêtements du panier pour les tendre à Haein, qui les secoue deux ou trois fois avant de les accrocher sur la corde à linge, les uns à côté des autres. Dans leur dos, le soleil de l'après-midi répand sa tiédeur.

En voyant Jieun éclairée par les rayons du soleil, Haein songe combien il serait heureux que ce moment dure éternellement. Lui est-il déjà arrivé de souhaiter qu'un instant ne s'arrête jamais ? Lui qui a vécu en enfouissant sa tristesse au plus profond de lui-même, il a toujours espéré que le temps passe à toute allure : il s'est résigné à accepter le présent tel qu'il est, plutôt que de désirer ce qu'il n'a pas. Mais un vent nouveau souffle dans son âme. S'il y a une scène qu'il veut se remémorer toute sa vie, il lui semble que c'est bien celle-ci.

— C'est beau, ce linge blanc étendu sur le toit, tu ne trouves pas ?

— Oui, c'est magnifique. J'aurais dû apporter mon appareil photo.

— Garde cette image dans tes yeux. Garde-la dans ton cœur. Les paysages les plus beaux ne se laissent pas photographier. C'est bien de prendre des photos, mais quand il y a des moments qu'on veut immortaliser pour toujours, c'est encore mieux de les savourer sans en perdre une miette, et de les inscrire dans son cœur.

Haein hoche la tête à ces paroles. Les deux jeunes gens, face à face, ont sur le visage le même air détendu. Debout sur le toit, à côté des vêtements gonflés par le vent, ils observent le soleil qui se couche. L'instant magnifique qu'il veut se remémorer toute sa vie, c'est bel et bien celui-ci.

*

Bam, bam, bam !

Lorsqu'ils redescendent, après avoir étendu la lessive, quelqu'un est en train de tambouriner à la porte.

— Un colis pour vous, madame !

C'est sans doute les suppléments nutritifs que Yeonhui a commandés pour elle. Jieun referme le tiroir et s'avance vers la porte pour récupérer son colis. Les pétales rouges imprimés sur sa jupe noire dansent à chacun de ses pas.

Lorsqu'elle signe le bon de livraison et le rend à Yeonghui *samchon*, son regard se pose sur les montres que le livreur porte à chaque poignet. C'est vrai : la dernière fois aussi, il en avait deux. Après avoir récupéré le papier, Yeonghui jette un coup d'œil à sa montre électronique et note l'heure de la livraison.

Il tend son colis à Jieun, mais reste planté là, hésitant, comme s'il avait quelque chose à dire. Enfin, il semble prendre une décision : il retire sa casquette, la coince sous son bras, et sort un papier plié en quatre d'une des six poches de son gilet. La tête baissée, il déplie le papier froissé, et le tend à Jieun.

— Dites… J'ai trouvé cette feuille par hasard il y a longtemps, et je l'ai gardée. C'est… C'est bien ici, n'est-ce pas ?

Nous effaçons les taches de votre âme,
Vos souvenirs les plus douloureux.

Pourvu que cela vous apporte le bonheur,
Nous repasserons les plis de votre cœur,
Nous le laverons de toutes ses éclaboussures.

Soyez les bienvenus dans la laverie des âmes,
Où l'on efface toutes les taches.

Jieun promène le regard sur les quelques vers inscrits sur le papier tout corné, et elle hoche la tête. La feuille est à deux doigts de se déchirer, comme si on l'avait pliée et dépliée un nombre incalculable de fois, et quelques bouts de scotch la maintiennent en un morceau tant bien que mal. Quel sentiment a donc poussé Yeonghui à garder ce papier sur son cœur à longueur de journée ? Justement, le hasard veut que Jieun ait encore assez de tisane de la consolation pour une personne : elle s'apprêtait à la boire elle-même, une fois qu'elle aurait fermé la laverie. C'était donc lui, celui qui avait besoin de cette tisane aujourd'hui.

— Vous êtes bien dans la laverie des âmes. Ça fait longtemps que je n'avais pas vu un de ces prospectus ! Je les ai fabriqués quand j'ai ouvert boutique. C'est votre dernière livraison de la journée, n'est-ce pas ? Entrez donc un instant pour vous désaltérer.

— Ah… Mais je dois sentir mauvais, j'ai les vêtements tout trempés de sueur à force de courir dans tous les sens…

— Ce n'est pas grave. C'est une laverie, ici. Je vais vous régler ça en un tour de main. Entrez donc.

Yeonghui hésite en se grattant la tête. On lit sur son visage qu'il voudrait entrer, mais qu'il n'ose pas. Jieun ouvre la porte et entre la première avec un petit geste pour l'inviter à la suivre. Elle se doit d'ouvrir la porte et de proposer à ses clients d'entrer, mais c'est à eux de rassembler leur courage pour franchir le seuil. Se tournant du côté de la mer, elle prend une grande inspiration pour appeler les pétales. Portés par le vent marin, ils reviennent tournoyer autour de la laverie. Yeonghui n'est même pas surpris de ce spectacle. À vrai dire, ce n'est pas la première fois qu'il en est témoin.

Le jour où la laverie des âmes a éclos, Yeonghui lui aussi a vu le bâtiment sortir du sol, par hasard. Une fois ses livraisons terminées, il s'était endormi un instant dans sa voiture ; quand il s'est réveillé face à cette scène, il n'en a pas cru ses yeux. Il a observé Jaeha et Yeonhui fureter dans les parages avant d'entrer dans la laverie.

Dès lors, Yeonghui a vaqué à ses occupations en conservant soigneusement dans sa poche le papier qui était entré par la fenêtre de son camion, porté par le vent. Les saisons passant, il a observé Jieun et les clients de la laverie. Il était poussé par la peur, certes, mais un autre sentiment dominait en lui : il refusait aussi de croire qu'une personne nouvelle en ville puisse répandre des bienfaits sans rien attendre en retour. S'il se passait des choses répréhensibles dans cette laverie des âmes, derrière des apparences de vertu, il volerait au secours des victimes. Chaque fois qu'il venait pour ses livraisons, il prenait note de ce qui se passait dans le magasin, heure après heure.

Et pourtant, tous ceux qui sortaient de la laverie au fil des saisons avaient un sourire paisible sur les lèvres. Certains repartaient en versant des larmes, d'autres en poussant de longs soupirs, mais ils avaient tous un point commun : leur visage respirait le soulagement et la paix.

C'était surtout la propriétaire de l'établissement qui faisait douter Yeonghui, cette femme qui pleurait chaque soir en regardant le soleil couchant. Même ses larmes étaient semblables à des pétales, lorsqu'il l'observait. Elle n'avait pas l'air du genre à blesser les autres.

Yeonghui hésite avant de prendre une expression résolue.

— Si la vie m'offre une chance et une seule, c'est peut-être maintenant, murmure-t-il pour lui-même, et, après avoir secoué ses chaussures pleines de terre au bas des escaliers de bois, il observe sa montre en serrant dans ses deux mains la casquette qu'il a retirée quelques instants plus tôt. Les chiffres passent de 7 h 07 à 7 h 08.

— 7 h 08…

Une goutte de pluie tombe sur le cadran de la montre. C'est une averse.

Surpris par cette goutte épaisse et poussé par l'instinct d'éviter la pluie, il grimpe l'escalier de bois en avalant les sept marches et se retrouve bientôt sous le porche en fleurs de la laverie. Yeonghui a toujours eu du mal à ouvrir les portes. C'est pour ça qu'il a choisi ce métier de livreur : parce qu'il n'a pas à tourner les poignées, soit que les destinataires ouvrent eux-mêmes, soit qu'il laisse les colis sur le seuil. Mettre la main sur la poignée et ouvrir. Pour certaines personnes, ce n'est rien ; mais pour d'autres, cela demande une longue préparation mentale.

Il hoche la tête en direction des feuilles des arbres, secouées par la pluie qui tombe à verse, et regarde de nouveau sa montre. 7 h 11 : il entre dans la laverie. Parfois, trois minutes représentent juste le laps de temps pour se préparer de bons *ramyeon* ; mais parfois, ces trois minutes sont la condensation de trente années. L'horloge qui s'était arrêtée dans son cœur se remet en branle.

Il a l'impression que quelque chose va éclater. Son cœur, ou l'horloge ? Il ne saurait dire.

*

8 h 55 du matin. Debout devant la porte d'entrée, son sac sur l'épaule, Yeonghui regarde sa montre d'un air anxieux. Il se mordille les ongles avec angoisse : lorsque 9 heures sonnent, il est obligé d'ouvrir la porte et de quitter la maison. Si seulement il n'avait pas à ouvrir cette porte. Si seulement elle pouvait rester fermée à jamais.

— Mais tu as vu l'heure, Yeonghui ? Tu es toujours en retard ! Allez, debout à côté du portail, et lève les bras !

La sueur dégouline dans le dos de Yeonghui et vient tremper son uniforme de collégien, tandis qu'il obtempère aux injonctions du surveillant. C'est un retardataire récidiviste, habitué à toutes les punitions : rester debout en levant les bras, faire le tour du terrain de sport au pas de course, ou bien nettoyer les toilettes ; et pourtant, sa maison n'est qu'à dix minutes à pied du collège. Il habite là avec son père professeur d'université, sa mère avocate, et son grand frère si parfait, Yeongsu, toujours premier de la classe.

Pour cette famille très affairée, rien n'est plus important que de respecter l'heure. Une fois que ses parents et son frère ont quitté l'appartement, Yeonghui mâche lentement ses deux moitiés de sandwich posées sur la table.

La femme de ménage arrive à 10 heures tapantes, et jusqu'à 14 heures, elle astique la maison, fait la lessive, prépare des *banchan*… À 14 h 10 très précisément, elle inscrit ses tâches de la journée sur un cahier avant de s'en aller. Parfois, à cette heure-là, Yeonghui s'enfuit du collège pour rentrer à la maison.

— Ton grand frère est le meilleur élève de tout le quartier, tes parents sont professeur et avocat, et toi, tu te crois permis d'être en retard tous les jours ! Si seulement tu pouvais faire moitié aussi bien que ton frère ! Ah là là… Allez, rentre !

Le surveillant lance un claquement de langue réprobateur en direction de Yeonghui qui est planté là, les bras levés, sans la moindre expression sur le visage. Son frère a fréquenté le même collège que lui, et il est célèbre dans le quartier pour être bon élève. Les autres retardataires qui subissent la même punition toisent Yeonghui, comme s'ils allaient le dévorer. Pour leur plaire, le jeune garçon adresse la parole au surveillant :

— Dites… monsieur… moi aussi je vais nettoyer les toilettes.

— Et puis quoi encore ! Va en cours ! Et vous deux, allez nettoyer les toilettes du rez-de-chaussée ! Arrêtez un peu d'être en retard, bande de vauriens !

Il doit être inquiet à l'idée que les parents de Yeonghui, qui président la commission de développement de l'école, aient vent des punitions qu'il impose à leur fils. Yeonghui aimerait autant qu'ils soient au courant. D'un pas sans vigueur, il gravit l'escalier qui mène à sa salle de classe, à l'étage. Il jette un coup d'œil à travers le cadre de la porte : le cours est déjà bien entamé. Il faut ouvrir la porte. Il ferme les yeux bien fort, et fait coulisser le battant.

Dans la pièce, l'atmosphère est glaciale. La tête baissée, Yeonghui salue le professeur, lancé dans une tirade, et va s'asseoir à sa place. *Ça y est, c'est parti. Pitié, pitié, pitié.* Le tic-tac des aiguilles lui paraît un battement de cœur assourdissant, jusqu'au moment où la cloche sonne la fin du cours. Il a peur.

Ding dong, ding dong.

C'est la cloche qui annonce la récréation. Le professeur repart avec ses livres, et le tic-tac assourdissant des aiguilles s'arrête. Les voilà : ils viennent se planter devant Yeonghui, qui ferme les yeux de toutes ses forces.

— Hé. Je t'avais dit de venir à l'avance aujourd'hui pour laver nos bureaux. T'es sourd, ou quoi ?

Incapable de relever la tête, Yeonghui garde les yeux fermés. Il serre son sac entre ses bras. Il faut qu'il s'enfuie, il faut qu'il s'enfuie. Yeonghui hurle en son for intérieur tandis qu'un liquide blanc lui dégouline sur le crâne. Une odeur fétide. Au moins, aujourd'hui, c'est du blanc.

— Zut, ma main a glissé ! Qu'est-ce que je suis maladroit ! Allez, bois ça.

Jinsu ouvre de force la bouche de Yeonghui, pour y verser la fin de la briquette de lait périmé qu'il a déjà vidée à moitié sur la tête de sa victime.

— *Kof*... *Kof*... A... arrê... te...

— T'as dit quoi, connard ? Non mais, je rêve, ou tu m'as dit d'arrêter ? Mais t'es complètement teubé, ma parole. Allez, emmenez-le.

— Je... Je suis désolé... Pa... pardon...

— Oh là là, Monsieur est désolé ? Fallait faire gaffe à ce que tu dis ! T'as qu'à aller voir papa maman, si t'es pas content !

Les autres élèves ont beau voir Yeonghui se faire entraîner malgré lui, en larmes, ils n'osent pas lever le petit doigt pour arrêter Jinsu. C'est la plus grosse brute de tout le collège. Yeonghui lève un regard suppliant vers ses camarades de classe, mais Jinsu n'a qu'à lancer un mot pour qu'ils détournent tous les yeux : c'est qu'une fois, Jinsu a passé à tabac un élève qui était allé chercher le professeur principal. Résigné, Yeonghui ferme les yeux. Il suffit que le temps passe. S'il tient le coup un moment, le cours reprendra, et les coups, la persécution de Jinsu cesseront. Il suffit que cette heure passe. S'il tient le coup maintenant… Est-ce que… ça finira vraiment ?

Ding dong, ding dong.

Soudain, la cloche sonne la fin de la récréation ; Jinsu et sa bande regagnent leurs places.

Alors seulement, les aiguilles qui avaient suspendu leur course se remettent en branle. Parfois, dix minutes semblent plus longues qu'une éternité. Ces dix minutes plus longues qu'une éternité ont passé, et dans cinquante minutes, une nouvelle éternité viendra. Pour ne pas laisser voir qu'il vient de se faire passer à tabac, Yeonghui lève son manuel et courbe la tête bien bas ; il regarde alternativement sa montre et la porte. Il veut s'enfuir. Il veut ouvrir cette porte, avant qu'une nouvelle récréation n'arrive. Avant que la horde ne fonde à nouveau sur lui. Il veut ouvrir la porte, et partir en courant. Tout ce qu'il veut, c'est ça, juste ça… Mais c'est si dur.

*

— Il s'est mis à pleuvoir d'un coup, alors que la météo annonçait du beau temps pour aujourd'hui ! Vous devez être tout mouillé ! Tenez, quelque chose pour vous essuyer.

Jieun tend une serviette à Yeonghui qui est entré dans la laverie et reste planté debout, les yeux fermés. Il est plongé dans un souvenir, et elle peut lire toute sa souffrance sur son visage. Parfois, certaines personnes ont besoin de chaleur plutôt que de vêtements propres, et celui-ci en fait partie. Si c'était possible, elle voudrait sortir son âme et la serrer dans ses bras. Les pétales, qui ont lu dans le cœur de Jieun, sortent de l'ourlet de sa robe et apportent un T-shirt blanc à Yeonghui. Ce dernier ouvre les yeux en sentant le vent de pétales le frôler, et son expression crispée se relâche peu à peu. Il vérifie l'heure par habitude, en regardant sa montre ; puis il jette un coup d'œil aux pétales, ainsi qu'à Jieun.

— Désolé de vous déranger… C'est gentil…

Il accepte la serviette avec un signe de remerciement, avant de s'éponger le corps ; puis il s'empare du T-shirt apporté par les pétales, et secoue la tête pour mieux chasser les souvenirs qui viennent de l'assaillir. Dire que ces histoires d'il y a trente ans sont aussi vives qu'hier. Il a eu beau s'enfuir dans cette ville lointaine pour se débarrasser de ses mauvais souvenirs, malgré toutes les années qui ont passé, il ne parvient pas à oublier l'image de Jinsu et de sa bande le rouant de coups. Il y a des souvenirs qui permettent de s'accrocher à la vie, et d'autres qui hantent leur hôte des années durant. Il voudrait en être libéré. Il est prêt à tout pour s'en libérer.

— Asseyez-vous et prenez un peu de tisane. Ça tombe bien, il m'en restait juste une tasse. C'est le destin qui l'a voulu !

Jieun emplit un mug de tisane et le tend à Yeonghui. Elle a choisi exprès une tasse passe-partout et grossière, pour le mettre à l'aise.

Il devait avoir soif, car il avale la tisane tiède d'une traite. Aucune parole n'est suffisante pour réconforter ceux qui ont l'âme blessée : heureusement qu'elle a ces pouvoirs, qui lui permettent d'offrir de la tisane de la consolation à ceux qui en ont besoin. Tiens, cette odeur qui vient de Yeonghui… Ce parfum de feuilles mortes… Il a quelque chose de familier. Pourquoi donc ?

— En fait… Ça fait longtemps que j'observe la laverie des âmes. Je ne faisais pas ça par méchanceté, mais comme j'ai été témoin d'une scène difficile à croire, je voulais vérifier qu'il ne se passait rien d'inquiétant dans le quartier, dit Yeonghui, comme s'il lisait dans les pensées de Jieun.

C'est sans doute la tisane qui commence à faire effet. La méfiance de Yeonghui s'est nettement estompée ; les pétales ont cessé de tournoyer dans les airs, et sont retournés se cacher parmi les motifs de la robe de Jieun.

— De temps en temps, j'avais l'impression d'être observée. À chaque fois je sentais une odeur de feuilles mortes : c'était donc vous, Yeonghui *samchon*. Comme ce n'était pas un regard malveillant, j'ai préféré attendre. Je me disais que cette personne finirait bien tôt ou tard par se montrer. En même temps, c'est vrai qu'elle est spéciale, cette laverie !

Le regard de Jieun pétille de malice. À mesure que les clients défilent dans son magasin, elle devient de plus en plus bavarde et espiègle, même si ses interlocuteurs ne se rendent pas compte qu'elle plaisante.

— Ah… Je vois. Vous saviez que je vous surveillais. Je suis désolé si ça vous a mise mal à l'aise.

— J'accepte vos excuses. Mais il n'y a pas de mal.

— Dites… Même quand les taches du cœur sont très vieilles, vous êtes capable de les effacer ?

— Ça n'a jamais posé problème jusqu'à présent. Enfilez le T-shirt que les pétales viennent de vous donner, et montez dans la buanderie à l'étage. Si vous fermez les yeux en pensant aux souvenirs que vous voulez effacer, le vêtement se couvrira de taches. Et quand je laverai ça, les blessures de votre cœur partiront en même temps. Vous êtes au courant, n'est-ce pas ?

— Oui. Et puis après, je pourrai l'étendre sur le toit… Ah, j'ai une question.

— Je vous écoute.

— Où vont tous les vêtements une fois qu'ils ont bien séché au soleil ? Eux aussi, ils se transforment en pétales ?

Un flot de questions se pressent sous son crâne : cela ne lui ressemble pas. Il a toujours vécu en gardant les lèvres scellées, mais aujourd'hui, il sent comme un étrange courage monter en lui. Que se passe-t-il donc ?

— Le T-shirt que vous tenez dans vos mains, c'est un de ceux qui ont séché aux rayons du soleil. Les pétales ne sortent pas des vêtements secs. Ceux qui volent en direction du soleil couchant tous les soirs, ce sont les blessures sorties des cœurs tachés. Une fois que les blessures sont bien sèches et se sont transformées en fleurs, je les envoie rejoindre le soleil. Elles s'embrasent à ses rayons brûlants ; elles deviennent la lumière du jour et les étoiles de la nuit.

— Je ne peux pas y croire. Comment… comment des blessures pourraient-elles se transformer en pétales, puis en lumière ?

— C'est ça, la laverie des âmes : rendre possible ce qui semble impossible.

— Mais tout de même… Je ne pense pas que mes blessures à moi pourront devenir des pétales.

— Vous avez le droit de penser ça. Nos propres blessures sont toujours les plus graves et les plus douloureuses. On les garde au fond du cœur, bien cachées, sans avoir jamais le courage de les ressortir pour y appliquer du baume ou les soigner. Lorsqu'on se blesse physiquement, au moins les croûtes finissent par tomber, une fois que le sang a séché ; mais avec les blessures du cœur, les croûtes ne peuvent pas tomber. Quand on se blesse au même endroit, sur une blessure qui a cicatrisé, ça fait encore plus mal, pas vrai ? Eh bien c'est la même chose pour l'âme : elle nous fait de plus en plus mal, à force d'être frappée encore et encore au même endroit.

— C'est vrai… Ça fait mal…

Yeonghui, qui regardait fixement le vêtement dans ses mains, retire sa veste et l'accroche au dossier d'une chaise ; puis il enfile le T-shirt blanc et regarde sa montre. Il est 20 h 55. Il n'a pas vu le temps passer… Il se tourne vers Jieun, surpris.

— Ça ne fait pas trop longtemps que je suis là, *sajangnim* ? Je ne vous dérange pas ?

— C'est vrai que vous êtes là depuis un bon bout de temps. Mais ce n'est rien comparé à toutes les années que ces blessures ont passées dans votre âme. Ne vous en faites pas.

Jieun lit dans le cœur de Yeonghui. En voyant leur maîtresse les bras croisés, un large sourire sur les lèvres, les pétales viennent tournoyer un instant aux pieds de Yeonghui, avant de se diriger vers l'escalier en frémissant comme des papillons qui battent des ailes. Yeonghui fait un pas en avant, pour accompagner ces pétales qui virevoltent dans les airs comme pour l'inviter à leur suite.

Un pas, puis un autre. Il y a toute sa vie dans ces empreintes qu'il laisse derrière lui. Il n'arrive pas à croire qu'il lui a suffi d'une tasse de tisane et d'une petite conversation pour avoir le courage de faire un pas en avant, en risquant toute sa vie. Yeonghui inspire un bon coup, et il avance, d'une démarche ferme. Un pas, puis un autre : il gravit l'escalier de la buanderie. Peu à peu, les vêtements qu'il porte s'imbibent de taches.

Il est déjà 21 h 05.

*

Franchissant la porte qui s'est ouverte d'elle-même, Yeonghui monte les escaliers et ferme les yeux un moment. Il reprend sa respiration, et à l'instant où il pose le pied dans la buanderie, il a comme l'impression trompeuse que les rayons du soleil tombent sur sa peau. C'est impossible : c'est la nuit, il est dans un bâtiment, et pourtant on jurerait que le soleil est là.

Il a surveillé cet endroit pendant longtemps, mais il était loin d'imaginer que l'intérieur de la laverie serait si tiède et agréable. De l'extérieur, les choses paraissent toujours différentes. Il y a un écart de température entre le dedans et le dehors ;

et cette température, peut-être qu'elle dépend des pensées et du regard de chacun. Après tout, les gens voient ce qu'ils ont envie de voir, entendent ce qu'ils ont envie d'entendre, ressentent ce qu'ils ont envie de ressentir. Et ils montrent ce qu'ils ont envie de montrer, ils laissent entendre ce qu'ils veulent faire entendre. Derrière la fenêtre, la pluie tombe toujours aussi dru.

— Quand j'ai regardé la météo ce matin, ils annonçaient une possible averse. La probabilité était seulement de trente pour-cent, alors je suis sorti sans me poser de questions, mais il pleut bel et bien.

— Je vois. Vous vérifiez la météo tous les jours ?

— Oui, comme je fais des livraisons… Vous savez, j'aimerais bien qu'il y ait des prévisions météo pour la vie des gens, aussi. Qu'on nous tienne au courant : il va y avoir une averse pendant quelques jours, mais le soleil sera de retour la semaine prochaine ; demain le temps sera nuageux mais il ne pleuvra pas. Ce serait tellement bien si on pouvait savoir qu'il suffit de tenir bon un moment, avant qu'une accalmie n'arrive : quelques jours ni trop chauds ni trop froids.

— C'est sûr, ce serait bien.

Yeonghui parle d'une voix distante en regardant la pluie ; il sent une boule chaude se former dans sa poitrine. Elle tourne et tourne en lui, comme s'il allait s'embraser de l'intérieur.

Il est habitué à refouler ces flammes chaque fois qu'elles pointent dans son cœur. Mais cette fois-là, le feu de ses entrailles se fait paroles et s'échappe de lui. Si ces phrases qui coulent étaient visibles au regard, elles seraient sans doute d'un rouge incandescent. Jieun voit ce cœur vermeil recroquevillé sur lui-même, mais elle fait comme si de rien n'était.

Yeonghui hésite un long moment, avant d'aller s'asseoir à la table, en contournant Jieun qui se tient devant les lave-linge.

— Des fois, c'est plus dur de vivre que de mourir.

À ces mots, Jieun se retourne. C'est vrai. C'est plus dur de vivre que de mourir. On nous dit toujours de supporter la vie avec autant de courage qu'il en faudrait pour mourir. Mais personne ne sait ce que ça veut dire, mourir : alors comment pourrait-on savoir combien de courage il faut pour mourir ? Quelle quantité de courage faut-il donc pour vivre ? Non, pas pour vivre : pour être heureux. Jieun hoche la tête ; elle comprend parfaitement la lassitude de Yeonghui, qui a enduré la vie si longtemps. Parfois, un hochement de tête ou un regard ont plus d'effet que bien des paroles. Yeonghui sent son cœur se réchauffer.

— C'est vrai. C'est parce qu'on ne sait jamais combien d'efforts seront encore nécessaires. Bien sûr que la vie nous paraît difficile, puisqu'elle est imprévisible. Pour moi aussi, c'est comme ça.

— Mais vous êtes si belle ! On jurerait que vous avez tout ce qu'un être humain pourrait vouloir !

— J'ai l'air d'avoir tout ce qu'on peut désirer ?

— Oui.

— Ça me fait plaisir que vous pensiez ça. Qui sait : peut-être que je possède la terre entière, ou rien du tout. Mais est-ce qu'il suffit de posséder bien des choses, pour être heureux ?

— Ah… Je ne sais pas.

— Il me semble qu'avoir la force de vivre, ce n'est pas une affaire de possession. Peut-être que c'est plutôt « la force de vaincre la tristesse », ou bien « l'énergie de se féliciter quand on est venu à bout d'une journée entière ».

— Ce serait drôlement bien s'il y avait un sortilège pour obtenir ce genre de force.

— Tiens, pourquoi je n'y ai jamais pensé ? Il va falloir que je fasse des recherches sur ce type de magie !

Jieun fait exprès d'ouvrir grand les yeux avec une mimique exagérée, en posant la main sur la bouche. Lorsque Yeonghui voit son expression pleine de malice, le reste de tension qu'il éprouvait encore se dissout dans les airs. Sur le T-shirt qu'il porte, les taches se multiplient, de plus en plus foncées.

Yeonghui se met à raconter :

— Mon grand frère s'appelle Yeongsu, mais mes parents avaient choisi le prénom Yeonghui* pour leur deuxième enfant, dans l'espoir que ce soit une fille. Depuis l'instant où je suis né, je n'ai fait que décevoir mes parents. Ma mère, mon père, mon frère sont beaux et merveilleux, mais moi j'ai toujours été pitoyable. Je n'étais pas bon à l'école, et pendant toute ma scolarité, je me suis fait harceler par mes camarades ; et j'avais beau me faire tabasser, je n'ai jamais eu le courage d'en parler à la maison. J'avais peur que mes parents soient déçus. J'avais l'impression qu'ils auraient honte de moi, si pathétique en comparaison de mon frère. J'ai survécu tant bien que mal, un jour après l'autre…

Certaines formes de tristesse sont si denses que même les sanglots ne peuvent les exprimer. Yeonghui pleure sans verser une larme, et continue d'évoquer son passé d'un ton détaché.

— Il aurait fallu que je tienne le coup jusqu'au lycée, mais je n'ai pas pu. Mes parents n'étaient pas contents, mais j'avais peur de finir par tuer ces types si je continuais à les voir. J'ai abandonné l'école, et j'ai terminé mon secondaire en passant le certificat de fin d'études en candidat libre. Le jour où j'ai reçu mon diplôme, je me suis rappelé une scène que

* En Corée, la tradition veut que les enfants d'une même génération aient une syllabe en commun dans leurs prénoms (ici, « yeong »). La syllabe « hui » du prénom « Yeonghui » a une consonnance typiquement féminine.

j'avais lue dans un livre. C'est quelqu'un qui va dans une gare, et qui dit : « Donnez-moi un billet pour le prochain train. » Je ne sais pas ce qui m'a donné le courage… Mais j'ai rassemblé mes affaires, je suis parti à la gare, et j'ai fait exactement la même chose. Et je suis arrivé dans cette ville, à Marigold. Je me suis senti bien quand j'ai débarqué ici, parce que personne ne me connaissait. Je n'étais pas obligé d'aller à la fac, et ces types n'étaient plus là pour me tourmenter. Mes parents ont fait des histoires pour que je revienne, et ils ont même envoyé des gens pour me ramener, mais j'ai refusé.

Tout en l'écoutant parler, Jieun fait un geste de la main droite : aussitôt, l'éclairage baisse en intensité. Cela devrait permettre à Yeonghui de s'exprimer plus tranquillement. Soulagé d'être face à quelqu'un qui l'écoute en silence, le livreur poursuit son récit :

— J'ai passé six mois environ à me balader tous les jours au bord de la mer, et dans les rues de la ville. Dès que j'ouvrais les yeux le matin, je sortais marcher ; quand je me sentais fatigué, je me reposais un instant et puis je repartais. À force d'arpenter les rues, j'ai retenu tous les numéros du quartier. Et un jour que je marchais comme d'habitude, j'ai vu une annonce de recrutement pour un livreur. Alors je me suis mis à faire les livraisons dans le quartier.

— Ce n'était pas trop dur ?

— C'était difficile physiquement. Mais quand je distribuais les colis, les gens me remerciaient souvent. Et j'avais l'impression d'être utile. Avant, à l'école, je me faisais tabasser par mes camarades, et à la maison j'étais le petit frère indigne… Alors j'ai continué à vivre tant bien que mal dans cette ville, j'ai enduré la vie quotidienne, en livrant des colis du soir au matin. Et c'est bien parce que j'ai supporté de vivre, que j'ai la chance de rencontrer des gens comme vous, maintenant.

— Alors, quelles sont les taches que vous voulez effacer ?

— J'ai bien réfléchi. Il a fallu que je vienne dans ce quartier, et que les gens me trouvent utile, pour que j'aie enfin l'impression d'être quelqu'un de bien. Mais je ne comprends pas pourquoi j'ai besoin d'être reconnu par les autres pour me considérer moi-même comme quelqu'un d'utile. Ce n'est pourtant pas de ma faute si je ne suis pas aussi impressionnant que les gens de ma famille… Mes camarades me rouaient de coups, mais je n'avais même pas le courage de proclamer au monde entier que c'était mal, que c'était injuste. Je pensais que c'était le prix à payer pour ma médiocrité. J'avais l'impression d'être la cause de tous les malheurs qui m'arrivaient, par ma propre incompétence. Je veux effacer ce passé où je pensais que tout était de ma faute, ces jours où j'avais besoin d'être reconnu par les autres pour respirer, cette obsession de l'heure que je dois à ma famille.

— C'est donc pour ça que vous regardiez si souvent votre montre… Ça n'a pas dû être facile, pendant tout ce temps.

— Maintenant… J'enlève le T-shirt, et je le mets dans le lave-linge, c'est ça ?

Yeonghui a l'air apaisé à présent qu'il a déversé ce flot de paroles ; il retire le T-shirt maculé de taches et le secoue pour le lisser. Jieun fait tourner deux fois sa main dans les airs et aussitôt, dans une traînée de lumière, les pétales rouges viennent soulever délicatement le vêtement des mains de Yeonghui et s'engouffrer dans le lave-linge. Les pétales et le T-shirt taché se lavent ensemble. Ça y est : c'est le moment d'ouvrir son cœur pour le mettre au propre. Jieun se tourne vers Yeonghui, qui reste bouche bée devant ce spectacle fantastique.

— Bravo pour avoir enduré toutes les heures du passé, lui dit-elle à voix basse, bravo pour avoir surmonté la journée d'aujourd'hui, Yeonghui *samchon*. Ça n'a pas dû être facile. Mais demain, n'endurez pas trop, et essayez de sourire un peu. Et quand demain sera fini, n'endurez pas non plus après-demain, essayez de profiter des choses. C'est vrai qu'on arrive à survivre tant bien que mal quand on endure tout, quand on supporte tout ; mais à force de vivre comme ça, ce sont les seuls souvenirs qu'on garde de toute notre existence.

Yeonghui sent comme une couette bien chaude recouvrir son cœur, épuisé par tant d'années passées à tout endurer, à tout supporter. Bien sûr, sa vie entière ne se résumait pas à ces seuls souvenirs ; mais c'étaient les plus intenses. Yeonghui hoche la tête et ferme les yeux. Plus le tambour du lave-linge tourne et tourne sur lui-même, plus la paix et la tranquillité viennent se répandre sur son cœur.

Soudain, il éprouve une sensation de gêne à ses poignets. Maintenant qu'il y pense, il n'a pas regardé l'heure une seule fois depuis qu'il est entré dans la buanderie. Il fait tourner la montre sur son poignet. Il la regarde un moment, avant de défaire le bracelet et de le fourrer dans la poche gauche de son pantalon. Sur son poignet nu demeure une trace blanche. Il frotte son poignet ainsi abandonné. Un jour, la couleur de la peau là où il portait sa montre, et la couleur de la peau autour finiront par se confondre. Avec le temps, il en sera forcément ainsi.

Jieun, qui n'a pas fait mine de voir son geste, trace un cercle du doigt. Yeonghui et elle l'observent tourner et tourner sur lui-même.

— Même si je n'étais pas aussi intelligent et compétent que mes parents ou mon frère, je voulais vivre de mon mieux. J'avais toujours deux montres à mes poignets, pour ne pas perdre une minute, une seconde de mon temps. J'ai toujours respecté les horaires en travaillant : même si l'une des deux montres prenait du retard, j'avais toujours l'autre. Quand j'ai commencé à travailler comme livreur, je n'avais pas le moindre retard dans mes livraisons, et le temps restant, j'aidais les gens du quartier. Je ne me suis pas senti frustré par cette montre une seule fois, et pourtant, aujourd'hui, je la trouve étrangement pesante.

De l'autre main Yeonghui attrape son poignet, comme s'il voulait y remettre sa montre. Tandis que Jieun réfléchit à ce qu'elle va dire, les pétales viennent tourner autour du poignet de Yeonghui, comme pour lui faire une montre. En voyant les fleurs qui lui chatouillent la peau, le livreur affiche un large sourire. Là où les pétales sont passés, la trace de la montre a disparu. Stupéfait, Yeonghui lève les yeux vers Jieun.

— Vous savez ce qu'on dit ? reprend-elle, ayant enfin trouvé quoi lui répondre. Quand on a dix souvenirs à la suite, un seul bon souvenir prend le pas sur les neuf mauvais. Voilà pourquoi c'est essentiel de créer des bons souvenirs… Ne serait-ce qu'un seul. Et si vous écartiez tous vos mauvais souvenirs du passé, pour les recouvrir d'un nouveau bon souvenir ? Je voudrais que vos souvenirs d'aujourd'hui soient comme une immense couverture qui vienne envelopper vos anciens souvenirs.

Le tambour du lave-linge, qui tournait sur lui-même en dessinant un cercle rouge, s'immobilise. La porte s'ouvre, et les pétales soulèvent le T-shirt mouillé pour le déposer entre les mains de Yeonghui. Il est propre. Il n'y a plus une tache. Yeonghui éprouve un tel sentiment de libération qu'il continue de sourire de toutes ses dents, comme cela ne lui était pas arrivé depuis bien longtemps. C'est donc pour ça qu'il est venu dans cette ville : pour que ce jour puisse advenir.

Avec un tressaillement d'excitation, il approche le linge mouillé de son visage. Jieun se retire en silence de la buanderie. Pour lui laisser le temps de faire le deuil, tout seul, de la tristesse qu'il lui reste.

Aujourd'hui, ton ciel est un peu couvert, mais il se dégage au bout d'un moment et fait place à un temps radieux, parfait pour aller dehors.

Jieun descend l'escalier jusqu'au rez-de-chaussée en songeant qu'elle pourrait faire les prévisions météo de la vie de Yeonghui pour les quelques semaines à venir : elle sort un post-it pour y inscrire les prévisions du lendemain, et le glisse dans la poche de la veste du livreur. Parfois, la vraie magie, c'est de ne pas en utiliser.

Si l'on veut rompre les digues de la magie pour qu'elle se répande dans notre vie, il faut prendre le courage d'ouvrir la porte qui est fermée. Il arrive que cette porte reste verrouillée, peu importe à quel point on la pousse, on appuie sur la poignée, on tape sur le battant ; il arrive aussi qu'on ait perdu la clef pour ouvrir cette porte.

— Après tout, peut-être que la clé est dans notre poche, murmure Jieun en direction des pétales qui flottent au ras du sol.

Quand donc pourrai-je sortir la clé qui se trouve dans ma poche, et toi celle qui est dans la tienne ? Quand donc aurons-nous le courage de pousser cette porte qu'il faut ouvrir ?

La pluie qui tombait à verse se calme peu à peu.

*

Pour la première fois depuis bien longtemps, Jieun se réveille tôt le matin. Elle allume la radio, avant d'ouvrir la fenêtre. Un vent froid, chargé des effluves salés de la mer, vient lui piquer la peau. C'est le passage à une nouvelle saison.

Elle inspire l'air à pleins poumons, tout en fredonnant pour accompagner la musique qui sort de la radio. Lorsque le morceau sera terminé, le présentateur lira le message d'un auditeur : Jieun tend l'oreille dans l'attente de son passage préféré de l'émission. Après une petite mélodie de transition, la voix familière de l'animateur s'élève.

— Bonjour à tous. C'est parti pour notre premier message d'auditeur de la matinée. « J'ai commencé à écrire de la poésie en travaillant comme livreur. Il m'arrive souvent d'attendre dans mon camion ; et à force de composer des vers pour tuer le temps, je réfléchis beaucoup à ma vie. J'ai traversé une longue période difficile. Mais j'ai eu la possibilité d'effacer comme par magie les terribles taches qui maculaient mon cœur depuis des dizaines d'années. Bien sûr, ce n'est pas d'effacer une blessure qui change radicalement la vie ; mais maintenant, je me sens tranquille quand je me lève le matin. Avant je ne faisais qu'endurer la vie, et désormais, je me sens vivant. Finalement, c'est peut-être bel et bien un changement radical ! À force de vivre si longtemps avec cette blessure en moi, mon cœur était devenu un enfer. Dans la vie, il arrive qu'on entende des paroles blessantes, qui nous déchirent et nous transpercent le cœur. Même quand on fait des efforts pour maintenir de bonnes relations avec les autres, il arrive qu'on se fasse critiquer. Ou au contraire, parfois, c'est nous qui blessons les autres. Depuis que j'ai fait l'expérience de la magie du cœur, j'ai découvert quelque chose : si quelqu'un vous fait des reproches et vous couvre d'injures, il ne faut pas vous laisser faire. Quand on fait des livraisons, il arrive que les colis soient refusés ou retournés à l'envoyeur ; alors vous aussi, lorsqu'on vous insulte, refusez les émotions ou les paroles qu'on vous envoie. Si on vous donne un objet mais que vous le refusez, il n'est pas à vous. Si quelqu'un vous hait, vous déteste, n'acceptez pas ces émotions qui deviendront des blessures en vous, retournez-les à l'envoyeur. Puisque vous ne l'avez pas acceptée, cette blessure n'est pas la vôtre, mais celle de l'envoyeur. Ne dérangez pas le paradis de votre cœur, et refusez les colis qu'on vous envoie. C'est votre droit. » Et voilà, c'était le message du livreur Kim Yeonghui pour votre émission préférée, « Ma résolution pour une vie plus heureuse », le compagnon des belles matinées. Quel beau message ! Il va falloir que je m'entraîne à refuser et à retourner les blessures ou les insultes qui me viennent des autres. Moi aussi, je voudrais bien faire l'expérience de cette magie du cœur ! Pour faire suite à ce message de notre auditeur, je vais vous faire écouter la chanson *You are not alone* de Michael Jackson. Vous n'êtes pas seuls, chers auditeurs : puisque vous avez votre compagnon des belles matinées.

— Yeonghui *samchon !*

Maintenant que l'animateur a fini son intervention, la musique reprend. Jieun avait bien remarqué que depuis son passage à la laverie des âmes, Yeonghui avait l'air plus paisible qu'auparavant, mais elle ne s'attendait pas à ce qu'il aille jusqu'à envoyer un message à la radio !

Assise sur son canapé, Jieun entoure ses deux genoux de ses bras, et y enfouit le visage. *You are not alone, I am here with you…* Elle fredonne les paroles. Elle a toujours écouté la radio lorsque la solitude se faisait trop pesante. Parfois, il lui arrive d'entendre une de ses chansons favorites, comme aujourd'hui, et cela la met de bonne humeur pour toute la journée. Elle sent son cœur se serrer, et des larmes lui monter aux yeux. Éprouver une telle émotion aussitôt après avoir ouvert les yeux ! Les prévisions météo de sa vie semblent annoncer un temps radieux pour aujourd'hui.

Une fois la chanson terminée, Jieun se lève du canapé et s'étire. Elle enlève son pyjama pour le déposer dans le lave-linge. Elle ajoute un peu de produit lessive et met la machine en route. Serviettes de bain et sous-vêtements tournoient de concert avec le pyjama. Les bulles blanches bouillonnent. Les vêtements s'enlacent les uns les autres, entremêlent leurs corps, et se nettoient mutuellement. De même que la bougie répand sa lumière en se consumant, les vêtements effacent leurs taches en se frottant les uns contre les autres. Il y a donc de la lumière partout dans le monde ! Même si ce n'est pas de la lumière qui éclaire, elle est toujours présente. Jieun reste longtemps assise devant le lave-linge, à songer ainsi.

Lorsqu'elle lave les âmes de ses clients et les vêtements qu'elle a portés elle-même, est-ce la même lessive, ou bien une autre ? Parviendra-t-elle vraiment à parfaire ses deux pouvoirs au cours de cette vie, pour briser le sceau dont elle est prisonnière, et vieillir, et mourir ? Elle a su comment créer ce sceau, mais elle n'a pas appris à le briser. Que ce serait bien, si sa mère pouvait être à ses côtés dans des moments pareils ! De songer à sa mère qui lui manque tant, son cœur la brûle.

Pourquoi ai-je aussi mal au cœur, ces temps-ci ? C'est vraiment bizarre.

Jieun inspire profondément en posant la main sur sa poitrine. Elle ferme les yeux, et imagine que sa douleur s'évanouit. Il ne faut pas qu'elle soit malade aujourd'hui. Elle a le pressentiment qu'un client important va venir. Les élancements s'apaisent bientôt, avec docilité. Mais les douleurs ont-elles disparu grâce à ses pouvoirs, ou se sont-elles apaisées naturellement ?

Elle se sent toute tourneboulée : il faut qu'elle fasse un peu de ménage. C'est une habitude qu'elle a prise de longue date – faire le ménage lorsqu'elle se sent frustrée, que les choses ne vont pas comme elle le voudrait, ou qu'elle se trouve au pied du mur, sans savoir par quel bout prendre les problèmes. Elle plie les couvertures, jette quelques objets qu'elle n'utilise jamais, et remet à leur place tous ceux qui traînent par-ci par-là. Elle ouvre la fenêtre avant de faire la poussière, astique sa vaisselle, nettoie les traces qui tachent son miroir. Lorsqu'elle frotte, qu'elle vide, qu'elle dépoussière, les saletés de son cœur disparaissent en même temps.

Elle termine toujours en nettoyant son miroir. Il faut qu'il soit bien propre pour qu'elle puisse se voir dedans.

Un vent frais pénètre par la fenêtre grande ouverte. L'atmosphère étouffante de la pièce se dissipe peu à peu. Jieun sort du frigo un rouleau de *gimbap* que lui a donné la patronne de *La Grignote* et le passe au micro-ondes, puis elle fait bouillir de l'eau pour se préparer une tisane.

Quand elle était petite, sa mère dégageait toujours un fort parfum de thé. Elle disait que boire du thé, c'est comme remettre de l'ordre dans son âme. Que cela commence par le lent processus d'infusion – que boire du thé, c'est comme boire son âme. Jieun sirotera sa tisane dans l'air froid de ce début d'hiver en songeant ainsi à sa mère, puis elle prendra son petit déjeuner et ira ouvrir la laverie des âmes.

Le micro-ondes, qui a terminé son travail, laisse entendre un bip. Tout en se remémorant la voix chaleureuse de sa mère lorsqu'elle buvait du thé, Jieun sort le *gimbap*.

— Tu veux que je t'apprenne la magie pour avoir une belle journée ? Quand on ouvre les yeux le matin, si on se dit qu'il va nous arriver de bonnes choses aujourd'hui, alors ces bonnes choses arrivent vraiment. Passe une bonne journée, en souriant beaucoup, ma petite fille. Je t'aime.

Elle lui manque, encore et toujours. Elle prétendait que la nostalgie qu'on a des autres se transforme en étoile qui brille dans le ciel. Jieun regarde l'azur en songeant à ces étoiles de la nuit qu'elle ne peut pas voir, parce que le jour est levé. Le ciel a la même couleur que les prunelles de sa mère ; elle pousse un profond soupir et songe : *Oui, il faut se dire ça. Qu'il nous arrivera de bonnes choses aujourd'hui. Sans l'ombre d'un doute.*

*

— *Sajangnim*, un colis pour vous !

Planté devant la porte de la laverie, Yeonghui *samchon* appelle Jieun à tue-tête. Depuis qu'il est passé à la laverie, il a pris l'habitude de discuter avec les gens en les regardant droit dans les yeux. Avant, il leur apportait seulement leur colis et s'en allait en les saluant d'un signe de tête, mais ces jours-ci, il les retient un instant pour faire un brin de causette.

Dans ce cahier où il inscrivait les heures avec une véritable obsession, c'est désormais de la poésie qu'il écrit : il a lancé un blog qui s'intitule « Le bonjour du livreur », où il poste parfois des textes. Il reçoit un ou deux commentaires par jour. Lui qui avait tourné le dos au monde et fermé la porte de son cœur, voilà qu'il a repris la route de l'âme, pas après pas.

Yeonghui a l'impression de renaître depuis qu'il a effacé cette unique tache de son cœur : « le sentiment que tout était de sa faute ». Depuis qu'il a commencé à se dire que les choses arrivent comme elles viennent, que ce n'est pas à cause de lui, que ce n'est pas de sa faute, il est maintenant capable de se détourner du passé, et de vivre seulement sa vie à venir. Il a gardé dans son cœur tous ces souvenirs douloureux, mais il ne se dit plus que « s'il avait fait un peu mieux, tout ça ne lui serait pas arrivé », ou bien que « c'est sa faute si toutes ces choses se sont produites ».

Maintenant qu'il a le cœur plus tranquille, Yeonghui se sent « heureux » pour la première fois de sa vie. C'est bien la même journée que la veille, et pourtant c'est un nouvel aujourd'hui. Simplement parce que son âme a changé.

— Bonjour, Yeonghui *samchon*. J'ai entendu votre message à la radio.

Jieun prend son colis et tend un verre d'eau à Yeonghui. Ce dernier se gratte la tête d'un air embarrassé, avale l'eau fraîche d'une traite, et lui rend le verre en inclinant la tête en guise de remerciement.

— C'est la honte ! Je l'avais envoyé sans penser qu'il serait vraiment sélectionné…

Jieun et Yeonghui partent d'un même éclat de rire : c'est la première fois qu'elle le voit s'esclaffer ainsi. La bonne humeur et les rires sont contagieux. Un air tiède et paisible flotte entre les deux amis.

— Vous savez ce qu'il y a de mieux, quand on écrit de la poésie ?

Jieun se mordille la lèvre inférieure en réfléchissant à la question.

— Hmm… Le fait de pouvoir exprimer ses sentiments avec des mots ?

— Bien sûr, ça aussi c'est bien. Mais ce que je préfère, c'est que si ce qu'on écrit n'est pas bien, on peut recommencer. J'écris mes poèmes au crayon sur un cahier, et si je ne suis pas satisfait, ou si je me trompe, je peux tout effacer avec la gomme, ou bien rayer et recommencer. Quand on efface ou qu'on raye, il reste des traces, mais c'est la marque à laquelle on a réfléchi, et ça aussi, ça me plaît.

— Je vois ! Et tout comme la poésie, si jamais on écrit mal notre vie, on n'a qu'à l'effacer un peu ou la réécrire.

— Voilà. Pendant tout ce temps, je n'avais pas compris que si on se trompait, on pouvait toujours recommencer. Je croyais qu'une fois qu'on avait inscrit la mauvaise réponse, ça restait la mauvaise réponse pour toujours. J'ai vécu en m'imaginant qu'il n'y avait et qu'il n'y aurait toujours qu'une seule bonne réponse dans la vie. Mais maintenant, je sais que ce n'est pas grave si le papier se froisse, que ce n'est pas grave si on fait des ratures.

— C'est super que vous sachiez ça à présent. Mieux vaut tard que jamais ! Vous savez, j'ai vécu beaucoup plus longtemps que je n'en ai l'air ; et pourtant moi aussi, c'est seulement maintenant que je découvre tout ça. Vous avez été bien plus rapide que moi !

Tandis qu'ils papotent ainsi tous les deux, comme des amis de toujours, un enfant caché dans le dos de Yeonghui sort furtivement la tête.

— Coucou, toi ! Tu es qui ? lui lance Jieun.

La petite fille a l'air d'avoir dans les huit ans : elle sort seulement le bout de sa tête, le temps de regarder Jieun, avant de retourner se cacher dans le dos de Yeonghui.

— C'est une petite fille qui s'est mise à me suivre depuis quelques jours. Elle reste avec moi le temps que je fasse mes livraisons, et puis elle s'en va. Mais aujourd'hui j'ai beaucoup de gros colis, alors j'ai peur qu'elle se fasse mal. Ça ne vous dérangerait pas qu'elle reste ici un moment ?

— Pas du tout.

— Merci beaucoup. Quand elle en aura marre, elle repartira d'elle-même. Ah, d'ailleurs… C'est étrange, mais depuis que je suis venu à la laverie des âmes, je m'endors plus facilement qu'avant, et j'ai le cœur plus tranquille. C'est vraiment grâce à vous.

— Je suis contente de savoir que vous vous sentez mieux. Vraiment contente.

Tandis que Yeonghui et Jieun discutent ensemble, la petite fille sort de nouveau la tête et se met à observer la laverie. C'est une fillette aux joues toutes rondes, comme des *mandu** ; elle a les cheveux séparés en deux couettes, et elle porte une robe en dentelle jaune. Jieun cueille une fleur sur les lianes qui entourent la laverie et se penche vers la petite fille pour lui tendre ce cadeau en disant :

— Coucou. Je m'appelle Jieun. Tu veux que je te montre quelque chose de drôle ?

Piquée par la curiosité, la petite fille hoche la tête, et sort de son refuge pour se planter devant Jieun. Yeonghui en profite pour s'éloigner avec un salut de la tête. Jieun lui répond d'un regard, puis elle referme les mains autour de la fleur qu'elle vient de montrer à la fillette, et elle tourne deux fois les poignets. L'enfant fait un nouveau pas en direction de Jieun, ses petites lèvres pincées.

— Vas-y, souffle deux fois là-dedans.

La fillette se précipite vers Jieun et souffle deux fois dans le creux de ses mains. Alors Jieun ouvre les doigts devant la petite fille qui écarquille les yeux, et les pétales s'envolent comme des papillons. Bouche bée, l'enfant se met à courir derrière la traînée de pétales.

La petite fille gambade un bon moment en essayant d'attraper les papillons fleurs, puis

* Sorte de ravioli.

lorsqu'elle revient auprès de Jieun, cette dernière rassemble de nouveau les mains, et les ouvre pour dévoiler, cette fois, un petit gâteau. La petite fille s'en empare aussitôt, le fourre dans sa bouche, et se met à cavalcader dans le jardin de la laverie. Elle étend les deux bras librement comme un oiseau et court au milieu des papillons fleurs, avant de s'arrêter devant Jieun. Celle-ci se penche et s'accroupit à la hauteur de la petite fille pour la regarder droit dans les yeux. Le visage de Jieun se reflète dans les prunelles claires et transparentes de l'enfant. Chaque fois qu'elle bat de ses longs cils, l'image de Jieun clignote de concert.

— Où est-ce que tu habites ?

— Je n'ai pas de maison.

— Tu n'as pas de maison ? Mais alors, où est-ce que tu dors ? demande Jieun à la petite fille, en faisant semblant d'être stupéfaite.

L'enfant jette un coup d'œil autour d'elle comme pour vérifier que personne ne peut les entendre, et entourant sa bouche de ses deux mains, elle chuchote à l'oreille de Jieun :

— C'est un secret, mais je suis la princesse du pays de la lune. Alors ma maison, c'est partout.

— Tu as plein de maisons, alors ! C'est trop bien ! Et ta maman et ton papa, ils sont où ?

— Je n'ai pas de maman et de papa.

— …

Jieun en reste coite. Sans un mot, elle prend la main de l'enfant plantée devant elle. La petite fille cligne des yeux comme si de rien n'était, en mangeant son gâteau.

— En fait, moi non plus je n'ai pas de maman ni de papa.

— Ah bon ? On est pareilles !

— Alors dis-moi, comment tu t'appelles ?

— Je n'ai pas de prénom.

Tandis qu'elle regarde cette petite fille sans prénom, Jieun songe soudain au jour où elle est arrivée à Marigold et où elle est entrée dans *La Grignote*, poussée par un sentiment indescriptible. C'est peut-être par manque de chaleur humaine qu'elle est venue dans cet endroit. La jeune fille qu'elle était alors, sans père ni mère, sans prénom, est devenue Jieun, qui sait rire avec les autres, et vivre à leurs côtés.

— Moi non plus je n'avais pas de prénom, avant. On a vraiment plein de points communs !

— Ah bon, toi non plus ? Comme tu me ressembles beaucoup, je vais te dire un autre secret. Je vais créer un monde parfait où personne ne se déteste. C'est pour ça que je suis venue ici, dit la petite fille d'une voix claire, le visage d'une pureté sans défaut.

Une princesse venue créer un monde où personne ne se déteste… En observant les yeux clairs de la fillette, Jieun pense au village qu'elle a quitté il y a si longtemps. Il a bel et bien existé, ce genre d'endroit : un village où personne ne se déteste, où l'automne succède au printemps.

— Quelle merveilleuse idée ! Alors, ma petite princesse, tu veux que je te choisisse un prénom pour ce monde ?

— Hmm... D'accord ! Donne-moi un prénom, fait la petite fille, comme si c'était un effet de son incommensurable bonté.

Jieun croise les bras et fait mine de réfléchir très sérieusement.

— Puisque tu vas créer un nouveau monde, finit-elle par dire, qu'est-ce que tu dirais de « Bomi », c'est-à-dire « le printemps », la saison où germe la vie ?

— Bomi ?

— Oui, le printemps, la saison où s'ouvrent les jolies fleurs comme toi. Dans le village où je vivais jadis, quand l'automne s'en allait, comme maintenant, les feuilles mortes faisaient place aux fleurs du printemps. Après l'automne arrivait le printemps, et après le printemps, de nouveau l'automne. Personne ne se détestait. Justement, je meurs d'envie de revoir un monde comme celui-là : tu veux bien le créer pour moi ?

— D'accord pour Bomi ! Ça me plaît. Je vais te faire un monde comme ça !

Enchantée par son nouveau prénom, Bomi regarde Jieun droit dans les yeux et éclate de rire. Sa joie est éblouissante comme les rayons du soleil. Les pétales, qui étaient restés immobiles au ras du sol, se mettent à virevolter eux aussi dans les airs, sous l'effet de toute cette bonne humeur.

Bomi se précipite dans l'escalier à l'arrière du bâtiment. Jieun s'engage à sa suite, en regardant la petite fille qui grimpe les marches quatre à quatre, comme un petit ballon.

Dès qu'elles sont arrivées sur le toit, Bomi ouvre grand les bras et se met à gambader entre les T-shirts blancs étendus sur les cordes à linge. Le ciel est d'un bleu éclatant, sans le moindre nuage à l'horizon. Un vent doux et tranquille les frôle en leur chatouillant le front, et vient sécher les vêtements. Le rire de Bomi, qui joue à chat avec les pétales au milieu du linge, résonne dans l'air.

Jieun sourit elle aussi en entendant les rires de l'enfant ; elle lève les yeux vers le ciel. Elle repousse ses cheveux ébouriffés par le vent, et inspire un grand coup. Les yeux fermés, elle étend les deux bras, et s'abandonne au vent. Son cœur oppressé, comme contracté sur lui-même, se détend peu à peu. Soudain, Jieun prend conscience qu'elle n'est plus triste comme avant. Il lui semble que, depuis qu'elle est arrivée à Marigold, ce bonheur qui semblait ne jamais devoir venir est maintenant si près qu'elle n'aurait qu'à tendre la main pour le toucher.

— Je sais, je vais te faire un dessin !

Bomi se jette sur Jieun en lui entourant la taille de ses petits bras ; comme la jeune femme se retourne, la petite fille s'accroche cette fois à l'ourlet de sa jupe. Jieun se sent gagnée elle aussi par cette innocence des enfants, qui sont capables de se jeter sans la moindre retenue dans les bras d'une personne qu'ils connaissent à peine. Puisque la petite veut dessiner, Jieun fait un geste de la main, et aussitôt l'un des pétales se transforme en stylo. En éclatant de rire, l'enfant va chercher un T-shirt blanc étendu sur la corde à linge.

— Je peux dessiner là-dessus, hein ?

— Oui, pas de problème. J'ai hâte de voir ce que tu vas faire.

Alors tout de suite, Bomi étend le T-shirt sur le sol et se met à dessiner avec enthousiasme. En regardant la petite fille, Jieun songe de nouveau au bonheur.

Tous les jours, le soleil se lève et se couche derrière la fenêtre ; parfois il pleut ; la nuit obscure arrive ; les étoiles et la lune apparaissent ; l'aube point. On ne peut rien choisir de tout cela, mais en revanche, on peut choisir la météo de notre cœur. Notre cœur n'appartient qu'à nous. Le bonheur existe toujours en notre for intérieur. La météo du dehors ne nous appartient pas, mais nous avons tout pouvoir sur la météo de notre cœur.

Pourvu qu'on ait fait le choix d'être heureux, notre cœur ne peut-il pas baigner dans un paisible clair de lune, même les jours où gronde l'orage ? On aime parce qu'on a décidé d'aimer, et on rit parce qu'on a décidé de rire, quand bien même notre vie est pleine de tristesse. Et le secret pour survivre sans trop de peine dans ce monde éprouvant et accablant, c'est…

— Ça y est, j'ai fini mon dessin ! J'ai créé un monde parfait où personne ne se déteste. Tiens, cadeau !

Jieun interrompt le flux de ses pensées pour saisir le dessin que lui tend Bomi. La petite fille guette sa réaction, tout excitée. Jieun ouvre le T-shirt qui était plié en deux, et reste un instant bouche bée. Elle observe un long moment le dessin sur le vêtement, avant de serrer Bomi dans ses bras.

— C'est ça, le monde parfait que tu voulais créer ? Il est magnifique.

Enfouie dans les bras de Jieun, Bomi hoche la tête, avant de s'arracher à son étreinte pour retourner courir après les pétales. Jieun regarde à nouveau le dessin sur le T-shirt.

C'est une maison à deux étages, dessinée au stylo multicolore ; entre les fleurs et les papillons, il est écrit en lettres maladroites : « La laverie des âmes. » Ce foyer dont s'est languie Jieun, à la recherche duquel elle a erré si longtemps, il est là, sous ses yeux. Une phrase lui traverse l'esprit, tel un éclair :

Le secret… C'est maintenant, aujourd'hui, à l'instant précis.

Le bonheur est une lumière intérieure. Une lumière qui ne vient pas du ciel là-haut, hors d'atteinte, mais du ciel de notre cœur. Le bonheur est déjà dans notre cœur. Il est ici et maintenant. On ne peut pas revenir sur le passé, et l'avenir n'est pas encore arrivé : il faut se concentrer sur cet aujourd'hui que nous vivons actuellement. Même si on fait un pas sur la droite, un seul, il appartient déjà au passé. Et si on fait un pas en avant, il n'appartient pas à l'avenir, mais au présent.

À regretter le passé révolu, à s'obséder pour un avenir encore à venir, Jieun était devenue incapable de voir le présent. À force de se complaire dans le chagrin et le regret d'avoir perdu sa famille bien-aimée, elle n'a jamais été heureuse une seule fois, malgré toutes les années qu'elle a vécues à renaître sans cesse. Ou plutôt, chaque fois qu'elle sentait le bonheur approcher, elle prenait peur et s'enfuyait. Elle avait l'impression que le bonheur lui était interdit. Mais sa mère et son père bien-aimés auraient-ils vraiment souhaité qu'elle reste prisonnière du passé, qu'elle éprouve une telle peur du bonheur ?

Serrant dans ses bras le dessin de la laverie des âmes que lui a offert Bomi, elle s'accroupit. Les pétales qui batifolaient avec la petite fille viennent voleter autour d'elle, inquiets. Elle a les yeux perdus dans le vague, le corps comme figé ; des larmes chaudes coulent sur ses joues. Chacune de ces larmes silencieuses se transforme en pétale bleu en tombant, et va s'imprimer dans les motifs de sa robe. Les fleurs enveloppent Bomi telle une nuée de papillons. Sous les battements d'ailes des papillons fleurs, Bomi se métamorphose peu à peu en pétale rouge et se laisse aspirer dans les vêtements de Jieun. La jeune femme essaye d'attraper dans sa main le pétale qui voltige, quand soudain elle comprend qui est Bomi. Cette petite fille vêtue d'une robe jaune, avec les joues rouges, c'est elle, Jieun. Ce souvenir bienheureux de son enfance, lorsqu'elle courait avec sa mère dans le jardin… Il est resté en elle sous la forme d'une fleur. Cela veut dire que son souvenir le plus beau, le plus regretté, était à ses côtés depuis toujours ? Alors, même les jours où elle se sentait abandonnée du monde entier, elle n'était pas toute seule ? Le cœur transpercé par ces souvenirs d'autrefois, elle se met à gémir. Enfouissant la tête dans sa robe, désormais parsemée d'un mélange de pétales rouges et bleus, elle laisse couler ses larmes, les épaules secouées par les sanglots. En voyant Jieun pleurer si fort, même le vent cesse de souffler. Même le linge qui dansait dans les bourrasques s'immobilise. Tous ceux qui aiment Jieun se figent sur place.

Au rez-de-chaussée, la patronne de *La Grignote* et Yeonhui, qui a quitté le travail plus tôt que de coutume pour venir se détendre à la laverie, échangent un regard en entendant les sanglots de Jieun. Yeonhui lance un regard inquiet à la patronne.

— J'espère que tout va bien… On essaie de monter la voir ? Il y a sûrement un problème !

— Ne t'inquiète pas. Rien n'est éternel, et tout n'a qu'un temps. On dirait un mensonge, hein ? Les bonnes choses comme les mauvaises finissent par passer. Il faut pleurer quand on a envie de pleurer, se lâcher un bon coup. Et il faut rire tout son saoul quand on a envie de rire. Alors tout passe. Il faut aller au bout de la fin et regarder ses craintes droit dans les yeux pour être capable de prendre un nouveau départ.

— D'accord. Mais Jieun a toujours l'air si triste…

— Elle a l'air triste, c'est vrai. Mais tous les hommes naissent pour être heureux. Jieun est sur le chemin du bonheur, elle aussi. Nous, on ferait mieux de rentrer. Si elle se rend compte qu'on l'a entendue pleurer, elle va se mettre dans un de ces états…

La patronne de *La Grignote* donne une petite tape sur l'épaule de Yeonhui, avant de s'éloigner en boitillant vers son restaurant. Elle prépare du riz frais pour faire des rouleaux de *gimbap* : avant de refermer le cuiseur à riz, elle y insuffle tout plein de chaleur et d'amour, assez pour consoler tous les désespoirs du monde. Après tout, pour surmonter la tristesse, il faut avoir le ventre bien plein.

Quant à Yeonhui, elle retourne la pancarte « OPEN » à l'entrée de la laverie, pour qu'apparaisse le « CLOSED ». Chacune à leur manière, les deux femmes allument une bougie dans leur cœur pour Jieun. Leur souhait le plus cher serait de voir leur amie trouver le bonheur, elle qui efface les tristesses, les douleurs et les chagrins des autres.

Certaines obscurités sont plus transparentes que la transparence même. Certaines obscurités sont plus claires que la clarté même. Aujourd'hui, la lune même se voile la face, et les étoiles cessent un instant de répandre leurs flots de lumière, en signe de deuil pour la tristesse de Jieun, qui pleure à gros sanglots. C'est une nuit de plomb, sans un nuage à l'horizon.

Certaines nuits ont des histoires plus longues que certains jours. Certaines personnes étouffent discrètement la tristesse des autres sous un voile de tendresse. Peut-être que si la nuit est si profonde, c'est pour nous permettre de laisser libre cours à notre tristesse, afin d'effacer nos pleurs et de retrouver le sourire lorsque se lèvera le soleil. Qui sait ce qui se passera une fois que le soleil se sera levé de nouveau ? Pour le moment, Jieun traverse cette nuit qui s'est refermée sur elle en silence. La nuit est profonde ; les gentilles attentions des uns pour les autres sont plus profondes encore.

*

Qui suis-je donc ? D'où viens-je, et où vais-je ?

Elle voulait mettre un terme à toutes ses souffrances. Pourquoi fallait-il donc que seule sa vie soit si douloureuse ? Elle voulait rembobiner ce passé erroné. Il avait suffi d'un instant d'inattention pour qu'elle perde tous ceux qu'elle aimait ; et sous l'effet de cette souffrance, elle s'était enfermée elle-même dans la prison de son cœur, croyant recevoir ainsi sa punition.

Elle avait interrompu chacune de ses vies chaque fois qu'elle sentait venir le bonheur d'une existence ordinaire. Elle ne pouvait pas être heureuse, pas encore. Elle voulait fouiller le monde entier à la recherche de ceux qu'elle aimait, quitte à sillonner le temps et l'espace, pour mettre fin à toutes ses souffrances et trouver le bonheur avec eux. Elle avait vécu avec cette seule pensée en tête. Elle avait vécu en s'accoutumant si bien à la désolation qu'elle n'avait même plus conscience que la solitude était la solitude. Ou plutôt, non : elle avait voulu se convaincre qu'il s'agissait d'un sentiment familier, alors qu'en réalité, peut-être, elle considérait seulement cet abandon et cette solitude comme un juste châtiment de ses torts.

Elle n'imaginait pas que, même après tant de temps, elle n'aurait toujours pas réussi à retrouver ceux qu'elle aimait. La vie elle-même est comme une plaisanterie. C'est une série d'incertitudes qu'on ne peut jamais lever. Depuis que Jieun a décidé que maintenant, elle allait abandonner, défaire le sortilège qu'elle s'était jeté à elle-même, et mourir, elle rit plus souvent qu'auparavant, elle prend ses repas avec les autres, et elle ouvre ses sens au souffle du vent, à son odeur.

Et maintenant qu'elle vit pour de bon, des désirs lui sont apparus. Des désirs pernicieux. Elle a beau savoir que rien n'est éternel, elle rêve d'éternité. La vie est comme un doux rêve qu'on ne veut pas briser : elle aussi, dans cette ville de Marigold, elle a fait un doux rêve dont elle voudrait ne jamais se réveiller.

Mais quelle vie a-t-elle donc désirée pendant tout ce temps ? Y a-t-il jamais eu une vie qu'elle souhaite réellement ? Qu'est-ce donc qu'elle convoitait avec un tel acharnement ? Elle a vécu en l'oubliant. En faisant semblant de l'oublier. Chaque nuit, des questions demeurées sans réponse venaient l'assaillir.

Son cœur lui fait mal. D'un geste lent, elle approche la main droite de sa poitrine. Elle recouvre doucement son cœur, comme pour le serrer dans ses bras. Elle lève les bras et de ses deux mains, elle embrasse son cœur. Une onde sort de son âme, et se propage hors de son corps sous forme de pétales rouges. Bientôt, tous les alentours baignent dans les fleurs. *À l'extérieur du cercle, il y a les pétales, et à l'intérieur, il y a moi.* Elle ferme les yeux. Elle entend comme un concert de voix.

— J'aimerais tellement extraire mon âme de ma poitrine, la laver une bonne fois et la remettre !

— Si on pouvait effacer tous nos mauvais souvenirs, on serait heureux, tu ne penses pas ?

— Je veux effacer des taches d'amour.

— C'est l'abondance de luxe qui me rend seule.

— Vous ne vous demandez pas pourquoi ces pétales sont sortis du linge ?

— Tous les jours, lorsque le soleil se couche, j'allume une bougie dans mon cœur, et je prie pour le salut et la paix des autres.

— Il suffirait d'une seule personne qui nous fasse confiance pour qu'on ait la force de vivre, tu ne penses pas ?

— N'effacez rien, repassez juste les plis.

— Je veux remettre ma vie à zéro, la recommencer depuis le début.

Lesquelles de toutes ces paroles viennent de moi, lesquelles de vous ?

« Le pouvoir de sympathiser avec les souffrances d'autrui et de les guérir, c'est très bien. Mais si elle apprend qu'elle est capable de donner vie à ce qu'elle voit en rêve… Est-ce qu'elle n'aura pas peur de rêver ? »

Elle entend une voix. Elle a beau se creuser la tête, seules des formes floues lui reviennent à l'esprit. Elle a supporté toutes ces années grâce aux souvenirs de ceux qui lui manquaient, et voilà que leur visage s'efface. Elle a mal au cœur. Sa respiration s'emballe, et elle s'affaisse sur le sol. Soudain, les pétales qui planaient en cercle autour d'elle se mettent à tournoyer à toute allure et prennent une couleur orangée. Que se passe-t-il donc ?

Lentement, elle retire ses deux mains de son cœur, l'une après l'autre. En un clin d'œil, les pétales qui frémissaient dans les airs se précipitent sur sa poitrine. Jieun attrape le dernier dans sa main et le regarde de plus près. C'est un *marigold*, un souci. La fleur du même nom que cette ville. Elle enferme le pétale dans ses deux mains, avec d'infimes précautions, et elle récite sa signification dans le langage des fleurs, à voix basse :

— *Un bonheur qui viendra tôt ou tard…* Qu'est-ce que c'est, le bonheur ? Comment faut-il faire pour être heureux ? Je ne sais pas bien, mais quoi qu'il en soit, je veux cesser de regretter le passé. J'ai assez erré et déambulé dans la vie : maintenant, je veux vivre le jour présent. Je veux vivre chaque instant comme il vient. Si c'est possible…

Alors, tous les pétales qui se sont engouffrés dans son cœur ressortent à toute allure. Les fleurs, qui avaient pris une couleur orange, ont retrouvé leur apparence habituelle de camélias rouges ; mais soudain, voilà qu'elles prennent une couleur bleue. Des myosotis. Ce sont des fleurs de myosotis. Les pétales d'un bleu profond comme la mer fusent vers le ciel en s'éparpillant dans toutes les directions. Les fleurs bleues pleuvent comme un orage, et forment des flaques d'eau. Puis un lac. Puis une mer de pétales, qui s'étend à l'infini. Alors, la pluie de fleurs s'arrête. La surface de l'eau est calme. Tout est d'un même bleu, sans qu'on puisse distinguer le ciel de l'océan. Peu à peu, la mer la prend dans ses bras.

Plouf !

J'ai oublié comment nager. Cette fois je ne fais pas semblant : j'ai bel et bien oublié. Je cesse de me débattre et j'étends mes deux bras pour m'abandonner peu à peu dans l'étreinte de la mer. C'est si douillet, comme les bras de maman. Où suis-je entraînée ainsi ? Tandis que la mer se referme doucement sur moi, je songe à ce que veulent dire ces fleurs bleues qui me recouvrent :

Ne m'oubliez pas.

Si ! Vous avez le droit de m'oublier. Oubliez-moi, je vous en supplie !

Le calme règne sur cette mer qui a avalé mon secret. Comme s'il ne s'était jamais rien passé.

Je me transforme en écume. Je deviens la mer. Je deviens le ciel.

Je deviens le bleu… Je deviens les fleurs.

Maintenant, je suis libre.

Driing, driing, driiiiing.

La sonnerie du réveil la tire du sommeil. Elle a mal au crâne, et elle est brûlante des pieds à la tête. Elle se redresse en respirant à grand-peine, le souffle haletant. Repoussant les cheveux de son visage, elle ferme de nouveau les yeux. Elle n'a même pas la force de se lever : elle s'étend de nouveau sur le lit, et pose la main sur son front. Elle a comme l'impression que sa vie a émergé d'un tunnel.

— C'était… Un rêve ? Mais c'était bien trop réaliste pour un rêve.

Jieun était dans les bras de la mer. Les pétales se mouvaient comme des nageoires pour l'aider à se déplacer sous l'eau ; pour la première fois depuis bien longtemps, elle riait à gorge déployée. Elle avait fermé les yeux en nageant comme si elle dérivait librement au sein de la mer, et lorsqu'elle les avait rouverts, elle s'était réveillée là, sur son lit.

— Rêver que j'ai des nageoires… Je me prends pour une sirène, ou quoi ? C'est ridicule…

Elle se redresse de nouveau avec une quinte de toux. Ses vêtements et ses cheveux sont tellement trempés qu'elle ne saurait dire si c'est de la sueur ou de l'eau. Est-ce que c'était davantage qu'un rêve, finalement ? Tout en réfléchissant à la question, elle sort un thermomètre du tiroir de sa table de nuit, le met dans son oreille droite, et appuie sur le bouton.

— Trente-huit degrés… Est-ce que j'ai des médicaments pour la fièvre à la maison ? marmonne-t-elle en essayant de se mettre debout pour aller chercher des antidouleurs et des anti-inflammatoires dans sa pharmacie.

Elle retombe aussitôt, prise d'un étourdissement. Elle respire à pleins poumons et se lève de nouveau, avant de se diriger vers la cuisine. Là, elle sort un médicament, et l'avale avec un verre d'eau, tout en cherchant son portable. Tandis qu'elle vérifie les messages et les appels manqués dont les notifications tapissent l'écran, elle se fige soudain. Elle s'est endormie mercredi soir, mais son portable affiche la date de vendredi. Elle est restée couchée deux jours, et Jaeha, Yeonhui, et la patronne de *La Grignote* l'ont inondée de messages et d'appels manqués. Que se passe-t-il donc ? Ce n'était pas un rêve ?

Ne t'inquiète pas, tout va bien.

Elle copie colle le même message à tous ceux qui ont essayé de l'appeler, avant de se remettre à la recherche d'un médicament pour la fièvre, en avalant sa salive avec peine. C'est le même genre d'étourdissement qu'elle ressent lorsqu'elle renaît après avoir achevé une vie. Le médicament trouvé, elle le glisse entre ses lèvres. D'une main tremblante, elle ouvre une bouteille d'eau de source et en avale la moitié d'une traite.

Lorsqu'elle est rentrée chez elle après avoir rencontré Bomi, elle a rêvé qu'elle plongeait au cœur d'une mer sans fond ; sous l'effet de la fièvre, elle s'est mise à errer dans son imagination. Tout ce temps, Jieun avait vécu dans la tristesse, les regrets, les remords, en oubliant ses joies et ses bonheurs du passé ; en rencontrant Bomi, ces souvenirs heureux ont déferlé sur elle telles des vagues, et l'ont entraînée dans la mer de ses souvenirs. Bomi, c'était Jieun enfant, lorsqu'elle était heureuse. La petite fille était restée longtemps aux côtés de Jieun, pétale imprimé sur ses vêtements. Mais alors, peut-être que maman et papa eux aussi ont toujours été auprès d'elle : dans les pétales, les gens, le vent, les rayons du soleil, le clair de lune.

— Si ça se trouve, eux aussi ils renaissent à répétition pour me retrouver. Tous ces gens qui ont suscité en moi un sentiment familier de nostalgie, c'était peut-être ceux-là mêmes qui me manquaient tant. Et si c'était moi qui ne les avais pas reconnus…

Si c'est le cas, elle ne peut pas consacrer sa vie entière à la tristesse et aux remords. Les personnes qu'elle aime ne souhaiteraient pas qu'elle mène une vie aussi triste et vide. Il est temps qu'elle cesse de se punir elle-même. C'est peut-être le plus grand crime qu'elle ait jamais commis, de laisser s'échapper ainsi l'instant présent.

En essuyant les gouttes de ce liquide qui lui coule le long du corps, et dont elle ne saurait dire si c'est de la sueur ou de l'eau, elle retire ses vêtements trempés, les met dans sa corbeille à linge, et va se laver. Lorsqu'elle ouvre le robinet de la douche, les souvenirs de son rêve se font plus nets. Une fois sa douche terminée, elle s'enveloppe dans une immense serviette, et se met en quête de sa robe à fleurs rouges sur fond noir, qu'elle porte tous les jours. Elle est pourtant sûre que dans son rêve, les camélias rouges étaient devenus des myosotis bleus, mais le vêtement n'a pas changé. Était-ce vraiment un rêve ? Ses épaules lui font mal, comme si elle avait bel et bien nagé toute la journée ; elle se masse l'épaule droite de sa main gauche. Sa fièvre diminue peu à peu, peut-être sous l'effet des médicaments.

— Comme ce serait bien, s'il suffisait d'avaler des potions quand on a l'âme malade ! Mais c'est impossible. Alors je vais te préparer mon chocolat chaud spécial. Si tu sirotes cette boisson bien tiède et sucrée avant de te coucher, tes ennuis auront diminué de moitié quand tu te lèveras demain. Et si ça se trouve, tu seras même d'excellente humeur, comme s'il ne s'était jamais rien passé. Viens là, ma chérie.

Les jours où Jieun était triste, le cœur blessé, sa mère emplissait un immense mug de chocolat chaud, en y ajoutant des marshmallows. Et la petite fille avait beau avoir les lèvres pincées et des larmes plein les yeux, une fois qu'elle avalait le breuvage sucré, son cœur fondait comme les marshmallows. Y a-t-il donc de la magie dans tout ce qui est tiède et sucré ?

Soi-disant, sa mère n'avait pas de pouvoirs magiques ; mais pour Jieun, c'était une véritable magicienne, capable d'apaiser son cœur. Les jupes de sa mère dégageaient toujours une odeur sucrée de petits gâteaux, et son cou avait le parfum des fleurs. Jieun se plongeait dans ses jupons pour s'enivrer de l'odeur des gâteaux ; et lorsque sa mère se penchait pour la prendre dans ses bras, la petite fille inspirait à pleins poumons le parfum des fleurs. La cuisine était toujours emplie d'effluves délicieux ; c'est ainsi que Jieun avait grandi, petite fille adorable, aux joues toutes rondes.

Et pourtant, il arrivait que le regard de cette maman si souriante et chaleureuse se perde dans le vide, et qu'un soupir lui échappe. Lorsque l'automne commençait, sa mère restait plusieurs jours plantée devant la fenêtre, avec une expression de nostalgie. Puis elle allait dans la cuisine. Elle versait du vin dans une immense casserole, y ajoutait des morceaux d'oranges, de pommes, de poires, des bâtons de cannelle, et elle faisait bouillir le tout avec cinq cuillerées de son meilleur miel. Elle utilisait les fruits les plus jolis et les plus goûteux qu'elle pouvait trouver, et les lavait impeccablement avant de les mettre dans la casserole. Pendant que le vin infusait ainsi, la maison s'emplissait de vapeurs de raisin mûr.

— Maman, moi aussi je peux boire la même chose que toi ? demandait Jieun en traînant dans les parages.

Sa mère lui souriait avec chaleur, mais secouait la tête d'un air intraitable.

— C'est une infusion spéciale pour maman : je ne peux la partager avec personne. Quand tu seras grande, toi aussi, invente une infusion spéciale rien que pour toi. Je te donnerai la recette à ce moment-là, répondait-elle en riant, avec un regard malicieux.

Alors, pendant quelques jours, elle était prise d'une vivacité nouvelle. Et lorsque sa provision d'infusion spéciale pour les mamans touchait à sa fin, elle avait retrouvé tout son entrain coutumier. Avant sa cure de vin chaud, ses yeux débordaient de nostalgie.

Maintenant que Jieun y pense, elle a atteint à peu près le même âge que sa mère à l'époque. Jieun et son père désignaient la période où leur mère et épouse préparait son infusion spéciale comme la « saison de la nostalgie ». Est-ce qu'elle regrettait certaines choses qu'elle avait laissées derrière elle avant de rencontrer son mari ? Pourquoi ne partait-elle pas à la recherche de l'objet de sa nostalgie ? Voulait-elle garder le manque comme un manque ? C'est donc ça, être un adulte ?

Enfant, Jieun posait sa petite main sur l'épaule maternelle, et la caressait doucement. Alors sa mère prenait entre ses doigts la main posée sur son épaule, et avec un sourire, elle entourait de ses bras la petite fille. Jieun aimait le calme et la paix de cette longue étreinte, lorsqu'elles partageaient la chaleur de leur corps. C'était à la fois triste et beau.

Et si je me faisais une infusion spéciale rien que pour moi, comme maman ?

Pendant tout ce temps, elle s'est contentée de boire un thé très basique, lorsqu'elle était chez elle. Mais la tisane de la consolation qu'elle prépare à ses clients est d'une autre sorte : Jieun fait sécher elle-même les ingrédients dans le vent, avec soin. Cette tisane pleine d'âme et d'esprit renferme une douce chaleur qu'il n'y a pas dans le thé matinal de Jieun. Mais au bout du compte, elle a passé des années à préparer la tisane de la consolation pour les autres, sans jamais s'en faire pour elle-même.

Maintenant qu'elle est du même âge que sa mère à l'époque, il lui semble qu'elle serait capable de concocter cette infusion toute seule, même si elle n'a pas hérité de la recette. Elle va se préparer de la tisane, et sort sa tasse blanche préférée.

Aujourd'hui, l'ingrédient spécial de cette tisane de la consolation… C'est mon désir sincère d'être heureuse.

L'ingrédient secret de la tisane de la consolation qu'ont bue les clients de la laverie des âmes pendant tout ce temps, c'était le cœur de Jieun. Elle avait le talent particulier de mettre toute son âme dans la préparation de la tisane, en songeant à ceux qui la boiraient en quête de guérison, et de s'en servir pour consoler le cœur des autres en y insufflant une douce chaleur.

Cette fois, Jieun y instille ses propres sentiments envers elle-même. Elle change de vêtements en attendant que l'eau se mette à bouillir ; les pétales flottent à ses côtés, au ras du sol. Elle ferme les yeux, lève les deux mains : comme s'ils obéissaient à un commandement, les pétales s'engouffrent dans la casserole d'eau. Aujourd'hui, ça ne sera pas un thé de feuilles séchées, mais une infusion de pétales frais.

Si son père et sa mère étaient à ses côtés, ils seraient sans doute dévastés de la voir traverser cette vie aride, minée par les regrets. S'ils savaient que leur petite fille aux joues toutes rondes a mené une vie froide, desséchée, exsangue, quelle ne serait pas leur peine, même s'ils la retrouvaient ! Jieun se rappelle comment elle était dans son enfance : les joues rondes et vermeilles. Elle repense à la cuisine qui débordait du rire et de l'amour de sa mère, et au jardin où elle gambadait avec son père.

Bientôt, elle rouvre les yeux, et, tout en souriant, elle verse lentement le liquide rouge dans sa tasse : sa tisane spéciale de la consolation. La tasse blanche, qu'elle a réchauffée à l'avance avec de l'eau chaude, s'emplit peu à peu. Il n'y en a ni trop, ni trop peu : c'est parfait.

Tandis qu'elle laisse la tisane refroidir un peu, elle s'avance dans le salon et ouvre la fenêtre. Elle passe sur le balcon et, les yeux fermés, elle inspire à pleins poumons, comme le jour où elle s'est réveillée dans cette maison pour la première fois. L'odeur de la ville et l'odeur de la mer la frappent au même moment. Elle rouvre les yeux et installe la tasse dans le creux de sa main gauche, sans un tremblement. Un sourire aux lèvres, elle boit l'infusion. Le soleil couchant a la même teinte écarlate que le breuvage dans sa tasse.

Le ciel est très nuageux, aujourd'hui. Même si la lune se lève, on ne la verra pas.

Pendant qu'elle boit cette tisane spéciale de la consolation pour une seule personne, son cœur s'emplit peu à peu d'une joie aussi brûlante que le breuvage. Cette journée n'a rien de spécial par rapport à la précédente, mais elle est bien différente malgré tout. Voilà enfin le bonheur qui devait arriver tôt ou tard : là, dans la tasse de Jieun.

Comme elle avale sa dernière gorgée, les pétales imprimés sur sa jupe s'élancent vers le ciel en tournoyant. Jieun agite la main tout en regardant ces fleurs qui ont longtemps fait partie d'elle et qui s'éloignent maintenant vers le soleil embrasé. Les nuages accueillent ces pétales rouges, puis ils se penchent sur Jieun pour l'envelopper de leurs volutes. Elle se sent apaisée dans l'étreinte de ces nuages, aussi douillets que les bras de sa mère. Un, deux, trois… L'un après l'autre, les nuages qui sont venus embrasser Jieun retournent à leur place. Jieun regagne lentement l'intérieur de la maison, et considère le miroir devant la porte d'entrée.

Là où les nuages sont passés, ils ont laissé leur trace : la robe noire qu'elle portait est maintenant d'un blanc aussi duveteux que les nuages. Là où se trouvaient les pétales rouges, il y a désormais des fleurs bleues. Les pétales sont partis, mais ils sont restés. Les lèvres exsangues de Jieun sont à présent pleines de vie. C'est étrange. Elle ne saurait dire pourquoi, mais l'espoir gonfle son cœur.

Jieun décide de vite sortir de chez elle, pour se rendre à la laverie des âmes. Si seulement la porte de la laverie pouvait s'ouvrir au moment même où elle quitte sa maison !

— Hein ? Ça a marché ! La porte de la laverie s'est bel et bien ouverte en même temps !

Surprise par cette forme de magie qu'elle utilise pour la première fois, Jieun allume l'enseigne de la laverie aussitôt qu'elle est à l'intérieur. Elle allume aussi toutes les lumières du magasin, pour ceux qui s'étaient inquiétés de les voir éteintes. Elle traverse le rez-de-chaussée et l'étage en ouvrant toutes les fenêtres. Enfin, elle monte sur le toit. Les vêtements qu'elle avait étendus deux jours plus tôt sont toujours sur la corde à linge, en train de sécher dans le vent.

Oui. Même la lessive ne peut pas se contenter des rayons du soleil : elle a besoin que le vent souffle pour sécher correctement. Alors n'est-ce pas naturel que dans le cœur aussi, le froid accompagne la chaleur, la tristesse arrive avec la joie ? Nous devons accepter ce que la vie nous offre. Retourner en arrière lorsque cela est possible ; et dans le cas contraire, accepter que nous n'ayons pas le choix.

Maintenant, elle va prendre racine dans cette vie où elle n'a fait que fuir pendant si longtemps. Parfois, elle laissera son corps ballotter par-ci par-là, comme ces vêtements étendus sur la corde à linge. Quand la pluie viendra, elle s'y mouillera ; quand le vent soufflera, elle se laissera fouetter le visage ; quand le soleil brillera, elle savourera sa chaleur. Elle acceptera d'être bringuebalée par les rafales du vent. Elle s'aimera elle-même, telle qu'elle est, avec tous ses défauts, ses erreurs, ses errances, ses faiblesses. N'est-ce pas cela, le vrai secret pour éliminer les taches de l'âme une bonne fois pour toutes ?

— Ma parole, mais tu as mis des vêtements blancs, ma petite Jieun ? Mon Dieu, mon Dieu, comme tu es jolie ! Tu aurais dû faire ça plus tôt !

— *Sajangnim* ! Je croyais que vous étiez malade, je me suis fait un sang d'encre ! Pourquoi vous ne répondez pas au téléphone, franchement !

— Et moi, j'ai cru qu'il vous était arrivé une catastrophe. J'étais tellement stressé que j'ai failli perdre toutes mes dents à force de mastiquer du calamar ! J'exige une compensation !

En voyant la laverie s'illuminer, la patronne de *La Grignote*, Yeonhui et Jaeha se sont précipités sur le toit, et ils mitraillent Jieun de reproches mêlés d'affection. La jeune femme sourit, gagnée par la chaleur et l'amour qui se dégagent de leurs paroles. Plus elle rit, et plus elle a envie de rire. Elle se ferme la bouche de ses deux mains et s'abandonne à leurs embrassades.

Les pétales bleus s'échappent de sa robe et se mettent à virevolter autour d'eux. Quelle vie ordinaire et chaleureuse, si chaleureuse ! On dirait que c'est grâce à la tisane spéciale qu'elle a bue – la tisane pour une seule personne. Maintenant, elle a l'impression de comprendre l'état d'esprit de sa mère lorsqu'elle se préparait son infusion spéciale.

— Je… J'ai faim. J'ai envie de manger.

À ces mots, les trois compères écarquillent les yeux. C'est la première fois qu'ils entendent Jieun réclamer de la nourriture. La patronne de *La Grignote* se précipite vers son restaurant. Jaeha et Yeonhui lui emboîtent le pas, en s'emparant chacun d'un des bras de Jieun.

— Dites, *sajangnim*… Maintenant ce ne sont plus des fleurs rouges sur vos vêtements, mais des fleurs bleues ?

Jaeha ouvre à nouveau de grands yeux. Les pétales qui ornent la robe de Jieun sont bel et bien bleus. Il lui est déjà arrivé d'avoir l'impression que les pétales étaient bleus ou violets : cette fois encore, il se demande si ses yeux ne lui jouent pas un tour.

— Elles sont jolies en bleu aussi, pas vrai ? répond Jieun avec un sourire en direction de Jaeha.

En y repensant, elle était justement avec ces deux jeunes gens lorsque la laverie des âmes a éclos, au tout début. Cette nuit-là, la lune se voilait la face derrière le brouillard, et le monde était couvert de ténèbres plus noires que le charbon. Il y avait beaucoup de nuages. Comme aujourd'hui.

*

— À partir de maintenant, prévenez-nous, si vous comptez avoir des ennuis de santé ! On était vraiment inquiets. Quelqu'un d'aussi fragile que vous, qui ne répond plus au téléphone d'un coup, qui ne vient plus à la laverie… On s'est fait un sang d'encre ! dit Yeonhui d'un ton bourru en défaisant les boutons de son manteau noir.

Elle est accourue aussitôt qu'elle a fini le travail. Pendant les deux jours que Jieun n'est pas venue à la laverie, Jaeha et Yeonhui n'ont pas fermé l'œil. Ils ont hésité à faire un signalement à la police, mais les autorités auraient-elles été capables de la retrouver ?

— On est venus frapper à votre porte plusieurs fois. Si vous ne réapparaissiez pas aujourd'hui, on avait prévu d'appeler la police ! Mais franchement, si on avait dit à la police de nous aider à trouver une jolie femme qui fait de la magie, qui a les cheveux longs et qui porte des vêtements à fleurs, ils nous auraient envoyés en prison, non ? En nous prenant pour des fous furieux !

Cette fois, c'est Jaeha qui rouspète. Jieun se sent à la fois désolée et reconnaissante. C'est donc ça, de se sentir appartenir à une communauté, de vivre avec les autres ? Elle joint les mains en direction de ses amis, et baisse légèrement la tête.

— Désolée, j'étais un peu malade.

En l'entendant s'excuser, Jaeha et Yeonhui se figent sur place. La jeune fille pose la main sur le front de Jieun, comme si ces dernières paroles étaient le plus inquiétant des symptômes. Ce n'est pas du tout le genre de personne à se comporter de la sorte. S'excuser ? Elle s'est fait mal à la tête ?

— Vous vous sentez vraiment mal ? Vous avez attrapé une maladie ? Pourquoi vous vous excusez d'un coup, ça fait peur ! Et pourquoi vous mettez des vêtements tout blancs et jolis, du jour au lendemain ? Vous avez quelque chose de bizarre, aujourd'hui. C'est bien vous, j'espère ? Vous n'avez pas lancé un sortilège pour vous créer un avatar ou je ne sais quoi ?

— Non mais, arrête de raconter des bêtises.

— Ouf, c'est bien vous.

— Ah là là, assez avec vos plaisanteries, dépêchez-vous de manger avant que ça refroidisse.

La patronne de *La Grignote* dispose d'épais rouleaux de *gimbap* sur la table rouge devant chaque convive.

— Depuis quand ça fait cette taille, un *gimbap* ? Il est aussi gros que ma tête ! Ça ne rentrera jamais dans notre bouche, *ajumma*. À ce stade-là, il faut les couper au couteau !

— Non mais, Jaeha, espèce de petit vaurien ! On peut toujours tout avaler, en débitant, en tranchant, peu importe ! Arrête de faire des histoires et mange ! Je vais vous apporter du bouillon, attendez une seconde.

La patronne de *La Grignote* donne une tape dans le dos de Jaeha avec un large sourire en direction de Yeonhui et de Jieun, avant de tourner le dos et de s'éloigner en boitillant pour aller puiser du bouillon dans la grande marmite. Yeonhui va chercher les bols remplis par la patronne et les distribue aux autres.

Jieun et Jaeha gardent le regard fixé sur ces énormes rouleaux de *gimbap*. Le jeune homme s'étire un moment la bouche avant d'en prendre un morceau. Le riz vient d'être cuit : il contient juste ce qu'il faut d'huile de sésame et de sel. Les carottes, les concombres, les racines de bardane, l'omelette cuite avec les blancs et les jaunes séparés, le jambon, le navet saumuré, l'*eomuk* : les ingrédients s'harmonisent entre eux, tout en dégageant chacun leur propre saveur quand on les mâche. En y regardant de plus près, il reconnaît Yeonja dans ce rouleau de *gimbap*. Comme il était difficile avec la nourriture, sa mère lui faisait souvent du *gimbap*, pour qu'il avale un maximum de nutriments à la fois. Il mastique son morceau à s'en faire éclater les joues ; ému, il enfourne un morceau de plus avec une gorgée de bouillon.

— Votre *gimbap* est devenu bien meilleur, *ajumma* ! Qu'est-ce que vous avez mis dedans ? Dites-nous, dites-nous !

En voyant Jaeha faire le pitre pour mieux cacher les larmes qui lui montent aux yeux, la patronne de *La Grignote* enfonce les mains dans son tablier, un sourire aux lèvres. Depuis la visite de Yeonja quelques jours plus tôt, elle a essayé de changer les ingrédients de son *gimbap*, pour voir, en suivant les conseils de son amie : ne pas faire sauter à la poêle ni émincer trop finement les carottes et les concombres, qui sont riches en sels.

— Si ça te plaît, je t'en ferai encore quand tu auras fini tout ça. Mange autant que tu veux.

Les trois amis manient les baguettes avec énergie pour faire face à cette montagne de *gimbap* qui s'élève sur la table. Jieun secoue chaque morceau au-dessus de son assiette pour en faire tomber deux ou trois ingrédients avant de mastiquer consciencieusement.

Yeonhui, elle aussi, prend une grande bouchée de *gimbap* et se met à mâcher le riz qui lui gonfle les joues. À vrai dire, elle avait tant de formations à assurer aujourd'hui qu'elle n'a pas pu prendre un seul repas. Après une journée de stress à courir dans tous les sens en tailleur et chaussures à talons, elle se sent revivre, maintenant qu'elle peut manger le cœur tranquille. Personne ne parle, ils sont trop occupés à manger. Leur intimité est si grande qu'ils se sentent à l'aise même sans discuter, et peuvent profiter de ce moment paisible sans être gênés par le silence. Lorsque, à force d'efforts, la montagne de *gimbap* commence enfin à diminuer, Jaeha brise le silence.

— Dites, on a vraiment l'impression d'être une famille, à manger tous ensemble comme ça, vous ne trouvez pas ?

À ces mots, Jieun, Yeonhui et la patronne de *La Grignote* lèvent les yeux. Leurs regards sont pleins d'une douce chaleur. Mais oui, après tout… C'est quoi, la famille ?

Jieun a erré bien longtemps à la recherche de sa mère et de son père disparus. Elle s'est accrochée aux souvenirs qu'elle avait d'eux pour endurer ces temps difficiles, ces heures de solitude ; mais maintenant, ces souvenirs répandent dans son cœur une bonne chaleur. Étrangement, elle ne se sent plus seule. Elle n'a pu retrouver ni sa mère ni son père, et pourtant, ce n'est plus seulement de la tristesse qu'elle éprouve. Est-elle devenue capable de vivre le présent, d'admettre que le passé appartient au passé ? A-t-elle trouvé le courage désormais de vivre chaque jour en l'acceptant pour ce qu'il est ? Jieun incline la tête de côté, et tapote de sa cuillère son bol de bouillon vide. La patronne de *La Grignote* s'exclame :

— Ah là là, les enfants ! C'est pourtant pas sorcier, une famille. Vous savez, il y a plein de familles où tout le monde se cause du souci, accumule les catastrophes, se pourrit la vie, mais ils n'arrivent pas à couper les ponts, pour la simple raison qu'un même sang coule dans leurs veines.

Ils se détestent, ils se font de la peine, et sous prétexte qu'ils sont de la même famille, ils gardent espoir, ils se blessent les uns les autres. Une vraie famille, c'est pas ce genre de personnes : ce sont les gens comme nous, qui se réunissent par affection, qui s'embrassent les uns les autres. Pas vrai, Jieun ?

La patronne de *La Grignote* fait un clin d'œil à la jeune femme, en posant devant elle un bol de bouillon d'*eomuk* bien chaud qu'elle vient d'aller chercher en claudiquant. L'expression de la vieille femme toute ridée est si touchante que Jieun sourit en prenant le bol. Quelle chaleur ! Le bouillon, les amis aussi.

— C'est vrai. On s'aime, on prend soin les uns des autres, on se fait du souci pour nous, on passe nos journées ensemble et on se réunit pour manger. On est une vraie famille, ma foi !

Ces paroles font monter les larmes aux yeux de Yeonhui, occupée à engloutir un morceau de *gimbap*. Elle aussi, elle a une famille, maintenant. Ce port d'attache dont elle a si longtemps rêvé.

— Tiens, l'ambiance a changé, d'un coup ! C'est bien d'être sérieux, de temps en temps. Ah, il faut que je passe un coup de fil à Haein. Lui aussi il était mort d'inquiétude de ne pas arriver à vous contacter. Il devait crouler sous le travail, avec son expo qui commence demain à la galerie de la mer, mais il n'arrêtait pas de m'appeler pour savoir si on vous avait retrouvée ! Il a passé les deux nuits à rôder autour de la laverie, une fois toutes ses œuvres accrochées dans la salle d'exposition… Franchement !

Repu, Jaeha se caresse le ventre en levant son portable, avant de lancer un rapide coup d'œil à Jieun. Cela fait déjà un bon moment qu'il a deviné la passion de Haein. Dans un film qu'il a vu, un personnage dit qu'il y a trois choses qu'on ne peut pas déguiser dans la vie : un éternuement, la pauvreté, et l'amour. Jaeha a éprouvé une légère inquiétude en voyant les yeux de Haein tout pleins de Jieun, le jour où il est venu à la laverie des âmes pour la première fois. Sans trop savoir pourquoi, il avait comme le pressentiment que Jieun allait disparaître un beau jour, comme une bourrasque. Qu'elle s'évanouirait en un clin d'œil, de la même manière qu'elle était arrivée.

C'est la première fois depuis longtemps qu'il voit Haein se faire un tel souci pour autrui. Il donne l'impression de quelqu'un de chaleureux, mais il a des limites très claires : il ne laisse pas facilement les gens entrer dans son cœur.

— Ah bon… répond Jieun en piquant du bout de ses baguettes les ingrédients de *gimbap* qu'elle a fait tomber dans son assiette.

Jaeha sait bien que Haein n'a d'yeux que pour Jieun ; mais il n'a pas la moindre idée de ce que ressent celle-ci. Une femme rude mais gentille, distante mais chaleureuse. Quelqu'un de bien, qui efface les souffrances des autres, mais quelqu'un de triste, incapable de venir à bout de ses propres taches. D'habitude, Jaeha est capable de lire les émotions dans les yeux des autres, mais les prunelles de Jieun sont comme les abysses de la mer, bleues et profondes, sans émotion.

Jaeha apporte un verre d'eau à Yeonhui, qui a retiré ses chaussures à talons et se masse les mollets, avant d'envoyer un message à Haein. Pff… Tout ça, c'est trop compliqué pour lui. Tout ce qu'il veut, c'est que ses amis soient heureux. Et puisque le cœur de Haein est en feu, il faut commencer par éteindre cet incendie.

À peine a-t-il envoyé le message que son téléphone se met à sonner. C'est Haein.

— Jaeha, tu as trouvé Jieun ? Elle n'est pas blessée ? Rien de grave ?

Haein enchaîne les phrases sans prendre le temps de respirer, alors Jaeha passe le portable à la patronne de la laverie sans dire un mot. La voix que Haein a envie d'entendre maintenant, ce n'est pas la sienne, mais celle de Jieun. La jeune femme adresse un sourire à Jaeha tandis qu'elle saisit le portable, avant de sortir du restaurant. Quel vent agréable, aujourd'hui. Elle repousse derrière ses oreilles ses longues mèches brunes qui flottent dans la brise, et elle fait un pas en direction de Haein, à l'autre bout du fil.

— Je vais bien. Je n'ai fait que dormir pendant deux jours. Il ne m'est rien arrivé.

— Jieun ! Vous n'êtes pas blessée ? Vous étiez malade ?

En entendant la voix de Jieun, Haein sent un poids se lever de sa poitrine, et il pousse un soupir de soulagement. Depuis le jour où il a vu Jieun à travers le viseur de son appareil photo, le regard triste de la jeune femme s'est incrusté dans son cœur. C'était comme une souffrance permanente ; mais lorsqu'il venait à la laverie et qu'il voyait Jieun, son mal diminuait. C'était étrange. Il avait pourtant déjà été amoureux, mais jamais il n'avait éprouvé un sentiment aussi confus et timide. Il voulait protéger cette femme dévorée par la tristesse, mais qui consolait et guérissait le cœur des autres.

Mais il s'était contenté de rôder autour de Jieun, craignant qu'elle ne s'évapore comme une goutte d'eau à la première maladresse. Il voulait aussi être sûr de ses propres sentiments. Mais dès l'instant où Jaeha l'avait prévenu que Jieun était introuvable, et pendant deux jours d'affilée, il avait cru devenir fou d'inquiétude. S'il retrouvait Jieun, il s'était juré d'essayer au moins de lui montrer ses sentiments – ne serait-ce qu'une miette, ou un atome. Il s'est mis à courir dès qu'il a entendu Jieun à l'autre bout du fil.

— Je… Ne bougez pas. J'arrive tout de suite.

En entendant la voix de Haein, la jeune femme recule d'un pas.

— Allô ? Vous m'entendez, Jieun ? Vous n'avez pas raccroché, n'est-ce pas ? Ça ne me prendra qu'un instant. Attendez-moi.

— Hmm… Vous êtes où, Haein ?

— Ah, je suis à la galerie, mais si je prends un taxi je serai là en un clin d'œil. J'étais en train de préparer mon exposition, comme c'est le vernissage demain.

— Alors je vous rejoins là-bas, dit Jieun en faisant deux pas en avant.

Haein, qui était sorti dans la rue à la recherche d'un taxi, se fige de stupeur. Elle a dit qu'elle venait. C'est elle qui vient à lui.

— Ça va aller ? Je croyais que vous étiez malade… Ne vous fatiguez pas trop.

Jieun esquisse un léger sourire en entendant toute l'inquiétude percer dans la voix de Haein. Elle veut tenter quelque chose qu'elle n'a jamais fait depuis qu'elle est arrivée à Marigold. Parce que le vent est agréable.

— Vous savez, le bus qui a les plus grandes vitres du monde ?

— Le bus qui a les plus grandes vitres du monde ? Hmm… Je crois que je sais.

— Je vais prendre ce bus pour vous rejoindre. On pourra discuter après. Attendez-moi.

À chaque bout du téléphone, les deux jeunes gens affichent un même sourire, tandis que la douce brise leur caresse le visage. Portée par ce vent qui fait voler ses cheveux, Jieun retourne au restaurant, pour rendre son téléphone à Jaeha avec un grand sourire. Yeonhui, qui était occupée à manger du *gimbap* en se massant vigoureusement les mollets, se pétrifie.

— Je rêve ou… Vous avez un sourire gêné ? Mais qu'est-ce qui vous prend, aujourd'hui ? Vous commencez par vous excuser, et maintenant vous passez votre temps à sourire ! Il va tout de même falloir que vous alliez voir un médecin !

— Va donc chez le médecin toi-même, Yeonhui. Jieun, je vous envoie un SMS avec l'adresse de la galerie de la mer.

Jaeha éclate de rire en fourrant un nouveau morceau de *gimbap* dans la bouche de Yeonhui pour qu'elle arrête de rouspéter. L'oreille collée à la porte du restaurant, il vient d'épier la conversation de Jieun et de Haein, et il a failli se mettre à applaudir par inadvertance. Quand elle a dit à Haein qu'elle allait le rejoindre, Jieun avait un regard brillant qu'il ne lui avait jamais vu auparavant. Jusqu'à présent, elle avait toujours eu les yeux secs et tristes, comme un cadavre doué de vie, mais cette fois, il avait observé de l'énergie au fond de ses prunelles.

Et pour ne rien gâter, voilà que cette Jieun, qui n'a jamais mis les pieds en dehors du quartier depuis le jour où la laverie des âmes est apparue, décide d'aller quelque part de son propre chef ! Et en plus, elle qui pourrait très bien utiliser la magie pour bouger comme ça lui chante, elle veut prendre le bus. Mais que se passe-t-il donc ?

— Yeonja m'a dit que c'était très agréable de prendre le bus dans ce quartier. Je reviens.

Après avoir rendu son portable à Jaeha, Jieun ouvre la porte et s'apprête à sortir ; mais elle s'arrête et se retourne une dernière fois.

— J'ai bien mangé, *ajumma*. C'était délicieux. Tu as dit que ma robe à fleurs était jolie, n'est-ce pas ? Je vais essayer de t'en trouver une pareille.

Les trois amis sont de nouveau saisis de stupeur. Qu'est-ce qui lui prend, aujourd'hui ? Jieun agite la main droite pour les saluer, avant d'ouvrir la porte du restaurant et de s'éloigner. Elle a pris une décision : désormais, elle écoutera ce que lui dit son cœur, elle ne se détournera plus de ses désirs. Elle marche vers l'arrêt de bus à la vitesse de son cœur. Ni trop lentement, ni trop vite. Peu importe si un jour, elle regrette d'avoir pris aujourd'hui ce chemin. Peu importe si, le temps passant, elle souffre de la nouvelle direction qu'emprunte son âme. Pour le moment, elle se contente de saisir son courage à deux mains et d'obéir à son cœur.

Elle va prendre le bus qui a les plus grandes vitres du monde. Elle va abattre les murailles qu'elle a bâties elle-même autour de son cœur, ouvrir la porte, et monter dans le bus du nouveau départ. D'un pas aussi léger que si elle dansait la valse. Sur les pans de sa robe, les pétales bleus se trémoussent au rythme de ses pas. Le vent accompagne ces pétales tout frémissants : il souffle dans la rue, et sur son cœur. Le même vent souffle sur nous tous.

— *Le vent se lève. Il faut tenter de vivre.*

La voix claire et forte de Jieun résonne dans la ruelle et se propage dans toutes les directions. À ce signal, les lampadaires de Marigold s'allument. C'est la lumière. La lumière s'allume, qui éclaire nos pas au cœur des ténèbres.

*

— *Sajangnim, sajangnim !* Prenez une carte de transport ! Vous avez beau être une magicienne, vous avez besoin d'une carte pour prendre le bus !

Jaeha a couru à perdre haleine pour rattraper Jieun devant l'arrêt de bus : il se dépêche de lui glisser une carte de transport entre les doigts. Juste à ce moment, le bus arrive, et Jieun monte à l'intérieur, la carte à la main. Qu'est-ce qu'elle est censée faire avec… Elle s'apprête à s'asseoir près d'une grande vitre quand le chauffeur de bus l'interpelle en criant :

— Qu'est-ce que vous faites, mademoiselle ? Vous devez biper votre carte avant de vous asseoir !

Le chauffeur regarde Jieun en tapotant le lecteur de cartes. Lorsque la jeune femme retourne s'asseoir à sa place après avoir validé son titre de transport, elle se sent étrangement de bonne humeur. Il y a encore des choses qu'elle fait pour la première fois ! Elle est excitée comme si elle commençait une nouvelle vie après un million d'autres.

Elle entrebâille la fenêtre, et le vent froid vient lui piquer les joues. Le bus descend en zigzaguant le flanc de la colline et se dirige vers le centre-ville. Les passagers montent et descendent. Par la fenêtre, elle voit des passants qui marchent l'air affairé, des amants qui s'accueillent en s'étreignant, des personnes les bras chargés de nourriture, d'autres accablées de fatigue qui regardent leur téléphone, des écouteurs dans les oreilles, et même des groupes qui discutent en marchant. Dans le bus comme au-dehors, partout, on voit des gens qui vivent. Jieun observe le paysage de la ville, qui s'harmonise à merveille avec la multitude d'expressions peintes sur le visage des passants.

Tous ces inconnus se frôlent sans faire attention, mais ils font partie du même espace. Jusqu'à présent, Jieun s'était toujours sentie en désaccord avec ce qui l'entourait, dans chacune de ses vies. Mais aujourd'hui, elle n'éprouve aucun malaise à se trouver englobée dans le paysage qui s'étend sous ses yeux. Depuis qu'elle a choisi de naître à répétition, c'est la première fois qu'elle a l'impression de faire partie de ce monde. Combien de temps lui a-t-il fallu pour ressentir enfin ce soulagement, ce sentiment de vivre en harmonie avec ce qui l'entoure ? Les larmes lui montent aux yeux.

— Prochain arrêt : galerie de la mer. Galerie de la mer.

Cela fait déjà un bon moment que Jieun s'amuse à étudier le paysage par la fenêtre, lorsque les haut-parleurs annoncent l'arrêt de la galerie de la mer. Elle presse le bouton : c'est ce qu'ont fait tous les autres passagers, juste avant de descendre à leur arrêt. De loin, elle aperçoit Haein qui l'attend. Pourquoi marche-t-il de long en large d'un air aussi anxieux, lui qui est pourtant si placide d'ordinaire ? En le voyant si nerveux, Jieun sent que son cœur se met à battre. Les trente secondes avant le feu vert sont bien longues.

— Jieun ! Vous allez bien ? Vous étiez très malade ?

Dès qu'il voit Jieun descendre à l'arrêt, Haein cesse de déambuler nerveusement et se précipite pour dévisager la jeune femme. Pendant les deux jours où il a cru qu'elle avait disparu, Haein n'a pas pu se concentrer sur son travail. Il était dévoré par les regrets. Au lieu de perdre son temps en inquiétudes et en hésitations, il aurait mieux fait de déclarer ses sentiments. Il s'était pris d'amour pour elle à sa propre manière, mais il n'avait pas pensé qu'elle pouvait disparaître ainsi. Si seulement il avait rassemblé son courage un peu plus tôt… Que de regrets il avait eus ! Jieun le salue, non sans remarquer ses joues mal rasées et ses yeux rougis par le manque de sommeil.

— J'ai dormi deux jours d'affilée. J'ai fait un drôle de rêve, et puis je me suis réveillée. Et maintenant, je ne suis plus malade.

Les yeux de Jieun tandis qu'elle prononce ces paroles ne sont plus si tristes qu'avant. Tant mieux. En voyant le soulagement se peindre sur le visage de Haein, Jieun lui confirme du regard qu'elle va bien. Ils n'ont pas besoin de s'étendre en paroles pour se communiquer leurs sentiments. Ils sont à l'aise.

— Haein, donnez-moi votre portable.

— Mon portable ? Ah… Tenez.

— Voilà, c'est mon numéro. Enregistrez-le.

Jieun appelle son portable depuis celui de Haein pour que leurs numéros s'affichent sur les deux écrans. Haein récupère son téléphone et inscrit soigneusement le prénom de Jieun. Il y a encore une minute, il prévoyait de lui déclarer son amour à l'instant même où il la verrait, mais maintenant qu'elle est là sous ses yeux, son cerveau ne fonctionne plus. Comment faire… Après un moment de réflexion, il ouvre la bouche :

— Vous voulez qu'on se promène ensemble ?

Jieun lui répond par un sourire. Tous deux se mettent à marcher côte à côte.

La rue baigne dans une atmosphère de fin d'automne, et le vent chargé de l'odeur de la mer souffle dans leur direction. Les voitures vont et viennent, encore et encore. Les gens se rencontrent et se séparent, encore et encore. Haein et Jieun se fondent dans le paysage de la rue.

— C'est la première fois que je descends au centre-ville depuis mon arrivée à Marigold. J'ai l'impression de me retrouver dans un autre monde. Vous comprenez ce que je veux dire ?

— Tout à fait. Ça n'a rien à voir avec l'endroit où vous habitez. Tout est rapide, compliqué, même notre cœur se met à battre plus vite. Alors, c'était comment, de prendre le bus avec les plus grandes vitres du monde ? l'interroge Haein, en se demandant ce qui fait battre son cœur si vite : cette promenade dans le centre-ville bondé, ou bien la présence de Jieun à ses côtés.

La confusion de Haein fait sourire Jieun de plus belle. Zut. On dirait que son cœur s'est détraqué. Pourquoi bat-il ainsi la chamade ?

— Je n'ai fait que prendre le bus, et pourtant j'avais l'impression de franchir une montagne dans mon cœur et de basculer de l'autre côté de la vitre. Parfois, dans la vie, on a le sentiment qu'on passe son temps à escalader des montagnes. On a l'impression qu'il suffira d'en dépasser une dernière pour que tout s'arrange… Et puis on se retrouve nez à nez avec une nouvelle montagne. Mais quand je suis descendue du bus, j'avais le cœur léger, comme si j'avais dévalé la montagne sans rencontrer le moindre obstacle au bout du chemin. C'est étonnant, hein ?

Haein l'écoute en hochant la tête, comme s'il connaissait bien ce sentiment.

— En y réfléchissant, tous les gens qui viennent à la laverie des âmes pour effacer leurs taches éprouvent sans doute la même chose. C'est seulement maintenant que je comprends.

Jieun a passé tout ce temps à effacer les taches et repasser les plis des âmes dans l'espoir de leur apporter la tranquillité. Quand elle voyait ces gens entrer le visage fermé, et ressortir métamorphosés, tout gais et radieux, elle se sentait à la fois soulagée et intriguée. Quel effet cela faisait-il donc ? Lorsqu'elle priait pour leur bonheur en allumant une bougie dans son cœur, elle espérait en son for intérieur qu'un jour viendrait où elle éprouverait elle aussi ce sentiment – mais ce jour ne venait pas.

Et pourtant, aujourd'hui, elle a l'impression de partager enfin cette émotion. Haein reste silencieux pour ne pas déranger Jieun dans sa réflexion. Lorsqu'ils arrivent devant la galerie de la mer, le jeune homme finit par se lancer :

— Ça vous dirait de prendre le bus avec moi, quand vous rentrerez ? Des fois, c'est plus facile de remonter la pente à deux, plutôt que tout seul.

— Hmm… D'accord. Alors, c'est là que vous faites votre exposition ?

— Oui. Pour la première fois de ma vie, j'ai ressorti toutes les photos que j'ai prises avec l'appareil photo de ma mère. Vous voulez entrer un instant ?

— Volontiers.

Pendant tout ce temps, Haein a vécu le cœur fermé. Depuis que ses parents ont quitté ce monde, il a pris bien des photos avec l'appareil de sa mère, mais sans jamais les développer. Ce qui l'a poussé à sortir tous ces souvenirs qu'il s'était contenté de capturer sans rien en faire, c'est une photo qu'il a prise par hasard : celle d'une femme qui verse une larme, sur un toit. Il pensait qu'on ne pouvait photographier que la matière visible, et non les émotions, mais depuis qu'il a pris en photo la tristesse de cette femme, l'envie lui est venue de développer toutes les pellicules restées entassées dans une boîte.

Une fois les photos en main, il a décidé de louer une petite galerie d'une trentaine de mètres carrés et d'ouvrir une exposition. Dans l'espoir de faire venir cette femme. Haein allume la lumière, et guide Jieun.

— En fait… J'ai une photo à vous montrer.

— Comment… Comment est-ce possible que vous ayez photographié cette scène ? Elle devrait être invisible aux yeux des autres !

Stupéfaite, Jieun s'arrête devant l'immense cadre accroché à l'entrée : c'est la photo d'une larme qui perle sur les longs cils noirs d'une femme. Et cet œil triste, sur fond de soleil couchant… C'est le sien.

— Pour les autres, ce n'est sans doute qu'une image blanche. Il n'y a que vous et moi qui puissions la voir, je pense.

— Comment… Est-ce que vous aussi, Haein…

— Ah… C'est-à-dire… En fait… Je vais vous dire les choses petit à petit. Venez par ici un instant.

Jieun semble interloquée, alors avec un doux sourire Haein la conduit sur la droite. Là, devant le mur blanc, se trouve une boîte en plastique carrée, où est posé l'appareil photo que Haein a porté à son cou pendant si longtemps. À côté, une imprimante photo, et le titre de l'œuvre : « L'instant décisif ». Il a transformé en œuvre d'art l'acte même de prendre en photo les visiteurs de l'exposition.

Haein pose doucement les mains sur les épaules de Jieun, toute déconcertée, et la guide vers une chaise devant le mur. Jieun s'assied là et, déchiffrant le titre de l'œuvre, sombre dans ses réflexions.

— Henri Cartier-Bresson a dit qu'il avait passé sa vie à prendre des photos en essayant de capter un instant décisif, mais qu'au fond, tous les instants étaient décisifs.

— Exactement. C'est pour ça que j'ai choisi ce titre. Quelle belle journée, aujourd'hui ! Quand j'ai conçu cette œuvre, c'était vous que je voulais photographier la première. Merci d'être venue.

Il saisit l'appareil photo posé sur la boîte, et fait la mise au point avec un petit sourire timide. Un sourire semblable à celui de Haein se propage sur les lèvres de Jieun, assise sur la chaise. Et les rires amènent la bonne humeur.

— Je peux vous prendre en photo ?

— Oui, allez-y.

— Fermez les yeux un instant, et pensez au moment le plus heureux de votre vie.

Jieun lui obéit et ferme les yeux. Quel est le moment le plus heureux de sa vie ? Elle pensait que le bonheur tenait à des moments spéciaux. Elle croyait qu'elle ne pourrait pas l'obtenir tant qu'elle n'aurait pas réparé ses erreurs, ramené les choses à l'origine. Elle avait décidé de ne pas être heureuse, parce qu'elle ne le méritait pas.

Et pourtant, chaque instant de sa vie est précieux, plein d'amour. Que ce soit hier, lorsqu'elle était emplie de regrets, ou bien aujourd'hui, où elle a découvert la façon de s'aimer, ou encore demain, quand elle se mettra peut-être à vieillir. Même si elle n'a pas réussi à briser le sortilège, même si elle renaît encore, elle aura choisi toutes ces vies, et elle sera heureuse. Elle en a les larmes aux yeux. Elle pose la main sur son cœur, et sent une douce chaleur s'en dégager.

Un jour, elle a même souhaité que son âme disparaisse. Il lui semblait qu'alors elle ne souffrirait plus, qu'elle ne serait plus triste. Elle aurait voulu sortir son cœur de sa poitrine et le laver de fond en comble, avant de le remettre en place et d'être libérée des souffrances et de la tristesse. C'est peut-être pour cette raison qu'elle est née avec le pouvoir spécial de consoler les autres et d'effacer les taches de leur cœur : parce qu'on ne peut pas sortir son âme de soi.

Au fond, peut-être qu'elle aurait pu vivre ainsi : en sortant son âme les jours où elle sentait qu'elle serait triste, et en la remettant les jours de bonheur. Mais si elle avait fait cela, aurait-elle pu compatir avec les souffrances d'autrui ? Aurait-elle été capable d'allumer une bougie dans son cœur pour transformer les taches en pétales et les envoyer voler vers le soleil ?

— Ah… Les pétales…

Elle pousse un léger soupir. Les pétales. Elle s'était persuadée qu'elle avait perdu ceux qu'elle aimait, et qu'elle était seule désormais ; mais ces pétales qui l'ont suivie tout ce temps, n'était-ce pas le cœur de tous ceux qu'elle avait côtoyés ? Est-ce que les taches, en séchant pour devenir de beaux pétales, n'ont pas choisi de rester à ses côtés pour qu'elle se sente moins seule ? Jusqu'à présent, Jieun a toujours cru qu'elle consolait les autres, mais en réalité, eux aussi la réconfortaient et l'accompagnaient.

Lorsqu'elle avait surpris la conversation de ses parents, Jieun avait découvert qu'elle possédait deux pouvoirs. Mais n'était-ce pas pour l'aider à consoler les autres qu'elle avait reçu également le don de réaliser ce qu'elle voyait en rêve ?

N'est-il pas arrivé, ce jour dont elle a tant rêvé ? Un jour où elle s'aime elle-même, où elle s'accepte telle qu'elle est, où les fleurs s'épanouissent dans la souffrance, la tristesse, et la joie tout à la fois. Ce qu'elle vit à cet instant présent, n'est-ce pas le secret que son père et sa mère voulaient lui faire découvrir ? Ces pensées aussi longues que l'éternité lui traversent l'esprit en l'espace d'une seconde. Alors enfin, elle ouvre les yeux.

Clic.

Dès que Haein appuie sur le bouton, une photo sort de la petite imprimante reliée à l'appareil. La vie est une suite de secrets surprenants. Sur la photo, les prunelles de Jieun sont emplies des rires de tous ses compagnons : ceux qui sont à ses côtés maintenant, ses rencontres fugaces des temps passés, et même ceux qui lui ont tant manqué.

À ce moment, les pétales s'échappent de la robe de Jieun et viennent tournoyer autour des deux jeunes gens. Telle une vague, les fleurs bleues emplissent la galerie de la mer.

Peut-être avons-nous tous le pouvoir de transformer nos rêves en réalité, même sans recourir à la magie. Peut-être suffit-il de nous aimer tel que nous sommes, peu importent les erreurs que nous faisons et les taches qui sont les nôtres, pour gagner la force de faire ce que nous voulons de notre propre vie. Dans ce cas, la magie n'est pas le privilège de quelques élus hors du commun : c'est un pouvoir que nous pouvons tous posséder, vous aussi, moi aussi. Est-ce pour dévoiler ce secret à la terre entière que Jieun a été envoyée dans ce monde ?

L'esprit brouillé par toutes ces émotions complexes, elle regarde tour à tour Haein et la photo. Le jeune homme a l'odeur d'un rayon de soleil. Son sourire d'ailleurs est comme un éclat de lumière, tandis qu'il étend les bras à la manière des T-shirts accrochés sur la corde à linge de la laverie des âmes. Il a l'odeur de vêtements bien secs et propres. Haein ouvre la bouche :

— Bienvenue dans le studio photo des âmes.

Ils éclatent de rire en même temps. Cette journée est si belle qu'elle en est éblouissante.

— Notre vie est toujours la même, jour après jour. Lorsque nous sommes confrontés à des épreuves, nous nous demandons quand elles finiront. Mais pour peu que les jours paisibles s'enchaînent, nous ne pouvons nous empêcher d'être anxieux. Que se passe-t-il ? Pourquoi ne nous arrive-t-il rien ? Nos doutes sur la vie ne font que croître. Dans ces moments de désarroi, venez à la laverie des âmes. Passez discuter un moment avec nous. Le simple fait de raconter tout cela à voix haute vous soulagera le cœur, comme s'il était lavé de toutes ses taches.

— Coupez ! Tu es drôlement douée, dis donc, Yeonhui !

Jaeha et Yeonhui, qui viennent donner un coup de main à la laverie des âmes tous les week-ends, se sont créé une chaîne Youtube pour s'amuser. C'est Yeonhui qui a lancé l'idée la première : grâce à son expérience en tant que vendeuse de produits de beauté, elle ne se sentait pas gênée de parler devant la caméra. Jaeha a accepté sa proposition avec allégresse, lui dont le cœur bat la chamade chaque fois qu'il est question de faire des vidéos. La semaine, il travaille d'arrache-pied au bureau, et le week-end, il filme Yeonhui.

Toute sa vie, il a eu le sentiment d'être sur une balançoire déséquilibrée. Un des deux côtés restait collé au sol ; mais ces jours-ci, il a l'impression que la balançoire s'est mise en mouvement. Depuis qu'il a vu la laverie des âmes sortir du sol et qu'il a eu le courage de poser le pied à l'intérieur, la balançoire s'est mise en branle. C'est peut-être le jour de sa vie où il lui a fallu le plus de courage.

— Et si vous teniez cette laverie vous-même ? demande Jieun aux deux amis, après être allée chercher des *gimbap* à *La Grignote*.

— Non mais, *sajangnim* ! Ça me fait toujours bizarre quand vous faites des blagues avec une expression aussi sérieuse !

En mimant un frisson de frayeur, Jaeha s'empare d'un rouleau de *gimbap*. Yeonhui s'approche de Jieun pour l'imiter, mais elle sursaute tout à coup. Que se passe-t-il donc ?

— *Sajangnim* ! Vous aussi, vous avez des cheveux blancs ?

Surprise, Jieun se touche la tête. Un cheveu blanc ? C'est la première fois que ça lui arrive depuis qu'elle est née.

— J'ai un cheveu blanc ? Où ça ?

— Il y en a un ici, à droite. Ouah… C'est l'événement du siècle.

Jaeha les rejoint pour essayer de trouver lui aussi le fameux cheveu. D'ailleurs, en y regardant de plus près, on dirait bien que de petites rides sont apparues au coin des yeux de Jieun. On aurait cru qu'elle ne vieillirait jamais, et voilà qu'elle a des cheveux blancs et des rides !

— Je vous l'arrache ?

— Non, ne l'arrache pas. Je vais regarder dans un miroir.

Tandis que Jieun s'éloigne à la recherche d'un miroir, son pas se fait étrangement léger. Est-elle enfin en train de prendre de l'âge, comme elle l'a tant souhaité ? Est-ce le début d'un quotidien où des cheveux blancs vous viennent, des rides se dessinent sur votre visage, et vous vieillissez naturellement aux côtés de ceux que vous aimez ?

Jieun a découvert quelque chose en tenant la laverie des âmes : chaque jour est un cadeau extraordinaire. Qu'importent tous les regrets qu'on peut avoir – hier appartient au passé, et demain appartient encore à un avenir lointain : c'est aujourd'hui qu'il faut vivre. Ce cadeau magique que nous avons tous reçu sans exception, c'est le jour présent.

— Yeonhui, Jaeha ! Vous voulez que je vous dise un secret ?

— Oh, un secret ? C'est quoi ?

— Attendez une seconde, *sajangnim* ! Il faut vérifier que personne ne nous écoute.

— Ne t'inquiète pas, c'est un secret qu'on a le droit de dire au monde entier.

— Pff… Dans ce cas, ce n'est pas un secret. C'est pas drôle.

— Tu ne veux pas savoir ?

— Si si, je vous écoute ! Qu'est-ce que c'est ?

— Vous savez… Vous aussi, vous avez un pouvoir spécial comme moi.

— Ah bon ?

— Oui. C'est le pouvoir de donner réalité à ce que vous dites.

Yeonhui et Jaeha échangent un regard et attendent qu'elle poursuive. Jieun repousse ses longs cheveux noirs sur son front et pose les mains sur les épaules des deux jeunes gens, avec un joli sourire.

— Si vous êtes convaincus que le chemin que vous empruntez est le bon, que vos choix sont justes, et que tout ira bien, alors tout se passera vraiment comme ça. Vous avez déjà en vous le pouvoir de vivre comme vous le dites, comme vous le croyez, comme votre cœur vous l'ordonne. Tout ce qu'il faut, c'est que vous ne doutiez de rien et que vous ayez confiance en vous-mêmes. Soyez convaincus que vous êtes capables de tout.

Elle leur donne deux petites tapes sur l'épaule avant de poursuivre :

— Et souvenez-vous bien. On dit que les plus beaux cadeaux que les dieux font aux hommes, ils les présentent dans un emballage d'épreuves. Quand il vous arrive des choses difficiles, en réalité, vous vous préparez à recevoir un cadeau. Qui sait : vous allez peut-être déballer un cadeau incroyable !

Une fois sa tirade achevée, Jieun tourne le dos aux deux amis absorbés dans leurs pensées, et elle monte à petits pas les escaliers qui mènent au toit. Elle s'allonge à moitié sur une des chaises installées au beau milieu de la terrasse, et elle observe tranquillement les rayons du soleil. Il fait encore trop jour pour envoyer les pétales vers le ciel.

Elle ferme les yeux, et un sourire paisible aux lèvres, l'expression la plus tranquille du monde sur le visage, elle savoure le soleil qui lui caresse la peau. Il est à la fois chaud, et pas trop. Parce qu'elle sait pourquoi elle est venue au monde. Maintenant, enfin. Quelle belle journée que celle d'aujourd'hui ! Une journée pour vieillir au gré de la nature.

— C'est le temps rêvé pour faire une sieste.

Les lecteurs ont aimé !

« Un récit d'une finesse qui touche le cœur, qui donne envie d'exister, de sortir de l'ombre ! Ce roman est une grande leçon de vie, lisez-le. »

@book_by_tom_

« Un texte très émouvant dont on sort profondément retourné. »

@lepandarouxquilit

« L'autrice éveille notre curiosité en nous plongeant dans un univers poétique et fantastique qui promet une aventure captivante. »

@unesourisetdeslivres_

« J'ai adoré toutes les belles métaphores qui invitent à la réflexion. C'est un roman qui fait du bien, dans lequel on se laisse porter en douceur. »

@jujufeelbook

« Un roman que je garderai en tête longtemps, tant pour sa poésie que pour son message qui donne une furieuse envie de vivre. »

@delivrames

« Un roman réconfortant qui met du baume au cœur. Un petit bijou de la littérature coréenne. »

@beingsomewhere

« Un véritable rayon de soleil. Avec sa plume délicate et son ton optimiste, l'autrice nous offre une lecture légère et joyeuse. »

@itsclarasjournal

« Cette histoire raconte avec douceur l'équilibre entre ombre et lumière à faire en soi pour trouver la paix de l'âme. »

@sandytherry

PEFC
PEFC/14-38-00277
Promouvoir la gestion durable de la forêt
www.pefc.es

Cet ouvrage est composé de matériaux issus
de forêts gérées durablement certifiées PEFC™.
Le Programme de reconnaissance des certifications forestières (PEFC™)
est le plus grand organisme mondial indépendant
de contrôle pour une gestion durable des forêts.
Pour en savoir plus, consultez le site www.pefc-france.org

Achevé d'imprimer en mars 2025
par Novoprint
Dépôt légal : mai 2025
Imprimé en Slovaquie